龙骨星船

羽南音 著

上海文艺出版社

星辰的眼泪,

是神灵建造龙骨星船的休止符……

目录

序 — 001

壹

龙骨星船 — 002
钟水饺 — 044
纪念日 — 057
龙窑 — 070
功夫牡丹 — 091
告解室 — 108

贰

情人结 — 126
惊蛰 — 131
点睛 — 134
龙生橘 — 137
雷神 — 141
流沙河 — 145
乐游原 — 149
人骨笛 — 152
鲸落 — 158
木蝴蝶 — 161
天衣 — 165
纪念碑谷 — 170
送别 — 175
金线百灵 — 178
羽香馆秘闻 — 182
未来唐城·朱雀城 — 187
鲵鱼歌 — 192

叁

画壁 — 204
天元 — 261

后记 — 322

序

前几日,正在吃晚饭的时候,忽然收到吴霜的信息,问我能不能为她新出的小说集写篇小序。

我有些惊讶。因为我是一个写奇幻小说的,而吴霜写的却是科幻小说,按理说,她应该请科幻圈的前辈写序,更合理些。但犹豫了一下之后,我还是答应了。我一直觉得我欠她一个人情——前两年,我刚完成了一个长篇,正徘徊着不知写什么好的时候,是吴霜启发了我,我才开始了《中国神话故事集》的写作。

但我委实不太知道应该怎么写这篇序才好,因为我本就没为人写过序,更不用说为科幻小说集写序了。

吴霜安慰我说,她的这本书,本就有一些中国古代文化风格,和一些科幻作品不太一样;而《龙骨星船》这个短篇本身,也是受我的一个小说的启发。她本就不想要一个过分规矩和客套的序言,而是想找一个自己认可的作家来谈感受,所以做了邀请。

"也许就像您以前写书评那样,实实在在,谈谈读完这本短篇集之后的感想就好了;批评也行。"

那就恭敬不如从命了。

先谈谈这本短篇集的主打《龙骨星船》。

毫无疑问,《龙骨星船》是整本短篇集里完成度最高的一篇小说,我以为这篇小说对吴霜的创作生涯可能有特别的意义,所以也想先单独地谈谈这一篇。

阿羽是神级文明中的一员,他不仅创造了中华民族,也创造了我们的文明,最后,他为了救玉衡和阿西献出了自己的生命,他留下一个装置,里面装载着他的回忆,玉衡进入了这个装置中,故事由此开始。这篇小说里最让我惊讶的地方,是吴霜把天干地支的甲骨文与星宿联系在了一起,指出最早的文字是依据星宿的形状来创造的,并由此推衍出一个科幻小说。

我们知道,科幻是外来物,中国的古典小说里是没有科幻这个类型的,因此外国人看我们中国人写科幻小说,可能就如我们中国人看外国人写武侠小说一样,怪怪的。而科幻这个类型的评价标准,也与别的小说类型的评价标准大不相同。中国的科幻小说经过一百余年的发展,可以说已经初步确立了自己在世界上的地位,出现了《三体》这样的作品。但总的来说,我们评价一篇科幻小说的好坏,主要还是依据欧美的传统和标准,毕竟他们的传统确实更深厚。但近年来,确实也有一个越来越明显的趋势，就是中国人在努力尝试写出中国风格的科幻小说，我以为《龙骨星船》就是这个中国化趋势里一篇比较特殊的作品，吴霜深入研究了中国的古典文化，从中获得灵感，然后再将这个灵感浇灌培育，助其成长，从外表看，这篇小说是一篇科幻小说，然而从内里看，它的风格却是中国的、古典的，甚至是神话的。

吴霜努力地想要把科幻小说中国化，这种努力在整本短篇集里表现得特别明显。比如《天衣》，织女星人如同蜘蛛织网，让人想到盘丝洞里的蜘蛛精。比如《龙生橘》，整体风格就如一篇科幻版的聊斋。比如《龙窑》，把龙设定为半生物半机械的外星文明。比如《乐游原》，与其说是一篇科幻小说，不如说是一篇对唐诗的礼赞，而《画壁》的灵感，明显来自"画龙点睛"的故事……

这些把科幻小说中国化的努力，有些很成功，有些则不免有些生硬，比如《龙生橘》，外星人为什么要钻到橘子里去呢？表现出来就像是古典与科幻的拉郎配，好像有点不够自然。但里面那些结合得好的作品，则让我特别的惊喜。

《龙窑》里，龙操纵纳米机器为自己治疗，而那些纳米机器聚合在一起的外形就像龙珠，产生的高温则是三昧真火，龙又用高温烧出漂亮的红色瓷器感谢女主人公，所有这一切，都是既科幻又古典，形成了一种特别的趣味和风格。在《天衣》里，吴霜撷取赵构临终前的一段场景，用织女星人意外来到地球，为了生存而与赵构合体，导致赵构因此而失去了"人道"的能力来解释历史事件,幽默的同时又暗含讽刺和同情。最让我感到惊喜的是《乐游原》,在这一篇里,吴霜似乎跳出了"讲故事"这个小说不可或缺的任务的约束,也跳出了"科幻"这个体裁的约束,用短短不到千字的篇幅,礼赞了人类文明的伟大,同时也为人类的愚蠢和野蛮而叹息。

我之所以特别喜欢《乐游原》这个小短篇,除了个人趣味,还有个原因。我以为相对于《龙骨星船》,可能《乐游原》对吴霜以后的写作意义更大。《龙骨星船》的完成度虽然是最高的,但是我觉得在创作《龙骨星船》的时候,吴霜并没有能够进入到她最好的创作状态,她仍然是有顾虑的、不自由的,甚至有些地方表现得不够专注,表现得有些仓促,比如在处理玉衡和阿羽的感情线的时候,就显得太浅,远不如《纪念日》里的爱情那样真实和热烈。

整本短篇集里,有一篇小说是最让我感到可惜的,这篇小说就是《钟水饺》,这篇小说的前面大部分内容,写的是春阳的梦境,在描述春阳的梦境的时候,吴霜真正达到了她写作的最好状态,自由自在,同时又无比专注,专注到忘记了故事,忘记了类型和体裁,甚至忘记了现实,直到春阳从梦境中醒来,吴霜似乎也脱离了她的最好的状态,开始想着"我要给这段文字一个科幻的结尾",然而恰恰是这个"科幻的结尾",似乎破坏了整篇小说的节奏和趣味。

对于一个写作者来说,吴霜还很年轻,可以说是还非常非常年轻。她是一个特别认真特别努力的姑娘，同时，可能连她自己都不知道，或者说知道但却不想承认，我在读完这本小说集后，却特别地想指出来，在吴霜的内心深处，她也是一个特别骄傲特别狂放的姑娘，然而她内心的骄傲和狂放却被某种现实的压力给压抑住了，表现出来的表象，就是她还是太在乎自己写的是不是科幻，太在乎自己写的是不是符合别人制定的标准。其实一个写作者最应该在乎的，是自己在写作的时候，是不是自由的，是不是专注的，只要自己在写作的时候是自由的，是专注的，那么究竟写出了一些什么，以及究竟别人将如何评价，都将变得不再重要。

担负着"本书作家认可的作家"这个称号，有些不安，大胆提了一些建议；对于一本书的序言来说，似乎批评的成分多了些，不太常规，请读者们见谅。我实属客随主便，奉命为之。发给她后，她还是挺高兴的，说就这么发出来吧。

一家之言，希望她继续努力。

骑桶人

2021/9/22

壹

龙骨星船

文 / 羽南音 邵曦玥

"在很久很久以前,所有的星星都还没有出现。粒子们均匀地搅在一起,整个宇宙像一片浓雾般的银色海洋;直到某天,最初的神灵出现,祂们驾驶着巨大的龙骨星船,劈开混沌。神力之下,星星们像露水一样凝结在一起。

"龙骨星船远离的时刻,地球上刚刚诞生了海洋,距离最初的人类仰望星空,还有亿万年的漫长时光。天空中,二十八星宿的位置已被固定……"

玉衡沙哑的声音回荡在宾馆空荡荡的房间。

"……却无人知晓,神灵们从何处来,到何处去,又为何在天空中,摆下了这样的棋局。"

女儿的声音一粒粒加进来,像春天甜嫩的豌豆。和很多夜晚一样，母女二人一起轻轻念出了这个睡前故事的结尾——玉衡写的，也是女儿最喜欢的，《龙骨星船》。

微信视频上，女儿咂着小嘴，沉入梦乡。

玉衡关上了手机。她推开门，下楼，走入夜色中。

中国西部的春天夜晚，似乎从来都未曾改变。

几十年前，这里是冷湖的四号地区。玉衡向东南方向望去。

夜色中，模糊不清的天地交界处，有东南一角。那里有四百多座墓碑，被一道矮小的围墙包围。冷湖四号公墓——长眠着自青海油田开发以来，因公因病去世的四百多名青海油田员工。

三尺浮土之下，阿羽就沉睡在那四百多人之中。近在咫尺，玉衡却不敢再向那个方向迈近一步。

玉衡仰起脸，努力对着星空睁大眼睛。星光流过她眼角浅浅的纹路，变成晶莹的液体，顺流而下。

这些年来，她不断试图找回那块缺失的记忆——关于阿羽的记忆。

春分刚过，南中天的张宿和翼宿，正组成一只振翅欲飞的星鸟。东方，心宿二（商）已经升起，猎户星座（参）也已沉入地平线之下。

人生不相见，动如参与商。

天似穹庐，银色的星光洞穿了玉衡的身体，也洞穿了她的灵魂。

第二天上午，按照通知的地点，玉衡被专车接到暗夜星空保护区某处。

这里就是神秘信号源的所在地，用临时材料搭起了一座巨大的白色建筑，状如鸟卵。一个工作人员出来迎接玉衡，在签署了一系列复杂的保密协议后，她向建筑内部走去。

室内布置成一间办公大厅，屋子四角安放着一些特殊的仪器和线路，将这里围了起来。工作人员介绍，这些仪器是为了隔离不远处的信号源区域。

也许是心理作用，玉衡还是觉得，空气中似乎有种电流感，令人寒毛微微竖起。

一些专家学者样子的人正在这里忙碌。他们或在电脑前建模，查询；或三五聚成一群，低声探讨着什么。玉衡不动声色地从他们之中穿过，发现每个人胸口都有一块名牌，包括"天文""物理""地质""语言""医学"等不同种类。没走几步，玉衡竟然发现了一位眼熟的全国排名前列的天文专家。老先生正在电脑上进行星图对比，额上的汗珠已经浸湿了白发。

背后传来急促的脚步声，林峰教授匆匆赶来。

一别经年，玉衡的出现，让林教授的面孔上露出了少有的悲喜交加的神情。

林峰和玉衡的父亲是儿时邻居。三十年前，为了响应青海石油工程，林峰来到冷湖小镇——那时，这里甚至还不叫"冷湖"这个名字。后来，玉衡一家也到冷湖定居，又与林教授相逢。再后来，"那件事"发生以后，玉衡一家和林峰先后从火星小镇离开，分别奔赴上海和北京。

十天前，也就是2018年3月21日，春分，青海西海洲的火星冷湖小镇，监测到异常的信号源，疑似外星人的密码语言。林教授是国内一流的语言学专家，几十年来精研各种人类学语言与密码系统。受命从北京来到冷湖以后，经过几天的破译，他发现这套信号有两层加密系统，通过第二层解码的筛选，关键词里，只剩下了"火星""2455"两个。

三天前，玉衡刚刚结束在大学里一整天的天文学授课，就先后接到了两个电话。第一个是政府召集专家前往冷湖执行秘密任务的电话，玉衡问为什么全国那么多专家，偏偏要找自己，电话那边并没有正面回答，只说和玉衡的博士论文中提到的"星空造字"的课题有关。第二个是林教授的电话。电话里，他提到了"火星"和"2455"。

如果说接到第一个电话的时候，她还有几分犹豫；那么林教授的电话，则让她下定了此行的决心。

她给前夫打了个电话，请他晚上来接女儿，随即订了第二天一早飞往青海的班机。

抱过女儿的时候，前夫脸上的神色十分复杂。离婚三年以来，两人始终保持着淡如水的君子距离。万事不求人的玉衡，是第一次这样匆忙将女儿托付给他。

"和那段丢失的记忆有关吗？"听到玉衡的目的地是

青海,前夫忍不住问道。

"不确定。"玉衡的脸上露出复杂的神情。

性格柔顺敏感的前夫没有再多说什么,他隐隐感到不安。

临走前,玉衡又抱了抱女儿,然后看着一大一小的身影消失在夜色中。

她久久没有收回目光。

电话中,林博士的最后一句话是:"小玉,我之所以用保密电话,就是为了说这句不该说的:此行,有危险。"

"林叔叔,后面是什么?"玉衡望着那道紧紧封闭的大门。

尽管已有心理准备,玉衡在听完全部介绍后,还是产生了强烈的不真实感。

"外星人"带来的,是一面厄里斯魔镜。

春分那天,冷湖暗夜星空保护区某处地表约一千平米的范围内,也就是玉衡眼前这个卵状帐篷保护起来的区域,检测到了强烈的电磁波。更加诡异的是,人类只要走进这个范围,就会不由自主地出现精神幻觉。目前,专家组汇总的最有可能的结论,是这种电磁波来自一个能够控制人类意识的高等文明,目的不明。

最开始受影响的是几个不知情的冷湖居民。这里被保护起来以后,政府召集了相关专家,也有一些自愿签署保密协议的实验者。只是，所有受影响的人，都会失去大部分的记忆，留在脑中的，只有一些残影。虽然每个人见到的幻象都不同，但起点却都差不多——信号源区域出现了一个巨大的建筑物。当人类走进这个建筑物，会看到很多似真似幻的情景；但只要从建筑物中穿过，走出这一千平米的范围，幻觉就会自动消失。

根据实验者的事后回忆，这些幻觉似乎是一种心理残影，夹杂了个人生活中的一些记忆碎片，具体细节因人而异，每个人都不同。

但奇怪的是，所有参加过测试的人，都留下了一种"我不是目标"的感觉。这种感觉像烙印一样深深刻在了每个测试者的脑海中，似乎是外星文明在有意提醒。

"也许，外星文明是在找特定的人。只有这个人出现，我们才能进一步探究'祂们'的目的是什么。"

"您也参加了实验，对吗？"大致消化了一下信息之后，玉衡问林教授。

"是的，自愿的。"

"看到了什么？"

"具体记不得了，有一些雅丹沙石的场景。"林教授移开了目光。他不想在玉衡面前，再次提起那件事。

玉衡沉默了一会儿。

"林叔叔，'火星'这个词，在不明信号中，是用什么方式表达的？"

"这次的信号源解码出来以后,是点状矩阵组成的图像——甲骨文。翻译成现代文,就是'火星'两个字。但奇怪的是,'2455'倒是用阿拉伯数字显示的,似乎它们并没有刻意区分时代。"

在电脑上,林峰调出了"火星"两个字的解码图片。

"你觉得,'火星'是指太阳系的 Mars?"玉衡问。

"难道还有别的可能?"

玉衡的眼中,光芒闪动,"七月流火,九月授衣。中国语言文字系统里,'火星'还有另一种可能。'大火'——心宿二。"

听罢,林峰陷入了沉思。

玉衡没有再开口。她只是仔细读过并签下了自愿实验的保密协议。

在做了整整三天的各种测试和培训以后,玉衡穿上了防护服,走向金属大门。

金属大门有两道。第一道与第二道相继开启的中间时刻,有几秒钟短暂的黑暗。

玉衡感觉自己正站在一个理论上不可能到达的诡异空间——黑洞的底端。一切光线都被湮没,一个因未知而令人心生恐惧的新宇宙,正在前方触手可及之处。

第二道大门打开,光线涌进来,眼前出现了一大块空地。空地最中央就是信号源,能检测出异常的电波,但看起来和别的地方并无不同。

地面是普通的灰黄色粗糙砂石，看起来就像西北大部分的普通地面。看来，确实是此地先检测出了信号源，然后被建筑保护了起来。

头顶，某种白色膜状建筑材料构成了半圆形的顶棚，正在西北的大风中微微抖动。

大门在她身后关闭的一刻，整个世界仿佛都寂静下来，只有满耳的风声。

玉衡向前走去。不知是不是心理作用，一种酥麻的电流感从指尖和脚尖升起，鼻腔中开始传来金属的气味和微微的刺痛感。

视野中，空气开始搅动，涌向空地的中心位置，渐渐凝成一个半透明的实体。

虽然知道只是幻觉，但头痛的感觉仍在不断加强。玉衡竭力克制，泪水还是模糊了视线。

当一切再度清晰的时候，她看到了龙骨星船。

看到它的那一刻，她就知道，那就是龙骨星船——本应只存在于自己想象中的龙骨星船。

那是创世之初最晶莹的原石，在宇宙天渊最炽热的鼎炉中灼烧。莹润欲滴的石液，悬浮在洁净无尘的真空中，在不属于任何一种物理力量的神力操控下，凝结成一副龙骨。

石液流动，诡异的龙头首先成型。两个眼眶空空无目，眉心处却悬着一枚明珠般的白炽星——那是龙的第三只眼睛。随后，凹凸不平的脊椎节节出现，五色星云化成的脊髓液在晶莹的管道内奔涌。粗大的肋骨最后生成，如竖琴般弹奏着超新星爆炸的鸣响。光分开天地，星尘的眼泪随着空间的暴涨飞溅。于是，这副高低不平的星石肋骨，化为天文尺度的烛台，在百亿年间不断衰弱的类星体发出的叹息中，无数道粗糙而恐怖的泪滴，在龙骨上堆叠出难以想象的蜡痕。

星辰的眼泪，是神灵建造龙骨星船的休止符。

此刻，玉衡正站在龙头面前。龙嘴张开，雪亮的长牙交错林立。

一场幻象，一个心理实验，一面厄里斯魔镜，一个善于运用精神控制的外星种族建造的意识黑箱。一切都无法从外部观察，像是黑洞的内部。

她将要面对的，是宇宙中最深刻的未知——人类的内心。

迈入龙口的那一刻，一种难以描述的精神力量如雷电在脑海划过。

她知道，那是阿羽在召唤自己。

星船内部，巨大的龙肋骨一根根消失，银色的金属墙壁覆盖了周围的空间。这里似乎成为了一艘高等文明飞船应有的样子。

幻中之幻，真假莫辨。

前方出现了一面镜子，欧洲风格造型，和《哈利波特》电影中的那块厄里斯魔镜一模一样。玉衡是很喜欢看《哈利波特》的，这个意象应该是外星人在自己的意识中检索所得吧。

厄里斯魔镜，映出的是人类内心深处最渴望的东西。

玉衡走过去，镜子里映出的是一张年轻女孩的面孔。饱满的额头，流畅的杏眼，睫毛像一小片细密的油毡。黑发丰厚茂密，肌肤上有一层极细的水蜜桃般的绒毛。

玉衡看着自己十六岁的幻影慢慢消失在镜中，取而代之的是二十二个银色的文字：

甲 乙 丙 丁 戊 己 庚 辛 壬 癸

子 丑 寅 卯 辰 巳 午 未 申 酉 戌 亥

恍惚中，玉衡伸出手，触到这面镜子。

没有镜面的触感，手只触到一片虚空。触碰的瞬间，镜子连同这处一人多高的空间一起消失了，露出一块空间上的"洞"。

玉衡走了进去。

朔风呼啸，繁星似海。

这是玉衡记忆中冷湖的冬天。冷湖镇西部的一大片广阔区域，如今已被划为冷湖镇的暗夜星空保护区。

玉衡能够清晰地感到北风带来的刺骨寒意。好似清明梦一般，眼前的一切呈现出一种熟悉又陌生的诡异感。

像幽灵一样，她能在空中行走。星光如同羽翼，载她前行。

玉衡的思绪回到十年前。

那年冬天，因父亲的工作变动，玉衡随他来到冷湖，进入当地的中学读书。说是中学，其实只是一座普通的平房，有些简陋。

开学第一天，父亲忙于工作，玉衡就自己去了学校。

路上，她有点害怕。但高兴的是，林叔叔今天应该已经做完了地质勘探，就要从外地回来了。她能看到好看的矿石标本了。

西北的冬日十分漫长，黎明时分仍像午夜。教室里一片黑漆漆的，寒意在干燥的空气中凝成了颗粒。教室后排有个简易的木炭炉子，一阵木柴的呛人味道飘过，玉衡禁不住咳起来。

木炭炉子后面露出一双亮晶晶的眼睛，玉衡吓得呛了一下，咳得更厉害了。

原来是个十六七岁的少年蹲在后面烧火。他慢慢起身，熟练地拿起缺了把手的水壶，倒了一杯水放在玉衡手边的课桌上，又退到了炉子后面。

玉衡好奇地从炉子旁边探过头。少年似乎是少数民族，鬈曲散乱的长发里，藏着一张不太常见的俊俏的小方脸，脸上脏兮兮的，有几道熏黑的痕迹，下颚角十分明显。他感觉到玉衡的目光，便抬起头，两道浓眉像黑鸟的翅膀飞入鬓角，双目细长，似乎含着无数细碎的光芒，在炉火的映照中发亮。

玉衡急忙缩回来，转身去拿那杯水，一股暖意从心口和手上同时传过来，让脸孔发烫。

周围仿佛没这么冷了，一定……是因为炉火吧。

"嗯，你好，我是玉衡，我是，那个，刚来的，你也是这里的学生吗？你叫什么名字呀？"

少年看了她一眼，没有说话，只是埋下头继续添柴火。

"嗯，你怎么不说话呢？你叫什么……"

"问什么问，他是个哑巴，你话真多。"门口传来一个沙哑的声音，一个看起来和玉衡年纪差不多的少年走进来。他面孔黝黑，眉毛稀疏，嘴唇很薄，一副粗鲁刻薄的样子。他穿着一身当地常见的蓝色粗布衣服，但比加火少年的打扮整洁很多，衣料也好一些。

他舔了舔干裂的嘴唇，伸手去拿水壶，却被裂开的金属把手烫得大叫起来。

"阿羽，羊跑了，还不去找！"蓝衣少年一边捂着手恼羞成怒，一边飞起一脚，踢翻了炉边的木柴。

几块木柴飞入炉火，一块燃着的碎木贴着玉衡的脸飞去。

玉衡尖叫起来，回神的时候，阿羽已经挡在自己身前，反手一下，挡开了那块燃烧的碎木。

玉衡觉得自己似乎眼花了，少年的手挡开碎木的一瞬，似乎有一些白色的蒸汽腾起。

阿羽有些瘦弱，但肩膀很宽，比蓝衣少年整整高出一个头。他朝蓝衣少年走了一步，蓝衣少年不由得瑟缩了一下。

玉衡以为他要发怒了，但他只是俯视着蓝衣少年，一言不发。

蓝衣少年心虚地大声叫嚷着"你看什么""这次我可没冤枉你，羊不是我放跑的"之类的话，只是声音越来越小，终于退后了几步，一边嘀咕着什么，一边跑出了教室。

阿羽转过脸，上下打量了一下玉衡，见她没有受伤，才俯身，重新把木柴一块一块垒好，玉衡也急忙蹲下帮忙。

理好之后，阿羽拿起一支笔和一个笔记本，往教室外面走去。他回头看着玉衡，示意她跟上。

他们顺着一道暗梯爬上了教室的房顶。快爬到屋顶的时候，玉衡有些害怕，阿羽便伸出手，把她拉了上去。

阿羽的掌心并不像玉衡想象中那样粗糙和温暖。他有很多手汗，润得手心湿凉而柔软。

玉衡突然想到，刚才在教室里给自己倒水的时候，这个叫阿羽的男孩，怎么没被把手烫到呢？

阿羽翻开笔记本，似乎狡黠地笑了一下。接着，他指着第一页"阿羽"两个字，又指指自己，然后把本子和纸递过来。

虽然他不会说话，不过字写得真好。看刚才的样子他应该是有听力的……玉衡有点紧张地接过笔，也端端正正写下了自己的名字。

本子前面还有一些内容，玉衡翻看起来。

第二页写着二十二个字：

甲 乙 丙 丁 戊 己 庚 辛 壬 癸

子 丑 寅 卯 辰 巳 午 未 申 酉 戌 亥

"这不是天干地支吗？"玉衡惊讶地说。她还是第一次和外人说起这个话题。

阿羽也有点惊讶地笑了，露出雪白的牙齿。

玉衡再往后翻翻，笔记上还有一些奇奇怪怪的内容。

"传说当年伏羲造出六十四卦，通天地万物之理，触怒了神明，只给人类留下八卦。"

"战国时期邹衍首创'阴阳家'，将五行与阴阳首次融合……"

突然，玉衡看到笔记本上画出了二十二个星座，还分别标了序号；而每一页的星座下面，都画着一个奇怪的符号，形状看起来和星座的连线很像。

等等，这些符号看起来有点像是……文字……

阿羽拿过笔记本，在空白的一页写下三个字：甲骨文。

玉衡将星图和文字对着看了很久。天光一点点亮起来，她都没有注意到。

她和阿羽在笔记本上开始对话。

星星怎么会根据文字排列？

不是文字决定星星，是星座决定文字。天干地支的二十二个字，是根据星座图形造出来的。

你从什么书上看到的？

自己想的。

"骗人！"玉衡惊讶地脱口而出。

阿羽皱了一下眉，突然开口："我从不说谎的。"

玉衡吓得差点从屋顶上栽下去，还好被阿羽先一步牢牢抓住。

"我话少，所以阿西总叫我哑巴。哦，就刚才那个蓝衣服的，我弟弟。"

"你怎么这么坏呢？"玉衡气得把笔记本一甩，狂捶他。他身上的肌肉很结实，捶得玉衡的手微微疼起来。

阿羽不说话，也不躲开，只是又狡黠地淡淡笑起来。

"一个小姑娘，怎么会了解天干地支呢？"

"什么小姑娘啊！说得好像你很老似的。"

玉衡叽叽喳喳解释起来，爸爸的好朋友林峰叔叔是个地质学家，博览群书，又喜欢周易和天文，经常给她讲各种科学玄学知识。天干地支的二十二个字，她特别熟悉，因为林叔叔是搞地质勘探的,风水测绘也经常接触,听他说的多了,自己不知不觉都能倒着背……哎,林叔叔实在是太聪明了……

说了好久,她才猛地停下来。

"对不起,我话是不是太多了?"玉衡不好意思地说。

"我喜欢话多的人。"

"……你不觉得烦吗?"

"挺好啊,可以让我觉得不那么寂寞。"

玉衡一时不知道该说什么。

东方,天色微明,仍有群星闪烁。

阿羽指指笔记本上的"乙"字,又指向天空。

顺着他修长的指尖,玉衡看到了一颗很亮的星星。

"心宿和房宿,组成天干中的'乙'字。最亮的那一颗星,是全天很孤独的一等星——心宿二。"

玉衡举起笔记本,用薄而透光的纸张对着天空。

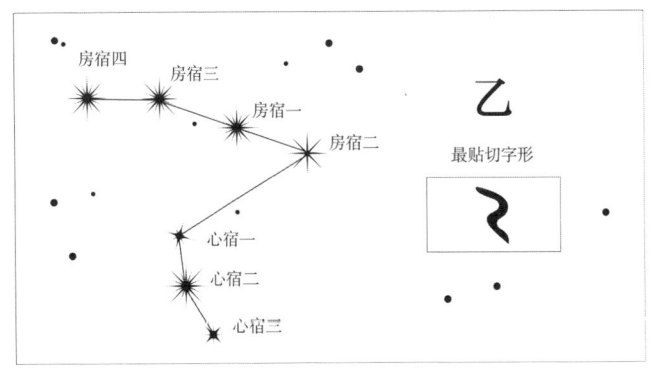

心宿、房宿和星空，在熹微的晨光中重合成一个"乙"字。

玉衡的回忆戛然而止。

龙骨星船里，她仍飘浮在空中。前方，出现了那个熟悉的冬夜，那间熟悉的校舍。

屋顶的两个小人，正用手指着星空。

阿西正在远处，气冲冲地往家的方向而去。

阿西回家的半路上，恰好遇到了勘探回来想到学校看玉衡的林峰。阿西看到了林峰采集的矿石标本，着了迷一样，心心念念个不停。

林峰便随口答应，下次勘探，会带他一起去。

如果可以，玉衡想，一定要告诉屋顶的阿羽和自己，不计一切代价，去拦住那天的阿西。

如果，那次阿西没有去，事情的结果，可能全然不同……

星光微明，第一个画面也慢慢消失了。

周围，龙骨星船的样子渐渐浮现出来。

船在前进。

玉衡坐在船里，船悬浮在无尽的星海之中，星星像宝石一样闪烁。

时空的涟漪如水波一般，在船尾散开。

散向宇宙，散向人生。那是狄拉克时间之海的涟漪，每一次细微的扰动，推导出无数变幻莫测的结局。

和玉衡猜想的一样，幻象再次浮现的时候，她来到了褡裢湖。

湖边定格的画面，正是她与阿羽初吻的一刻。

三个月过去，她已经适应了西部的干燥与寒冷，脸颊吹出两团健康的红色。

她慢慢得知，阿羽还是婴儿的时候，就被遗弃在阿西父母门前，包裹他的小被子，是藏族风格的。那时，阿西父母多年求子不得，便收养了阿羽，悉心照料。虽然两年后阿西出生，但因为阿羽聪慧心细，读书干活都是一把好手，父母对他一直也还过得去。只是阿西性格顽劣，谎话连篇，从未把阿羽当哥哥看待，恨不得早日赶走他才好。

说起上学，阿西只念到小学三年级便读不下去了，整天哭嚷着脑壳疼，非要退学不可；而阿羽则一直是学校的第一名。为了减轻家里的负担，阿羽主动找老师，做一些学校的勤杂工作抵扣学费。

后来，玉衡和林叔叔说了阿羽对星象的发现，林叔叔像发现了稀世珍宝一样震惊。那以后，他常常邀请阿羽和玉衡去家里玩儿，听阿羽说起很多玄而又玄的奇妙知识。但是，每当林峰二人问起这些知识的来源，阿羽从不回答。

在林叔叔的那间书房里，玉衡常常会偷看这个少年。他平时总是很沉默，没什么表情，看起来干燥得像雅丹的砂石。

所有的暗涌，都像珍贵的石油，埋在深深的地壳之下。

冬天过去，春天到来。林叔叔借着勘探地质的机会，带着玉衡和阿羽来到了德令哈西南的褡裢湖。清晨出门的时候，阿西偷偷跟在阿羽身后，见到林叔叔就哭闹起来。林叔叔想起了那个冬天的清晨，曾答应过阿西，再加上阿羽难得开口为阿西求情，也就答应了下来。

褡裢湖由"可鲁克湖""托素湖"两个湖组成，远远望去像古人肩头的褡裢，故得此名。奇妙的是，虽然两湖湖水相通，但可鲁克湖是淡水湖，托素湖是咸水湖。

林峰在远处仔细勘探地貌，玉衡和阿羽在湖边玩耍，阿西追着几只黄鸭跑远了。

春日正是这里景致最美的时候，两个湖泊如翡翠一般。环湖春草初生，一层金黄，一层嫩绿，雪白的水鸟在高明度的蓝天下飞翔。这里一度是柴达木盆地最大的养殖基地，湖中随处可见鲤鲫鲢鳙各种鱼类，不时腾出水面。

湖水澄澈如空气，湖底各色水草清晰可见，五色斑斓，映得水体熠熠生辉。

直到多年以后，玉衡看到各色宇宙星云的时候，仍会想起远隔千里的这片湖。

阿羽一直安静地坐在湖边，对着笔记本想着什么。他时不时抬头看看天空,眉头紧锁,玉衡几乎能听到他的大脑高速运转发出的轰鸣。

时近黄昏,玉衡的肚子咕咕叫起来。

阿羽突然站起来,向湖边走去。

一路上,他两把脱掉上衣,露出宽阔的肩膀和紧实的肌肉。

夕阳下,阿羽像一条发光的青鱼,跃入湖中。

不一会儿,他的头先露出水面,手中高高举起一串活蹦乱跳的鱼——用湖底的水草穿在腮部。玉衡高兴得尖叫起来。

"阿羽你好厉害啊,哈哈哈哈!好棒啊!!"

顾不得阿羽刚走上岸,玉衡跌跌撞撞冲过去,一边欢呼,一边抢下他手中的鱼。

碎金一般的水珠从阿羽的胸口流下。他露出孩子气的笑。

阿羽偶尔绽开的笑容,像沙漠上方的星空一样突兀而明艳。

就像现在这样,让玉衡的脸烧得滚烫。

林峰回来的时候,一堆篝火已经烧了起来,烤鱼的香气四散开来。

经过一冬的休养,春天的鱼格外肥美,一条条圆滚滚的。在火苗的舔舐下,柔润的脂肪融化,将鱼皮变得酥焦,细嫩的鱼肉绽开,一口咬下,满是鲜甜的汁水。

阿西是和林峰一起回来的。跑回来的时候，一脸兴奋。长这么大，他从来没有离家这么远，没见过这么美的湖。

这个整天在家里劳作的十四岁少年，一扫平日的阴翳，竟也笑得十分明朗。

看见阿羽的时候，他似乎有些不好意思说话。他解开衣服，里面包了好几只黄鸭的蛋。

早晨的时候他听到了阿羽向林叔叔帮自己求情，还是有点吃惊的。因为昨天晚上，阿西还和父母说谎，冤枉阿羽放丢了家里的羊。

其实阿西也说不清楚自己为什么讨厌这个哥哥。他哪里都比自己强。虽然没有血缘关系，但他对自己一直很迁就，比周围很多欺负弟弟的哥哥强多了。

……可能就是因为阿羽什么都比自己好，自己才这么讨厌他吧。

阿羽走过去，帮着阿西用泥巴裹好鸭蛋，包上有香气的树叶，又埋在篝火之下的土里。阿西没有吭声，只是不像以前那样捣乱了，默默地把泥巴在鸭蛋上裹匀。

林叔叔满身是土，汗水在脸上冲出了弯弯的沟壑。他沉甸甸的背包里收集了不少矿石，兴奋地拿出来给大家看。

黝黑的锰矿石、洁白的白云母、金光点点的铜矿石，甚至还有一小块罕见的黄水晶。

"林叔叔，为啥青海有这么多矿产？"玉衡递过去一串烤鱼。

"你是要听现实版本,还是神话版本?"林峰哈哈大笑起来,一口咬住鱼的肚子,又大叫一声,像小孩子一样张开嘴,被烫得眼泪汪汪。

"神话版本?"对着篝火出神的阿羽突然直起了身子。

林峰顿时来劲了,滔滔不绝地说起来:

"柴达木盆地南端的昆仑山,号称'中华第一神山',据说,是中华民族文化的'祖庭',是诸神眷顾的地方,所以矿产丰饶。史书记载,四大文明圈的形成,黄白人种的分化,始于公元前3102年。在印度,那正是史诗《摩诃婆罗多》中记载的'迦利时代'的开始;在埃及,有美尼斯王统一上下埃及……"

"在中国,黄帝正大战蚩尤于涿鹿之野,人类全面从新石器时代进入文明时代。"阿羽流畅地接上了林峰的话。

"对!这个时间点之后,黄白人种对于6万年前产生并已广布的棕色人种进行征服替代,人类从新石器时代进入文明时代。黄白人种在地球的两个点同时产生,然后向相反的方向迁徙。那是两座高山,是欧洲最高峰厄尔普鲁士峰和K2乔戈里峰。"

"黄白人种?不止中国人吗?"玉衡好奇地问。

林峰越发兴奋起来,"不止!据有些人类学专家考证,黄白人种在地球的两个点同时产生——欧洲最高峰厄尔普鲁士峰,还有K2乔戈里峰。然后向相反的方向迁徙。从人类迁徙的路线来看,大高加索山和帕米尔地区是最重要的分岔路口……"

阿羽淡淡笑起来:"那么,为什么人类起源于艰苦的大山,而不是富饶的平原?"

林峰大喜过望,"问得好!考古界也一直被这个问题所困扰,和你一样,也有质疑者提出,为什么征服者往往会从环境恶劣的山区突然冒出来,而不是在富饶地带平稳发展?但'山地起源说'也有很多证据支持。很早以前,专家就发现大高加索山的白人具备最典型的'白人特征',所以称白人为'高加索人种',而同样发源于K2的黄种人,构成了东亚人主体,所以中国人称昆仑山为'祖庭'……"

"因为昆仑山沿线是从K2到中原的唯一道路。"阿羽静静地说。

"不周山!"玉衡兴奋地说。

"对,不周山就是中国人对K2的称呼。"林峰兴奋地摸摸玉衡的头,"虽然主流科学界认可达尔文的进化论,但很多人也认为,进化论本身仍然存在很多自相矛盾之处。中国史书有载,不周山是人界能够到达天界的唯一路径。阿羽,按照你的看法,文字的诞生来自星空,那意味着文明的诞生也可能来自星空。最初的人类在大山上神秘出现……这些表面无法解释的一切,可以用同一种假设自圆其说……"

"是什么?"玉衡脱口而出。

"神创论——神灵创造了人类的皮囊。"阿羽轻轻地说。

一旁，阿西早就听得打起了瞌睡，手里的烤鱼都掉到了地上。

剩下的三个人一直在静静地思考。林峰微微皱着眉头，时不时看阿羽一眼。

天色由明转暗，篝火发出噼啪的响声。

金色的火焰在阿羽深不见底的黑色瞳孔中缓缓跳动，直至熄灭。

不久，阿西和林峰已在帐篷里沉沉睡去，阿羽突然拉着玉衡的手，往湖边走去。

春日的虫鸣渐渐响起，星星开始在东方的地平线出现。

脚下都是起伏的泥块和青草，玉衡深一脚浅一脚地走在夜色里，却不担心脚下的路。

因为阿羽紧紧地拉着她。

他走得很快，握着玉衡的手依然坚实有力。那乌黑鬈曲的头发在夜风中飘动，细长的眼中映着星光。

像一头陌生而沉默的兽，却莫名让人觉得安心。

终于，他们止步于湖边。

空气中荡漾着湖水的青涩味儿。大地泛着潮声，星空却一片寂静。

"你有很多问题想问，问吧。"

"你愿意说？"

"嗯。"

"说实话吗?"

"没办法说谎……最多只能不说话。"

"什么意思?"

"我们的种族,是用意识直接交流的,不存在谎言的可能性。这一点和人类不同。"

玉衡咳嗽了两声,伸手去摸他的前额:"你发烧了?"

一只不知名的水鸟掠过,黑色的剪影很快消失在夜色中。

阿羽抬起了手,直指中天。

"你知道吗?人类从星空中得到的,不仅是文字。《千字文》中有云,'日月盈仄,辰宿列张;寒来暑往,秋收冬藏'。二十四节气的制定,让人类学会顺应天时,从大地中获得足够的粮食能量。其中,最重要的就是春分、夏至、立秋、冬至这几个时间点的确定。"

"文字属于精神世界的力量,而节气提供物质方面的支持?"

"没错。节气的时间点,对早期农业耕种来说特别重要。《尚书·尧典》有云,'日中,星鸟,以殷仲春'。意思是,要想判断什么时候是春分,要等到日夜等长,一个叫做'鸟'的星宿会出现在中天的时候。"

"鸟宿?中国古代二十八星宿里,没有'鸟宿'啊!"

"这就是千古不解的'四仲中星'之谜。"

"四仲中星之谜[①]……想起来了,林叔叔好像提过!'星鸟'到底是哪个星座,确实一直没有定论。"

"'鸟',实际上是两个星宿的组合。因为在公元前2455的春分时节,南天的最正中间位置,并没有出现一个完整的星宿,那个位置恰好位于张宿、翼宿的中间。"

"2455……为什么是2455?"

"细说太麻烦。你只要知道它和木星有关就行了,以后可以慢慢研究。"

玉衡很无语。对阿羽这种只有结论没有过程的回答,她已经习惯了。

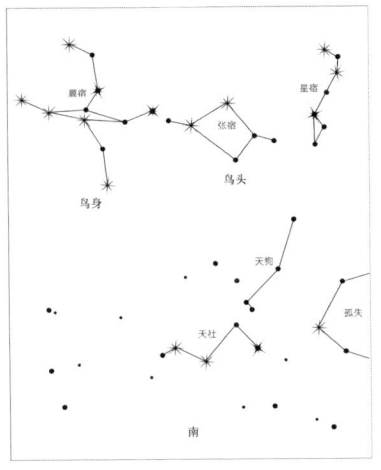

[①] 四仲中星之谜:中国古代用四组恒星黄昏时在正南方天空的出现来定季节。《尚书·尧典》载:"日中星鸟,以殷仲春;日永星火,以正仲夏;宵中星虚,以殷仲秋;日短星昴,以正仲冬。"但是,"星鸟""星火""星虚""星昴"分别指什么,学术界一直有不同的观点。

"你看那里,张宿构成了鸟头,翼宿构成了鸟身。"顺着阿羽细长的指尖,玉衡望向南中天的正中。

果然,一些星星组成了一只有点萌的"星鸟",仿佛正在天空翱翔。

"'神'是存在的。林峰是对的。"

玉衡皱起眉头,"你怎么知……"

阿羽望向西方的地平线。玉衡看到,那里,心宿正在落下;其中最耀眼的"心宿二",将很快消失不见。

"心宿二,整个天空中最明亮的一等星,红色的光芒如心脏一般闪亮,那里是创世之神居住过的地方,那里是龙骨星船的港湾——我曾经的故乡。"

阿羽站起身,面孔埋在夜色的阴影中。

"仓颉真的有两个瞳仁,我教他造字的时候看到的。"

玉衡摇摇头。她站起来,突然觉得有点难过。

"你骗人。"

谎言再浪漫,也不过是谎言。

玉衡想要转身离开,阿羽突然有点野蛮地拉住她,一下搂进怀里。

他胸口很烫,不停地起伏着。

"人类的皮囊很奇妙,能感受到很多光体生命感受不到的东西,比如心跳。"

玉衡挣扎了几下,阿羽却抱得紧紧的。

玉衡只觉得心中一股火气难平。

好你个阿羽，骗人，还捉弄人！

玉衡突然不挣扎了，她踮起脚，把脸凑上去，近到两人的鼻子几乎要相碰。

阿羽似乎吓了一跳，他火烧似的松开了手，转过头，做出一副认真研究星空的样子。

"你是不是喜欢我？"

阿羽把头转到另一边。

玉衡像陀螺似的转到另一边，"你是不是喜欢我？"

阿羽又想把头转开的时候，玉衡已经吻了上去。

湿凉的、温软的初吻。阿羽身上，有水草的腥气，和小兽一样的奶香。

画面就定格在这一秒，半空中的玉衡，看着湖畔的两个小人渐渐模糊。她知道，自己已经没有任何办法，再回到人生的那一刻。

终于，两个小人弥散在时间的涟漪中。

泪水模糊了玉衡的眼睛。

画面凝固在东方微明的星空上，渐渐淡去。时间轴加快推进，到了几年后的上海。

大学的礼堂中，玉衡正在做博士论文答辩。怀孕五个月，她的小腹已经微微隆起。

玉衡在讲解，一些星图和演算公式的PPT正在屏幕上播放：

"中华文明最初的文字来自星空，始于公元前2455年。中华文明的起始，距今已有五千年。下面请大家看一下天干地支与星空的对比图。二十二个图形都可以完美整合，详细见我的论文。这里只给出几个例子。

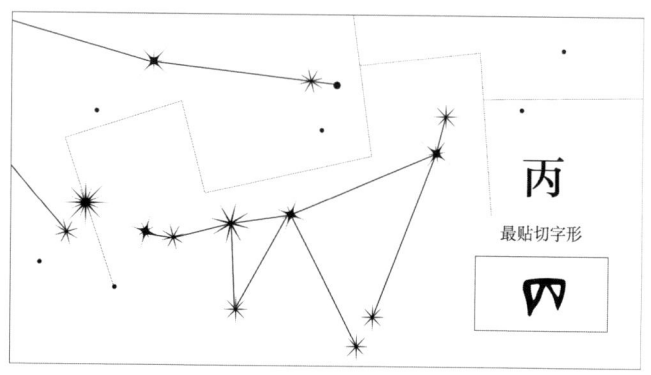

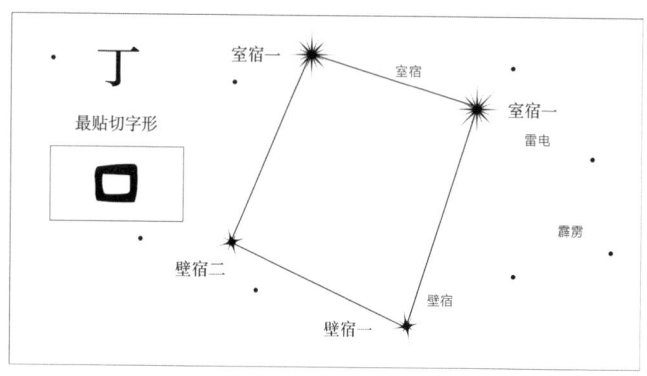

……

"公元前2455年这个时间点的确定，源于木星。中国人有拜太岁的民间习俗。太岁，是木星的神格化。木星差不多12年绕太阳一周，后来和天干整合一起，形成60甲子太岁说。《尔雅·释天·岁名》记载，太岁在寅曰摄提格，在卯曰单阏……按照古人的说法，'摄提格'指'寅年'，'单阏'指'卯年'……可以推测，中国古代第一次观星造字，是寅年寅月木星在'寅'（星象天区）、卯年卯月木星在'卯'（星象天区）的时间。这样的时间每1020年出现一次，结合最早的甲骨文造字资料、星图的时间方位，可以推算出：中华文字最早创造于公元前2455年。"

玉衡暂停了叙述。台下，导师们相继开始提问。

"如果文字来自星空，那么造字者是谁？原因和目的是什么？"

"我的论文比较倾向于神创论，但也只是推测。目前，还没有人知道真正的答案。"

"西方学界有学者认为，中华文明的历史始于商朝，距今只有两千余年。请问你怎么看？"

"文明的起源，通常有三大标志：文字的产生、城市的出现、国家制度的建立。其中，文字的产生最为重要。我的论文对此有详细论述。星空造字的研究表明，中华文明历史确有五千年无误。星空是不会说谎的。"

答辩完毕，下面响起雷鸣般的掌声。

画面定格,再次模糊。

前方,龙骨星船的一片黑暗中,出现了一个赤红色的漩涡,气流搅动,透出一股沙尘的气味。

玉衡开始发抖。

但她还是走了进去。

里面是一片混沌之海。

风。黄色。飞舞的黄沙被漩涡一般的风卷上半空,拳头大小的石块在地面滚动。

火。红色。巨大的红色星体,好像太阳,又好像心宿二。像火焰,又像鲜血。

水。白色。一片纯白的背景,一滴滴落下的液体。

那是医院的点滴瓶,一群人的嘈杂声,爸爸模糊焦急的面孔。

不,那是阿羽的面孔,和漫天干燥飞舞的黄沙。

画面的信号接收不稳似的抖动起来,玉衡头痛欲裂,冷汗一层层冒出来。

双腿已经无法支撑身体的重量,她跪坐在地。

门外,林峰始终焦虑地盯着屏幕,上面显示着玉衡的心跳、血压等生命体征数据。

三天前的实验,他几乎已经全忘了。只有最后一幕的场景还隐隐约约留在脑海。

那场雅丹风暴黄沙飞卷的场景。

但他知道，那黄沙纷飞的场景，真实发生过。

十年前，那场雅丹风暴。

他带着玉衡、阿羽和阿西进入那片雅丹地区不久，就遇到了十年不遇的特大沙尘暴。风暴之前，他和孩子们失散了。他很幸运，在风暴中昏迷后，被几个开车的当地居民所救。醒来后，他立刻开始搜寻。

找到孩子们已经是七天之后。失散的时候太匆忙，三个孩子身上的淡水只能支撑两三天。搜寻过程中，林峰几乎已经绝望。

本来……是储备了足够的淡水……本来……

是不应该和孩子们失散的。

第一天夜晚，他们在乱石群中露营。清晨起来，林峰发现最大的那个装淡水的水壶倒在地上，裂了一条缝，水已经流干。这下，他们失去了一半的淡水储量。

林峰强压着焦急，叫来了三个孩子询问。

阿西大叫冤枉，说自己晚上一直睡着，根本就没有起过身，更没有到放水壶的角落里去。

玉衡最开始没有说话，后来说，自己也没有起来过。

阿羽则一直沉默。

林峰夜里睡得并不实在，但他确定听到过有人起来的响动。他心里最怀疑的当然是阿西，但没有证据，他又不好说什么，只能再次追问不说话的阿羽。

"阿羽,你呢?起来过吗?"

"没有。"阿羽沉默了一会儿,说。

林峰终于忍不住发火了:"我夜里听到有人起来了!你们三个人里肯定有人在说谎!阿羽,昨晚阿西有没有起来过?"

阿羽低头不说话。

阿西大叫起来:"你们所有人都不相信我的话!"

林峰很严厉:"发什么脾气?是不是心虚?"

玉衡想要张口,但看到林峰的怒气,又低下了头。

这时,阿羽抬起了头:"阿西和我挨得很近,我确定,他没有起来过。"

玉衡终于忍不住了,泪水夺眶而出:"林叔叔,对不起,我起来到外面方便,迷迷糊糊走错了方向,觉得好像踢到了什么,但是太困了,没有留意……"

林峰有些吃惊,加上生气,一时语塞。

阿西狠狠瞪了玉衡一眼:"呸!撒谎精!"

玉衡终于忍不住,抹着眼泪冲出了帐篷。阿羽急忙去追,刚走了几步,又匆匆折回来随手拿了一个小背包,里面有些纸巾之类的必备物品和一两天的淡水。

林峰本想跟着出去,迟疑一下,又站住了。

他和阿西大眼瞪小眼地坐了一会儿以后,阿西看起来有点不安,终于也起身出去找两人了。

没想到,短短一小时后,那场风暴就开始了……

这是林峰人生中最后悔的时刻。如果一切能够重来……

他永远也忘不了找到他们三个的那一刻。

在一块巨大的黄色岩石背后,阿羽背靠岩石,闭着双眼安静地坐着,身上落满了黄沙。玉衡躺在地上,头枕着阿羽的膝盖,已经昏迷不醒。阿西神志清醒一些,看到救援队员就"哇"地哭出声来。

救援队员上前的时候,才发现阿羽已经没有气息了。

他被葬在了冷湖的四号墓地。

玉衡从医院醒来以后,双目空茫,完全失去了关于雅丹之行的记忆。医生说,这是应激性创伤后遗症的表现。

而阿西,似乎也受到了强烈的刺激,接下来的几天都像祥林嫂一样翻来覆去说着同一句话:"阿羽变成水了,阿羽变成水了。"

"撒谎精"阿西的话,当然是没人信的。

但令林峰困惑的是,玉衡和阿西得救的时候,他俩的水壶里竟然都还留着一点余水;医生检查过后,也说二人的身体并没有出现明显的脱水状况。

他们是从哪里找到了七天量的淡水?

一声鸣笛打断了林峰的思绪。

金属门外,检测小组突然检测到了玉衡体征异常的信号。电子屏幕上,心跳、血压都到了危险值。

林峰紧张地站了起来。救援小组即将出发之际，组长做了一个手势："等等。"

屏幕上的数值，突然下降到了安全范围。

玉衡再次睁开眼睛的时候，看到阿羽坐在她身旁。

终于，在龙骨星船之中，她不再是从半空中看着阿羽，而是真真切切感受到自己和阿羽坐在一起。

她的嘴唇很湿润，还留着熟悉的、淡淡的青草气味。

"嗯，刚才亲你了。"玉衡什么都没问，阿羽主动说。

这只是幻觉，自己的脑子造出的幻觉……

如果这是幻觉，能不能永远都别醒？

玉衡抱住了阿羽。

"是幻觉吗？你还活着吗？"

"我早就湮灭了……嗯，死了啊……这么多年了，你怎么还这么笨。"

"你混蛋！"玉衡大哭起来。

阿羽温柔地拍着她的后背："好啦好啦。现在你看到的我，只是一封信，一段残留信息。我死之前，埋下了最后的能量源，这封信设定在十年以后激发——这是以往光体生命最小的时间单位。为了不给你增加不必要的麻烦，我只留下了'火星、2455'的信号。我想，如果你能看到，就会来的。如果没有，信号源的能量用完了，也会结束的。"

龙骨星船最后的场景，是一片光洁的盐湖。两人正坐在坚固的湖面上。

周围一片寂静，而头顶的星空，错落堆叠，璀璨得如同千朵烟花绽开的明珠。

盐湖表面平滑如镜，如同全息投影一般，反射着星空，形成一片无缝连接的星海。

魔幻的星空中呈现出美丽的星座连线，如梦境一般，在盐湖表面，映出天干地支的二十二个汉字。

玉衡和阿羽，仿佛悬浮在宇宙星空中的两滴小水珠。

"这是地球表面能出现的最漂亮的小宇宙了。在这里回忆很不错。"阿羽满意地说。

"记忆？"

"雅丹之行那次，为了不让你太痛苦，我删去了你的一些记忆。"

阿羽轻轻揽着玉衡的肩。

天空中开始出现一些图像。

他们第一次在教室相遇。

为玉衡挡开飞溅的木柴的一刻，他的手部定格的画面。

接触木柴火焰的一瞬，他的手部涌出一层清水，蒸发成雾，带走了热气。

褡裢湖畔。

初吻以后，其实阿羽还说了很多话。

阿羽说，自己是创世之神——来自另一个宇宙的高级文明，一种光体生命。

祂们的种族，来自另外一个更高维度的宇宙，可以轻易控制地球人的思维意识。祂们乘坐着一种叫"龙骨星船"的飞船，创造了这个宇宙，并在一些星球上播种了生命。随后，祂们留下了种族的少量个体，以"灵魂融合"的方式，和星球的各类生命体相融合，并传播最初的文明。在地球文明史五千年的漫长时光中，祂们不断选择不同的皮囊，替代他们原有的灵魂，一代代生活下去，成为文明的"观察者"。阿羽就是其中一员——在人类皮囊里生存的高维生命体。

在地球上，留下的几个光体生命做了很多工作。在那两座山峰上，祂们共同造出了最初的人类。随后，几个个体就分散到了不同的文明圈。阿羽负责在华夏文明起源之时，帮助人们识别星空、创造文字、定下节气。

那一晚，阿羽低沉的声音仿佛带着魔法，穿越时间之海，抵达了那颗红色的大星星——停泊着龙骨星船的心宿二——光体生命在创世以后的第一个家园。

相对于心宿二炽热的环境，光体生命更喜欢在凉爽、湿润一些的环境中生存，为此，祂们制造出了冰冷的皮囊，并用特殊的引力场，将皮囊与炽热的环境隔绝开来。在永恒的时间中，光体生命既可以在皮囊中寄居，也可以脱离皮囊而存在。皮囊会老化替换，但光体生命的意识却不生不灭。

"所以，选人类皮囊的时候，我也喜欢湿凉一点的。"阿羽会心一笑。

强烈的头痛中，玉衡似乎失去了反驳的意识：

"为什么是心宿二？"

"只有红超巨星内部的能量可以补充龙骨星船的能源。而光体生命跨越宇宙创造世界的跃迁点位置，刚好在心宿二附近。"

"灵魂融合，是什么意思？阿羽的这个身体，有原始灵魂？"

"你可以理解为，我的意识取代了这个身体的意识。作为造物主，我们种族能够控制，也可以取代人类的意识。"

"创世的原因是什么？"

阿羽的眼中出现了一丝淡漠的怅然。

"在我们原来的家园——另一个高维的宇宙中，我们的种族和另一个文明爆发战争，败到只剩下最后一艘飞船，只有空间跃迁才可能保留最后的文明火种。但是，因为所有的跃迁通道都被敌人封死，所以我们只能在空间中创造出一个新的宇宙。不过，由于这将消耗巨大的能量，于是，飞船上九成的光体生命选择了自我湮灭。能量汇聚成一片最灿烂的海洋，终于冲破了时空的极限，载起了龙骨星船，驶向新的世界——你所在的这个新宇宙。"

海洋……恍惚中,玉衡突然记起,阿西从医院出来以后,有一阵子总在家里哭闹。

"阿羽变成水了,阿羽变成水了。"

有一天阿西哭闹的时候,本就伤心的父母,将他狠狠打了一顿。

那以后,阿西不再提这件事,也很少再去放羊了,只是整日拿着阿羽留下来的水壶坐在家门口,从日出到日落,人看着呆呆的,似乎在等阿羽回来。

玉衡到上海以后,也渐渐和他失去了联系。听说,他离开家乡,去了很远的地方工作。辗转几次后,再无音讯。

"雅丹……你的死……是为了给我和阿西补充水……"

在阿羽怀里,玉衡剧烈地发起抖来。

"可惜最后力量太弱了,没能把他的记忆清除干净。"

阿羽伸出了手。

一缕银色光芒开始在他手心绽开,仿佛燃起了烛火。

亮光渐渐扩散到他的整个手掌。肌肤变得透明,显现出骨骼的形状,渐渐的,连骨骼也消失在亮光中。

亮光过后,他的手心出现一汪清水,微微晃动,映着褡裢湖春日的星光。

因为疲惫,他的额头出现了汗珠。

"光体生命释放光能的时候,会自我损耗。唯一的副产品是 H_2O——纯水。小规模的损耗是可以自我修复的。

超过一定限度的话,我们就会彻底湮灭——就像人类的死亡。不过别伤心,我只是一段残存的记忆,回放一下给你看而已。"

玉衡呆呆地看着那汪清水从阿羽的指间流下来,滴在盐湖上。

"刚来地球的时候,我的能力是很强的,可以呼风唤雨,移山填海。中国上古的一些神话,像《山海经》里面,都有我们种族的影子。后来随着力量的不断衰弱,我们必须寄居在人类的皮囊中。雅丹那天,我甚至没有隔空取物的力气。变成水以后,我最后的力量,也只能是埋下信号源而已。"

玉衡哭起来。

"我和阿西不就是普通人类吗?你值得吗?!"

"我已经活得太久了。宇宙星辰,日升月落,该见的都见过了。一代一代困在人类的皮囊里,慢慢变得越来越衰弱。我已经失去了联系地球上同类的能力,只怕有朝一日,龙骨星船再来到地球的时候,我也接受不到信息了。"

玉衡哭得透不过气来。她的头痛在减轻,意识却渐渐模糊。阿羽轻抚着她的头。

"光体生命是没有性别的,喜欢一个人的感觉,是人类这副皮囊给我的。为喜欢的人做一点事情,感觉挺好的。"

星云铸就的龙骨星船,开始慢慢解体。星尘飞溅,化为碎片、粉尘、无数原子。

阿羽淡淡笑起来，看着周围纷飞的粒子，温柔地抱紧玉衡。

"你看，创世之初，这些原子组成过宇宙恒星、江河大地，后来又组成无数人类的身体。无数分离，终将重聚。也许，我湮灭后已经去了另一个世界；在那个世界，我们还会再次相遇。"

"你的同伴，还在人类中生活吗？"玉衡喃喃自语。

"是的，祂们在不同的皮囊里，也许会慢慢衰弱，也许有一天会被人类发现。"

周围的画面在渐渐变淡。

"不要哭啦，我要走啦。乖乖睡好不好？"

玉衡努力想要睁开眼睛，阿羽的身影却渐渐模糊。

"不要走，我会忘记你的……"

阿羽狡黠一笑。

"不要……"

"再见了……"

夏末的上海，已有几分凉意。玉衡夹着教案，匆匆行走在大学的林荫道上。

道路尽头，前夫抱着女儿在等待她。女儿一见到她，就跳下地，飞奔而来。匆忙中，玉衡手中的教案散落到了地上。

那里面，有"光体生命研究"的字样。

"妈妈，今晚还讲龙骨星船的故事好不好？"

"好啊。"

玉衡抱起女儿。

像很多很多个夜晚一样，她在星空之下，抬起头。

西方的天空中，红色的心宿二正在闪烁。

钟水饺

月亮出来亮汪汪。

月光兜在山谷里,像泼下来的黄酒,荡过树梢、山涧,又不着痕迹地滴落在石凹里,深深浅浅地摇晃。

春阳的脑子也在晃。他不知道自己为什么在这里,却知道今天是除夕。他不知道自己为什么在这里,却知道自己要去一个地方。

一个不得不去的地方。

春阳抬头看了看圆盘似的满月。奇怪。除夕应该是新月——而新月是看不见的。

头又开始痛了。他扶着脑袋,脚步却没有停,像一匹充满倦意的马。

干冷干冷的。虽然没有风，寒意也顺着身上棉袍的每个缝隙往里钻。这件古代样式的衣服又是怎么回事？

毫无道理，却又顺理成章。春阳觉得自己的脑子像个筛子，有很多东西漏出去了。这种"矛盾"又不"矛盾"的感觉，就像看世界的时候闭起了一只眼睛，既"看见"又"看不见"。

身后窸窸窣窣地响起来，由远及近。

一群黑白衣服的小孩子凭空出现似的跑起来，个个手里都提着一盏黄灯笼，像月光凝出来的。他们一路叽叽喳喳，话音细碎难辨。

他们像正常的小孩子那样打闹着，像一阵风从春阳左右掠过，仿佛他不存在似的；远处的风带来他们的歌谣。

小老鼠，上灯台，偷油喝，下不来。

小老鼠，上灯台……

这群灯影似的小孩跑到前面去了，消失在一片黑黢黢的树林里。他们十几个的脸，春阳一个都没能看清，凝神去看的时候，他们脖子上方又似乎只有雾气般的一团。

那里有处亮光。刚才怎么没注意到呢？

也许只是用来引路的东西吧，脸又有什么用呢。

这突如其来的念头让春阳后背起了一层薄汗。

夜色渐沉。他向着亮光走过去。寒露凝在脚边的叶子上，成了霜。

原来林子深处有家餐馆，古代风格，乌黑油腻的木头别别扭扭地堆砌在一起,酒旗已脏得辨不出颜色;但门却是诡异的现代金属质感,反射着一大片冷白的月光。

春阳有些不敢推那门,怕这门也是一道混乱的时空线,走进去,身体就要被割成几格。

正想着,门猛然向内打开,一个穿着红袄的女人带着一股脂粉味冲出来,眼见她就要撞到春阳怀里,却被一只粗糙的大手死死拽住了红袄,一把拖到地上;她身手还挺灵活,打了个滚儿弹起来,又要往外冲,却挣不开身后的那只手,一张窄长的似老鼠一样的脸上瞬间变了颜色,露出四颗白牙,像是要咬人的样子。

抓她的是个老人,一身深色的长衫,一手利落地从女人身上抓出一个荷叶包,另一手拖着女人就往里间走去;走了几步,老人回过头来懒懒看了春阳一眼,仿佛催他似的。春阳心里疑惑着,脚下却不由得跟着他往里面去了。

这餐馆也是个古怪的空间。餐馆有两层,二楼的天花板不是平的,而是个向外凸出的圆顶。一层大厅里摆着许多张疙疙瘩瘩的木桌,只是一个客人都没有。桌子形状古怪,大小不一,泛着肉色的油光,似乎用了挺久;细细看来,这些桌子腿竟像是长在地板上的根系,有许多条,彼此相连,像榕树似的密密麻麻,不能计数。

而餐馆正中突兀地摆着一个精钢的银色大桶。春阳隐约觉得,从外面看这餐馆不大,里面的空间却要高得多,这桶更高得简直通天似的,里面还发出阵阵古怪的轰鸣。

大桶正前方有一张大桌子，方方正正的精钢制成，和店里所有木桌都不同。老人拽着老鼠脸女人一路过去，将她顺手按在椅子上，又将荷叶包丢在桌上。

荷叶被摔散了，里面是一包颤巍巍的肉馅儿，香气扑鼻，油润润的泛着光，在枯瘦暗淡的荷叶映衬下，竟如泥土中卷出的玛瑙一般艳丽，令人几乎无法移开目光。

一股极细却极鲜明的香气传来，像冰冷的铁丝一般钻入鼻孔。

一队银色的机械甲虫顺着桌腿爬上来，约有十几只，有些像甲虫，橄榄形状的身子下有无数细足。它们整齐划一地抬着一个大箱子，里面有一些碗筷、锅具。放下后，它们在一旁乱糟糟地挤成一团，兴奋地等待着什么。

老人先取出一块砧板，抹上面粉；接着从一个食盆里捧出一大块面团，开始在砧板上摔打，又慢慢搓成圆条，切成均匀的小段，擀成一片一片。

他将面皮放入枯木般的掌心，又用勺子挖起一团肉馅，双手有技巧地几捏几合，就成了一个白胖的饺子。

一个又一个，不一会儿，他手边就已经堆满了饺子。银色甲虫们迫不及待地争相挤上前。它们一个接一个地抬起饺子，走到那大桶后面去了。

那细丝绒一般的短腿齐齐擦过桌面的时候，发出指甲刮玻璃的声音，令人头皮发麻。

老人也跟着走到后面去了。这时，旁边传来一阵微弱的响动。

原来那个鼠脸女人一直弓着身子,在偷吃饺子馅儿。也许从刚才就开始了,这会儿老人走了,她更索性伸出长着长指甲的手,一把一把,将那肉馅儿从荷叶包里挖出来,再狠狠塞进嘴里。没几下,那包肉馅就已经空了。

她的表情很奇怪。嘴里塞得满满的,几乎要哭泣似的,又含着一种热切的渴望。这香气四溢的肉馅,对她来说,却好像是世上最苦的东西。

不知为什么,春阳觉得,这馅儿似乎是她在帮老人吃的。

将最后一口馅儿塞进嘴里以后,她也已到了极限,再也吃不下一口;想要吐的时候,嘴角已经溢出了一点肉沫,然而最终还是挣扎着将馅儿咽了下去。

她黑而细瘦的脸涨得通红,两行泪水顺着瞪得大大的布满血丝的眼睛流下来。看起来简直像是一只要溺死在香油灯台里的老鼠,令人厌恶又生怜。

带着好奇和恐惧,仿佛着魔了似的,春阳也几乎忍不住,要伸出手,去刮那余下的一点点肉沫了。

而他的手却被抓住了。老人不知何时走了出来。冰冷,干硬,不似活物的一只手,力量却大得像铁钳。难怪刚才把鼠脸女人抓得死死的。

春阳抬起头,那老人却扭开脸,避开了他的目光。

银甲虫们已经从铁桶后面排着队走来。它们送上了两碗淋了红油的水饺——钟水饺。红油上星星点点。白的是芝麻，绿的是葱花。

春阳从一只银甲虫的背上取下银色调羹的时候，它几乎要吱吱地欢呼起来。

老人已经坐下，舀起了碗中的饺子，一口一个地吃了起来。

白色的热气浮起，周围的一切都有些恍惚。只有鼠脸女人的呜咽从旁边隐隐传来。

春阳依然想不起自己为何来到这个地方；只是这里似乎是一定要来；而这碗饺子……也似乎是一定要吃的。

舀起饺子的时候，春阳的手在微微颤抖。

那饺子皮煮成了半透明的莹白色，滴落的红油在上面留下了深深浅浅的纹路。

咬下去的时候，饺子爆出了汁水。不知是什么馅儿，触感轻柔细滑，脂肪的半凝固感将鲜味裹在舌尖，又仿佛像皮冻似的，有点清爽质感。里面还夹着一层绵软如纱网一般的东西，入口即化，留下一团不可名状的细腻香气。

来不及回神，春阳已不知接连吞下了几个滚烫的水饺，红油的辣度让喉咙仿佛要烧起火来。他的口腔像被无数钢针微微刺着，充满了芝麻、花生碎和花椒粉的浓香。

老人也在旁边吃着饺子。他的脸上全然没有享受的痕迹，只是机械、麻木地将饺子一个个送入口中。

此时，春阳感到胃里开始灼热起来，十分不舒服。口中残余的鲜味正慢慢变得苦涩。

银色甲虫为春阳送上第二盘饺子的时候，鼠脸女人挣脱了绳子。她先是打翻了老人手中的碗，然后死命扑过来，把春阳面前的碗也掀翻了。

滚烫的红油连带饺子凌空飞起，又落在地上，在静寂的夜里发出巨大的声响。

女人拉起春阳，跑向二楼。她的力量竟也大得惊人。

那木质楼梯看起来只有十几级的样子，却感觉怎么也跑不完。春阳感到胃部沉甸甸的，脑中像有许多钢针同时在刺。一股绝望和悲伤的感觉如洪水泛起。

他回头看下去，竟有无数银色甲虫像潮水一般地涌过来。鼠脸女人一手拖着春阳，另一只手在扶梯的一个凸起处按了下去。不知怎么的最下面的几级木阶消失了，变成了平滑如镜的钢板斜坡。甲虫一波一波冲上来，却又滑下去。有几只摔得仰面朝天动弹不得，无数乱伸的细脚露出一股蠢相。

终于爬上了二楼。空气中有一股若有若无的腥气。

前面几步就是那只雪亮的大桶。然而，一群穿着黑白衣裳的小孩正漂浮在半空中，拦住了他们的路。他们都提着黄色的灯笼，唱着儿歌；重重叠叠，鬼语一般。

小老鼠，上灯台，偷油喝，下不来。

小老鼠，上灯台……

然而身后，老人已经上了二层，只差几步就要追上来了。

一双细长的眼睛陷在脸上刀斧一般深刻的皱纹里。眼睛形状很细长，却又十分熟悉。不知为什么，春阳心里有种异样的感觉。

这是他第一次与春阳对视。此前，他一直在回避着什么。

为什么？是怕？还是愧疚？

没时间了。鼠脸女人皱起眉头，额角出现了细细的汗水。当她露出了牙齿，正要向那些孩子扑过去的时候，春阳突然意识到一件事。

这些孩子是没有脸的。脖子以上的部分，像一块圆白的月亮。应该和刚才路上遇到的是同一种类型吧，所以当时看不到脸。

就像计算机编程的游戏，有些角色的作用只是"引路"和"阻拦"。功能性的角色，无需增加多余的代码。

在他想到这些的一瞬间，那些半空中的小孩子，就像烟一样消失了。

春阳的头又疼了起来。那雪亮的大桶已经近在眼前。

鼠脸女人不得不松开春阳。因为老人已经赶过来，和她厮打在一起。

厮打之中，老人的神色渐渐凶狠起来，眼睛泛起了红血丝。

春阳已经走到大桶边上。老人想要过来阻拦，却被鼠脸女人缠得脱不开身。他将女人逼到桶边，扼住了她的喉咙。女人的脸色渐渐涨红起来。

然而春阳已经看到了桶里的东西。

里面全是饺子馅儿。桶里有许多钢爪搅动。

红白相间的饺子馅,是无数人脑搅成。大部分的脑子已经搅成了糊状。随着一阵轰鸣,从桶内的一个通道里,又流进来许多新鲜的脑子。随着钢爪的搅动,一个个大脑的筋膜被搅碎,白色的脑回沟变得一团模糊,渗出暗红色的、红油一般的血水。

为什么不是猪脑、羊脑、猴脑?为什么是人脑?为什么我知道这是人脑?

一股强烈的腥气传来。春阳胃里升起一股酸水。他感到一阵晕眩,往后退了几步,倚在栏杆上。

从二楼望下去,他突然发现——

整个餐馆也是人脑的结构。二楼的屋顶,是凸起的颅骨形状;楼下的一张张长着无数细腿的桌子,像极了放大的神经元。

他回过头,鼠脸女人正在垂死挣扎。她挥舞着双手,长长的指甲在老人的左脸颊留下了一道深深的血痕。

同时,春阳感到左脸颊一阵刺痛。

老人直直向春阳看过来,慢慢松开了手。

女人已经不动了。脸上白色的脂粉被汗水糊成了一团一团。她顺着桶的边缘,软绵绵地滑到地上。

春阳和老人,如镜像一般望着彼此。

他们脸上有同样的眼睛,同样位置的血痕。你即是我,我即是你。

远处,模模糊糊响起了除夕的钟声。

饺子,交子。一年之计,交在子时。

春阳心中却并无恐惧。他知道自己正在醒来。

老人一步步走过来。他的身影和餐馆一起变得模糊起来,如颜料融于水中。

他就是我。

从春阳意识到这一点的那刻起,这个潜意识制造出来的餐馆,开始分崩离析。

从深度催眠中醒来,像从深海中浮向水面,黏稠的黑暗一点点亮起来。

从一个世界来到另一个世界,会让人产生一种奇特的漂浮感和迷惑感。

一个圆圆的东西在眼前晃动。那不是月亮,是个发光的小电筒。

春阳的瞳孔像猫一样收缩起来。医生微微颔首。她的白大褂上别着一只银色的甲虫。那是这家情绪中心的标志——"圣甲虫"。

圣甲虫情绪中心。雪白无声的走廊两侧,似乎有无数扇门。春阳就在其中一扇之后。

按照政府规定,"接受者"都需要通过体检。按照规定,测试者会进入深度催眠。医生会同步监测测试者生理心理指数,合格的人,才可以和情绪中心"签约"。

"测试合格。"医生对春阳说完,又犹豫了一下。她找了个借口支开了身边的护士。

春阳望着张医生。她的脸窄而瘦长,牙齿突出,有点像老鼠。

之前,一直是她接待父亲的。据说她是父亲小时候的同学。父亲死后,她还来参加了葬礼,留下了一些钱。看到她在葬礼上哭泣的样子,春阳觉得,也许她和父亲以前是有些亲密的。

春阳是有些恨"圣甲虫"的。只是当时的他并没想到,自己有一天也会来到这里。

医生轻轻按了手腕上植入的触发装置,空气中出现了春阳的体测报告。春阳恍恍惚惚地看着眼前这个红色大脑全息扫描图。想到刚才的红油,他胃里一阵反酸。

"你的脑波活动有些异常……显示你对接收负面情绪这件事是十分抵触的。但按照公司的规定,也没有超过正常范围。但……"张医生压低了嗓音,"你和你父亲的脑波图形十分相似。虽然你父亲是病死的,但在圣甲虫的经历,可能也是原因之一……我不建议你签约。"

她有些愧疚地看着春阳。

"您吃饺子了吗?"春阳开口,说了第一句话。他的声带还有些松弛,声音很哑。

"什么……哦,小时候好像吃过的。这么奢侈的东西。"医生愣了一下。随即,她似乎想起了往事,神态有一瞬间的放松,又有些苦涩。

春阳的父亲是四川人。小时候的每个除夕,父亲都会给自己包钟水饺。

直到基因工程污染了海洋,"大低谷"时代到来。人类社会的农业、畜牧业、捕捞业全面崩溃。渐渐的,饿死的人越来越多,父亲开始瞒着自己到"圣甲虫"去。就像去其他许许多多情绪中心一样,富人到圣甲虫去,把自己的负面情绪转移出去,并付出金钱作为代价。

是的,几十年前,科学家们发现人类负面的情绪不能凭空消除,只能通过脑电波"等量"传递给另一个人。虽然人类已经把地球折腾了个底儿朝天,却仍然解决不了"不开心"的问题。

有人饿死,也有人富极。这是千百年来人类社会的常态。

"你再考虑一下吧,明天给我回复。"张医生低声说。

"不用了,我接受。"春阳伸出手,在电子续约合同上点击了"许可"。

父亲已经不在了,他需要拿到食物,照顾母亲。

"我也想过辞职。但我女儿……"张医生低声说。她的声音在发抖。

"新年快乐。"春阳软绵绵地站起来,慢慢地走出诊室。

雪白无声的走廊,似乎有无数扇门。春阳知道,此刻,几乎每一扇门的背后,都有一个躺在雪白睡眠舱里的"接受者"。

春阳推开走廊尽头的大门。

回家的路,漫长黑暗。这个星球的夜晚,已经几乎看不到人造光源。

自己正走在父亲走过的路上。想到这里,春阳微微战栗。

寒风中,除夕的钟声响起来了。

纪念日

毅：

　　今晚，我在阳台看星星的时候，发现家里的茉莉花开了。比往年开得更繁茂，一朵挨着一朵，香气沉甸甸的，仿佛要坠下来似的。

　　记得我们刚在一起的时候，我问过你，爱是什么感觉。你的回答很有意思——"凉的"。因为我们第一次亲吻是在冬天，你碰到了我的珊瑚耳坠。你说，就像"冰块的凉意是蓝色的"一样，这是一种"通感"。今日回想起来，这并不算正面的回答，倒更像是你羞涩的逃避呢。

　　从地球上看，星星也像一盆放大的茉莉一样，星罗棋布在无垠的宇宙中。

晴天的时候,我会在阳台上望一会儿火星。阴天的时候,也习惯了在睡前打开星图看看。这颗模糊的白色小点,好像你的性格一样,安静而羞涩。有时候我看着看着就睡着了。也有哭的时候——但不多。

真是想你。

在那边还好吗,听到宇宙的"悄悄话"了吗?

前几天老李跟着物资补给飞船去你那边了,我托他给你带了几条电子烟球。本想再多拿一些,又怕你有了"存货",不想着回来了。

那一瞬间,想起了几句古诗。"欲寄君衣君不还,不寄君衣君又寒。寄与不寄间,妾身千万难"。

我知道,你看到这里就会偷偷笑我矫情呢。

下个月就是我们的结婚纪念日了。能回来吗?

欣忆
即日

东方的天色,像青白的蚌壳张开,一点一点露出血橙色的软肉。

又是彻夜不眠的工作。欣忆给丈夫写完邮件的时候,已是凌晨,火星早已消失不见。

她疲惫地用手指梳了几下头发,想躺下休息一会儿,这时电脑上却弹出了新的邮件提示音。那是她的工作单位——国家天文观测中心发来的紧急加密邮件。

看完邮件，欣忆迅速起身，冲进洗手间梳洗。

水流的声音传来。书房的电脑上，三颗炽热的恒星正在邮件显示的虚拟软件中转动，其中一颗渐渐弹出，消失在界面之外，剩下的两颗引力渐渐稳定，形成一个互相缠绕的双星系统。

小欣：

烟球已收到，原来出了新款啊，大家都过来抢，我只剩下硕果仅存的一盒了……

昨天，火星起了好大的尘暴。我高兴得像南方人第一次见了雪那样，隔着工作站的大橱窗拍了好多照片和视频，附在邮件里给你看！哎呀要不是没有室外工作权限，一定要出去体验一下。同事们都笑话我没见识呢，老李笑得最凶，说"闷兔子也有蹦跶的一天"！

最近刚开始工作，一切都很顺利。正如来火星之前预计的，这里的奥林匹斯山最高点的特殊洞穴，能够收集到的宇宙微波背景辐射的信息量，是在地球上的千万倍。已经开始初步的破译工作了。

这些微波自从宇宙诞生的那一刻就产生，一直微妙地悬浮在我们所有人周围。以前我们没有足够的能力去"翻译"这些信息，但是现在不同了——新建的火星监测站有超强的接收仪，还配备了最先进的量子计算设备，计算能力真是太出色了。我们这是在破解宇宙说了千百年的"悄悄话"

呀，想想都觉得神奇。

最近收集到了一些有趣的信息。我们正在期待最后的结果——很可能十分惊人。

接到你的信，我又核对了工作计划表。如果一切顺利，纪念日前一天我就能到家了——当然是在顺利的前提下。

虽然北京已经是夏天了，但夜风还是很凉。在网上看看星图就好了，别总到阳台上吹风了。

毅
即日

柳毅本以为，对他来说，火星生活和地球相比，不会有太大不同，主要都是在屋里对着电脑做研究——直到他第一次看到火星的夜空。

火星的大气层稀薄，夜空繁星闪烁，明亮得几乎不真实。最大的一颗是"月亮"——火卫一，看起来大概有从地球上看满月的三分之一大小，形状有点歪歪的，像一枚没铸好的银币。

天幕中，火卫二也十分清晰，如金星一般明亮。

在这样的星空下，时间仿佛停止了流动。异世界的不真实感，似乎扰乱了人类的感知。

柳毅是个从小就特别喜欢安静的人。但他喜欢安静的原因很特别——十分安静的环境里，会有一种微妙的噪音。后来长大了，他知道科学上这可以解释为人类的血液循环或者幻听,但他并不喜欢这种解释。直到他接触到了宇宙微波背景辐射——一种从宇宙诞生之日起就充满了整个宇宙的电磁辐射,他才给自己的这个小癖好找到了最完美的解释。也许他爱欣忆的原因也正是如此——她发觉了他理性之下深藏的浪漫。

毅:

  这几天特别忙乱,有个惊人的消息。

  不知道为什么,半人马座"三体"星系解体了。α星C被突然"抛出",消失不见,只剩下α星A和α星B形成了双星系统,而且两颗恒星还在相互引力的作用下,不断靠近。

  说"不知道为什么",是真的不知道为什么——这种现象完全无法用任何已知的科学原理来解释。从我们发现星轨异常,到C星完全被弹出,双星系统的形成,只用了不到24小时。

  就在刚刚,联合国已经发布了联合全球科研力量的公告。面对这种完全不符合任何已知物理规律的异象,许多科学家几乎崩溃。难道一切真的如同几十年前那部《三体》小说那样,这是来自"神力"的"降维打击"?

  "不断靠近",你知道这意味着什么。

  一种可能是,两颗恒星合并成一颗巨星,产生一颗高速旋转且可能带有强大磁场的巨型单颗恒星,以宇宙中最剧烈的一类爆炸——长伽马暴了结自己的一生。另一种可能，就是形成黑洞。因为"神力"的介入，目前黑洞的大小无法用常理推算，是否会影响地球，将影响到何种程度，更是不得而知。我们建立了新的系统模型，碰撞的时间还在模拟之中。

我们的保密级别在国家天文局系统里是一致的，相信你也很快会收到类似的通知了。

你是否觉得，我的口吻太冷静了……也许是我太害怕，太震惊，也太无措了。

我本以为自己从小就没有父母，早就明白了人生苦短，世事无常，在面对死亡的时候，我能够像迎接一个老朋友一样迎接它。生命本就是宇宙中的星尘——死亡也不过是再次归于星尘。然而，当死亡真的出现在触手可及的地方，我像是站在午夜的沙滩，面对无尽的黑海，独自一人，感到深深的、压倒一切的恐惧。

原来我不怕死亡，但我怕独自面对死亡。

比起自我意识的湮灭，我更怕无法再见到你。

快回来，好吗？

欣忆

即日

暮色已至。欣忆来到80楼。这是摩天社区的中段楼层，此时渐渐热闹起来。墙壁由深色变得透明，中心的喷水池音乐响起,夕阳像揉碎的一把金子,开始在水柱上闪烁。结束了一天的工作,人们带着孩子和宠物会聚于此,社交、锻炼。

与人为伍,是摩天时代心理师的建议。欣忆觉得今天自己更深刻地体会了这句话。

憧憧的人影,一如往日的欢歌,像一层虚弱的皮影,覆在真实生活之上。

欣忆抬起头,那红棕色的云层之后,是深寒的真空。四光年外,三颗巨大的星体曾如地狱的三头巨犬一般转动;如今,巨犬的头颅被斩去一颗,鲜血溅起,要让整个宇宙为之哀鸣。

欣忆:

不要怕。

收到你的信几小时后,我也接到了内容相似的内部通知。

短暂的混乱后,研究所的一切又步入正轨。有两个原因。

其一,你知道的,在来火星之前,我们都经过了严格的心理测试和培训,筛选下来的,都是心理承受能力过关的。

其二,也是上次我和你提到的,那个惊人的"信息"。

宇宙微波背景辐射的信息层次非常复杂,就像人工智能的深层神经网络,我们目前只能破解最表面的一层。而在火星研究所,借助强大的接收设备和比地球冷得多的低温环境，量子计算机运行状态十分良好，我们终于破解了第二层的部分信息：一组数字，我们认为是一组日期。

日期是随机的，目前我们能看到三个，精确度大概在10万年左右。

从时间上看，第一个数字大概在300亿年之前；第二个数字在140亿年前，很接近人类推测的宇宙大爆炸的日子。至于第三个，就是"现在"——我们目前所处的年份。

如果没有半人马座"三星变二"的爆炸性消息，对于第三个日期，也许我们还要困惑很长时间。

但是现在，你知道我在想些什么，对吗？

我们能做的，只有等待宇宙最后的宣判。

目前，大批量的科研人员和移民都在赶回地球——与家人故土团聚。票很紧张。我正在想办法。

很抱歉，在这样的时刻竟没法陪伴你。我一定尽全力赶回去。

欣忆，等我。

毅

即日

柳毅一遍遍刷新购票页面，余票额始终是"零"。

研究所里弥漫着一股电子烟球的气味。往日衣着干净的研究员们，已经熬了几天几夜，头发散乱，眼窝深陷。从消息传开起，老李作为组长，就放开了"室内禁止电子烟"

的规定。

柳毅闭上眼睛,只觉得血液慢慢在头颅的上半部分汇聚,耳膜开始有轻微的嗡鸣。他摸索着,慢慢拆开自己一直舍不得抽的那盒电子烟球。

电子烟球被人从手中抽走,塞进来一张软绵绵的东西。

柳毅睁开眼,是老李。那张皱巴巴潮乎乎的纸片,竟然是回地球的飞船票。

"别看了,就一张。一小时以后出发,动作快一点。"老李狠狠抽了一口烟球。

"不……"柳毅本能地要把票塞回给老李。

"怎么那么多事儿,跟个娘儿们似的。我不走了,地球也没人等我。看清楚,名额转给你了,你的身份号码,我不能用。"

柳毅看着这个从地球开始就带了自己十几年的老领导老邻居,感觉嗓子好像被一团东西堵住了。

老李和欣忆都是非传统婚姻的试管克隆体,基因优秀,父母不详,十八岁之前,由政府统一培养,经过严格考试后,合格者可进入社会精英岗位,享受与自然人平等的权利。宣传语美其名曰,"为人类文明助力"。

"这个给我吧。"老李掂掂手里的烟球,转身要走,顿了顿,又扔下一句话。

"小子,别让欣忆等。"

柳毅捏紧这张潮乎乎的票,他想站起来再说些什么,却感觉双腿像棉花一样,毫无力气。

毅:

想来你那边也已经得知了最后的模拟结果。

根据昨天的数据,两颗恒星相互旋转,环绕一圈所用的时间只比1天多一点;实际上,这两颗恒星的距离已经太近,表面甚至互有重叠,强大的潮汐力加剧了两个星体之间的物质交换,一座跨越两星的"桥梁"已经形成。

按照这两颗恒星的质量推算,它们将消耗掉大量的氢元素,膨胀为红巨星,这个过程本该持续数万年;但因为这个双星系统的膨胀速度和质量都是反物理规律的,目前来看,很可能几天内就能完成。如同第三颗行星被抛出那样,这一切似乎只能用"神迹"来解释。

今天的数据表明,一个巨大的黑洞即将诞生,不久后,地球将被吞没,如果黑洞继续这样加速膨胀下去,甚至可能会吞没整个宇宙。

终于,我们在世界末日之前,破解了宇宙的秘密。

第一个日期,是第一轮宇宙灭亡,同时也是第二轮宇宙的诞生;第二个日期,是第二轮宇宙灭亡,第三轮宇宙(我们这个宇宙)诞生,第三个年份,我们生活的年代,第三轮宇宙灭亡,也意味着第四轮宇宙即将诞生。

然而,第一轮宇宙是不是真正意义上的"第一轮",我们并不确定。因为微波辐射的信息并没有被完全破解,对吗?

从前,在见识到这个宇宙中太多的未知和秘密的时候,我曾向你提过:也许科学的尽头是神灵。当时的你对此颇不以为然,只当我是作小女儿态的浪漫。没想到今天,我们竟是在这样的情境下再次面对这样的问题。

是什么样的手,能将宇宙规律玩弄于股掌之中?

无人可知,吹拂在这个宇宙中的,是怎样的天风;操纵人类命运浮沉的,是怎样的大河。

冥冥之中,又是什么样的力量,让几百年前的那位刘姓小说家在《三体》里,埋下了无尽的死亡阴影;而谁又能预知,这三颗星星,最终真的成为了宇宙的墓园。

在一切归于尽头之前,毅,我还能见到你吗?

欣忆

即日

邮件发完后,欣忆盯着电脑上的模拟软件发呆。

双星先是融为一体,像一个"死亡之吻",随即产生了强烈的超新星爆发,一个巨大的黑洞随之诞生。木星、金星、火星……黑洞边缘很快漫过了地球轨道,最后吞噬了太阳。

"第一个日期"的前、后,都是什么?

欣忆感觉自己正站在黑洞边缘,脚下踩着的是今天的日期。随即,无数日期蔓延出一条无穷无尽的直线,由无数密密麻麻的数字组成,前后贯穿,至目不可及的星海尽头。

欣忆:

时间很紧,只好长话短说。

老李给我找到一张票(我想他是让出了自己研究所所长的名额),我已经登船。如果这个宇宙真的存在神灵,我用所有的力气向祂祈愿,三天后就能见到你。

据说,前几天发生了抢劫飞船的暴动,这艘飞船上的通讯设施遭到了破坏,目前很不稳定,不知道途中还能否正常使用。

综合最新的数据,我认为,你的推测是对的。

以前,我们一直困惑大爆炸之前是什么,原来宇宙早就把答案,一遍遍在我们耳边重复了亿万年。

双星的碰撞,就像精子遇到卵子,奇点黑洞产生,吸进旧宇宙的物质,再爆发出新的宇宙。

"相如才调逸,银汉会双星。"这是古人为牛郎织女银河相会写下的诗句。

如果……如果这是我给你写的最后一封信,我想告诉你,隔着亿万星河,隔着宇宙铁律,告诉你,我爱你。

宇宙、生命与爱情都是一个轮回。无谓结果,只有过程。

在这个宇宙能遇到你,是我的运气。

毅
即日

四天过去了,飞船与地面彻底失联,柳毅心里像油煎似的。落地以后,欣忆的电话也打不通。

小区已经空了一半,据说很多人都去了地下避难所。权当是一种心理安慰吧。

终于,他走进了电梯。运行的时候,电梯发出了盈盈蓝光,像一滴荷露从地面升向高空。因为用了气压传感技术保持舒适性,从 1 层到 150 层,只用了 1 分钟。

卧室是空的。

黑暗中,柳毅感觉四面的墙壁都在慢慢压向自己。阳台上的茉莉花还在开着,香气浓得像要坠下来似的。

他慢慢瘫坐在床上。温热的床面,还留着欣忆的香气。

等等……温热?

柳毅抬起头,看到了头发散乱、刚刚冲进门的欣忆。

忙乱的吻和盐味的眼泪。两双冰冷的手,在彼此的躯体上找着温度。

从滚烫的小腹,到毛茸茸的耳垂。

黑暗尽头,泪水和着荷尔蒙的腥气,如万千焰火绽放。

无数精子宛若星辰,在黑暗中前行,陨落。生命在无数死亡中诞生。

流星雨开始了。天际划过一颗很亮的大星,拖着长长的慧尾,冲过卵子躯壳般的大气层,坠向海洋。

黑暗如潮水暴涨,随即坍缩。

人类再次迎来了自己的纪念日。

龙窑

小环十三岁了，还没见过落浮山有这样大的雨。

一阵风过，白云顷刻转黑，天边亮起鬼线一般的明蓝色闪电。眨眼工夫，雷声和雨点就一团团下来了。那雨水几乎像花生粒一般大，院子里的荔枝树可遭了殃。不一会儿，地上就打落了红红绿绿的一片。

小环就住在落浮山脚下的这个小村庄，有几十户人家。小环家世代以烧瓷器为生，前几天刚出来一批，今天爹妈拉去镇上集市卖了，明晚才回来。小环麻利地搬好梯子，拖来雨布，一个人费力地罩好了荔枝树。突然，落浮山半山腰亮起一道明亮的红色闪光，那似乎是黄龙洞的方向。小环抹抹脸上的雨水。肯定是自己眼睛花了吧。

黄龙洞……坏了,今天是十五。

小环突然想起了什么。她急忙下了梯子进屋,手忙脚乱地从床下翻出蓑衣和斗笠穿戴上,又多拿了一副。

推开屋门,天地已是一片模糊。

一路上山,雨水从青石板上汩汩而下,变成小瀑布似的一个个水帘。漫山寒风不止,明明是盛夏,却宛若寒冬。赶到洞口的时候,天色已经擦黑。

门口的野草被压倒了一大片,可能是雨水冲刷的吧。小环摸出荧光石,往黑漆漆的洞里走去。

"忘机……忘机!"她的声音回荡在洞里。

小环觉得有点怪。平日,这样的声音,多少会惊起蛰伏的蝙蝠和水潭的盲鱼,今天怎么这样安静。她提高嗓门又唤了几声,周围还是一片死寂,只有回音在四壁弹动。

落浮山上有个很大的道观,名叫黄龙观。忘机是落浮山黄龙观的一个小道士,今年十四岁,从小就和小环一起玩大的。两年前他生了一场怪病,全身发了好吓人的红斑。最后还是他师父出面,似乎是祭了龙神,才死里逃生。病好以后,忘机的眼睛就坏了,只能看到模模糊糊的白影。慢慢的,他变得比以前更不爱讲话,常常做完了道观的事情,就避开众人,到黄龙洞里打坐。每逢初一十五下午,更是如此。

今天正是七月十五,小环担心他没带雨具,被困在洞里。若一夜湿冷，非生病不可。

不知不觉，小环已经走到洞的尽头。这里有一个水潭，水潭后方就是洞穴尽头的石壁，石壁上有一个稍小的洞穴——说是小，也有一间大屋那样大。忘机平日就在里面打坐。

奇怪，洞里平日都很湿冷，今天这里却比平时热很多，空气也干燥。小环俯身去摸潭水——竟然是温热的。水里苍白的盲鱼都不见了踪影。

"小环。"

黑黢黢的洞中，一个声音响起，小环吓得差点扑到水里。发光的萤石掉到地上，弹动几下，在小洞穴的洞口停住了。

忘机像鬼魂似的悄无声息地出现在她身后。

"你要吓死我啊！看我不打……"小环嗷嗷叫着，却突然把后半句话硬生生咽回了肚里。

萤石照亮了洞口。

越过忘机的肩膀，小环看到洞口露出一截大叶子似的东西，还在左右轻轻摆着。

一个她从未见过，却也见过很多次的东西——从忘机带来的经书上，从阿娘绣鞋的花样子上。

那是一条龙的尾巴尖儿。

在小环失声尖叫以前，忘机捂住了她的嘴。他费了好大的劲儿才和小环解释清楚来龙去脉。

今天他来打坐的时候,发现洞内鸦雀无声。一般这种情况,要么是生物逃走或死尽;要么,就是来了更危险的动物。

果不其然,洞里来了一条龙。

"你怎么知道是龙呢?你也看不见啊!"

"祂告诉我的。"忘机用手指指后面的洞口。

"?!……"

"祂是从潭水里钻出来的。"

小环表面淡定,脸已经全白了——还好忘机看不清楚。

忘机说,下午时候他来打坐,不一会儿,这龙就从潭水里钻出来了,竟然是个会说话的——说这潭水连接着另一个世界。龙说了几句就睡过去了,所以它为什么会说人话,另一个世界是怎么回事,还没来得及问清楚。

"你怎么就不跑呢?还一点不害怕?"小环急了。

"感觉没有什么攻击性。"忘机很平静。

"没有攻击性?就是没咬你呗?现在不咬你,不等于一会儿不咬你。"小环气哼哼地说。

虽然不情愿,也不能在忘机面前丢了面子。小环勉强同意和他进到洞里去看看。

一进洞口,便有一股热力迎面而来。不同平日,这里反常的温暖干燥,洞里有个天然的褶皱,像个石床,上面铺着忘机打坐用的蒲团。此刻,一条龙正鸠占鹊巢地卧在上面。它还在睡,随着每一次鼻息,空气似乎都变得更加灼热一些。

须发虬结,全身覆盖金红色的鳞片。这龙的样子倒真的很像是忘机经书上的图样。父亲烧的瓷碗上倒也经常能见到龙,不过那都是粗糙的蓝色土花碗,很少见到红色的龙呢。

听到响动,龙睁开了眼睛。

与龙对视的时候,小环觉得有些脚软。龙的瞳孔是金色的,里面有细细的紫色丝线,正在收缩,似乎蕴藏着无尽的能量。

"咳咳……你是龙?你吃人吗?"小环壮着胆子问。

龙似乎觉得她的问题有点好笑,但又看这女孩粉团似的脸挺可爱的,便很正式地回答:"不吃。我只是受伤了,需要休息。"

"哪里受伤?"忘机问。

龙想了想,有点讽刺地问:"你是修行的,我倒要问你,龙一般会哪里受伤?"龙对他的回答没抱什么希望,慵懒地躺下了。人类里,没几个知道这个秘密。

没想到,忘机睁着白茫茫的双眼,淡淡地说,蛊虫。

龙的两只眼睛转了转,随即用两只小"手",也就是上肢,撑起了身子。

"如何祛除?"

"龙药,或三昧真火。"

"你怎么知道?"

"师父偶然提过。但在这个世界，龙药是极稀有的，涿鹿之战，饕餮联手龙族，用了最后一批，自他死后再无踪迹。"

什么叫这个世界，难道还有别的世界不成？小环心里嘀咕。

龙的眼中露出失望的神色，慢慢沉下了身子。

虽然小环不懂什么蛊虫龙药，但从龙的反应来看，它自己知道答案，而且忘机说的是对的。小环心里马上难受起来，什么吃人不吃人的，马上忘得一干二净。

"那怎么办呢？那个什么火，哪里有呢？治不好的话你会死吗？"小环连珠炮似的问了一串。

"我倒是能吐，其实也不是什么火，只是温度高……但现在燃料不足。再拖下去，可能会死。"龙无奈地说。

"燃料？是吃的吗？你需要什么吃的吗？我家有很多，你要馒头面条还是鸡鱼肉蛋？"小环急急地说。

"人类的食物不行。"龙打量了一下周围的岩洞，"我需要钽[①]。这个国家没有，我又没有足够的能量长途跋涉。"

龙陷入沉思。过了一会儿，它抬起头。

"这个洞穴的潭水里，有瓷片吗？"

"啊瓷片，有的！忘机，你不是收集了很多的！"小环跳起来。

[①] 一种金属元素，元素符号为 Ta，原子序数为 73，密度为 16.68 g/cm^3，熔点为 2980 ℃，是仅次于钨、铼的第三个最难熔的金属。可用来烧制红色瓷器。

早几年，忘机的眼睛还好的时候，他俩就发现，这洞里的水潭底，有一些瓷片，时不时还能发现残破的花瓶、碗碟什么的。但颜色和形状都很奇怪，有的特别精美，有的形状诡异。也是奇怪，只有这黄龙洞的潭水里才有这种奇奇怪怪的东西。忘机说，这黄龙洞的潭水，在洞底有和外面相通的暗道。因为每隔一段时间，就会有一些新的瓷片出现。奇怪的是，周围并没有什么城镇会用到这么奇怪的瓷器。忘机曾说，也许是从某个古墓或掩埋的城镇里冲刷出来的。

忘机最喜欢挑选这些瓷片。好看的留下，不好看的，就给小环用来打了水漂玩——那些留下的瓷片可都是忘机的宝贝。

忘机已经走到石洞的一个角落，找出了藏起来的一个布包，拿到石床上摊开。布包里是一个竹盒，里面有几件残损的瓷器和许多瓷片。

小环看着这些一年年累积下来的瓷片，有些已经被忘机摩挲得很光滑了。

小环家世代烧瓷，瓷器她从小就很熟悉，但认识了忘机以后，她才见识到了许多好东西。黄龙观虽是清净之地，但时不时也有贵客到访。忘机的师父精通瓷器，忘机也一直很感兴趣。也是他告诉小环，什么是汝、官、哥、定、钧；什么是紫口、铁线、出戟、天青。

不过，他和小环说过，他觉得黄龙洞的瓷片很奇怪。

他拿了一些给师父看过,师父却说,不属于这世上的任何一种。

龙开始挑拣起瓷片。它小小前肢上各有三根"手指",动起来还挺灵活。

这些瓷片里,有像冰那样透明的,有的轻得像羽毛。有的形状怪异,比树冠的筋络还要复杂;还有一片看起来是白的,在阳光下却有山鸡尾巴一样的虹彩。

"这种艳红的,有钽。太少了,还有吗?"龙拣出了一片艳红的。它看了看小环,又看看忘机,笑笑。那笑,似乎有点不好意思,但那不好意思里面,自有一种倨傲。可能龙都是天上的种族吧,自带一种"不求人"的气质。它身上的疼痛在加剧。时间不多了。

"我们再帮你去找找。"忘机站起来。

小环和忘机出了小洞。忘机不会游水,小环就带着萤石一次次潜下水去。潭水并不太深,潭底也比较平滑,瓷器残片不算多。小环找了许久,也没有找到第二片艳红的。

上来以后,他们俩在水潭边坐着。周围仍是鸦雀无声,洞里来了"龙神",游鱼蝙蝠似乎都逃走了。不一会儿,小洞内开始有闪光,还有更多热量透出来。小环很想进去看看,忘机摇了摇头,说有点太热了,先等一下。

"这龙笑得跟你师父似的。"小环想起龙慈祥倨傲的笑脸。

"不要妄语。"忘机嘴上这么说,却不由得露出一丝笑意。

"就是像嘛。"

"……你今天怎么来了。"

"给你送这个嘛!"小环指指脚下的雨具。

"哦。"忘机轻声说。

真热啊,也不知这龙修炼什么呢。洞内的热气几乎把小环淋湿的衣物和头发都蒸干了。潭水微温,小环脱了鞋子,把脚泡进水里。这潭水最深处有两米多,忘机不会游泳,常常是小环潜到水底,帮他打捞瓷片。后来忘机用竹竿做了个长长的网兜。不过这些都是他生病之前的事情了。

怪不得这潭里的瓷片这么奇怪呢。也是从另一个世界来的吧。

萤石绿色的微光映着潭水,潭水的反光,影影绰绰映在忘机高挺的鼻梁上。

和忘机有多久没见了,两个月了吧?上次还是和母亲一起到黄龙观为生病的父亲祈福。这几年他个子高了不少,圆脸也有了棱角,瘦了很多,成了清隽的少年,看起来像是另外一个人。以前他的一双眼睛,又深又黑,睫毛密得像小树林。而现在……

小环看着这个十四岁的少年,感觉有点陌生。

忘机十岁那年生了病,整整拖了一年。再见的时候,他的双眼已经是白蒙蒙的,像死鱼的眼睛。那以后,他变了很多,总是沉默不语,避开人群,也不怎么和小环一起玩了。母亲也说，毕竟忘机是出家人，两人都大了，总黏在一起，难免不方便。那以后小环还去找过忘机几次，送了自己做的荔枝糖糕，忘机也多是避开。那段时间，小环总是哭。母亲说，你想想看，看不见东西有多难受呢，何况是忘机，他看个瓷片的花样都能高兴那么久。

小环想了一阵子，不哭了，但荔枝糖糕也还是送，多送一些，让师父和师兄们一起吃。那忘机，也就能吃到了吧。再后来，忘机和小环偶尔还是会去黄龙洞里拣瓷片，但忘机更不喜欢笑了，偶尔笑起来，小环也总觉得那后面藏着很多让人难过的东西。

这时，小洞里传出一声巨吼，似乎是龙在痛苦地呻吟。小环急忙扯着忘机的袖子冲进洞里。

洞里一片灼热的火红。忘机白茫茫的视野里，突然出现了一串舞动的火红链条，像一条红绸。

他的心在剧烈跳动。三年了，世界对他来说，像一片白茫茫的绝望雪原。淡淡的人影和屋脊晃过，像三界之外的幽灵。师父说，五色令人目盲，世间声色犬马，若能不见，也是一种对心的修行。也许是自己慧根不足吧。忘机想。

只有今天，他看到了真正的色彩。如此明亮的红色，几乎不属于人间——

"小环，你看到了什么？"忘机紧紧扯住小环的袖子。

"沙子……会动的红色沙子。地上,好像被什么烧过,黑了一大块。"小环觉得嗓子很干。

忘机蹲下,摸了摸地面。有许多细细的干燥的东西。

沙子,应该是她能找出的最接近眼前景象的东西。一条在舞动的红色绸带,覆盖在龙的身上,正发出极其明亮的红色强光。那是一条光的绸带——细细看来,却是由无数细小的红色颗粒组成——比最细的沙子还要细。有些颗粒钻进了龙鳞下方,发出噼噼啪啪的声响。一些黑色的粉尘从鳞片中落下来,飘到地上。龙的表情很痛苦。不一会儿,所有的颗粒渐渐离开龙的身体,仿佛有生命似的,在半空协调地、柔滑地舞动。

蜂群。不知为什么,小环脑海中冒出了这个似乎毫不沾边的词。

缓缓地,绸带从半空中回缩到龙的面前,松散的"丝绸"凝聚成一颗金红色的圆珠。"沙粒"们被压实了,珠子散发着金属的光芒。

龙张口吞下了浮在眼前的圆珠,垂头丧气地趴在石床上。

"内丹。"听完小环对景象的描述,忘机吐出两个字。

道家传里,有很多神兽珍禽,都有所谓"内丹",是真气凝结,对修炼至关重要。小环都是当笑话听的,今天才算服了。

"我需要更多瓷片。"龙对他们说。

第二天,阳光明媚。

残留的雨珠从枝头滴落,石板路渐渐晾干。落浮山的云雾散尽,荔枝的甜味弥散开来。龙从休眠中醒来。一缕阳光从山涧的缝隙照进来,映着莹莹的潭水。

一卷细小的"红绸"从潭水中浮出,沿着石缝爬上石床,回到龙的口中。

它们带回了信息。潭底已经没有合适的瓷片了。残余的能量,不能支撑它到外面寻找。

临走前,小环和忘机用石头和树枝封住了洞口。今天是镇上市集的最后一天,他们要去寻找合适的瓷片。

龙忍受着痛苦。黑色的纳米机器人在鳞片下,蚕食着它的身体。它又回想到自己被黑龙王放出的黑色纳米军团袭击,慌乱中开启时空穿梭,谁知误入地球空间,忍不住剧痛,从云端跌落。

它已经很久没来过地球了。涿鹿之战到现在,按照人类纪元,已经一万多年了。那场大战之后,自己所在的赤龙族和敌方的黑龙族都死伤惨重,结下了深仇大恨。回到宇宙中,又在许多星球中,双双争斗不休。

这个星球的文化传说中,有过很多龙。时过境迁,有些人认为,龙是兽类;有些人认为,龙是人类的始祖;也有人认为,龙只是传说。

其实,龙,不生于地球,亦不归于地球。龙是半生物半机械的高等生命体,以宇宙为家。地球,对于龙族来说,只是宇宙中的驿站，练兵时的战场。龙只是在地球留下过属于自己的传说。

龙族最善用的，是纳米机械。龙脑可以操纵千亿个极其微小的智能纳米机械颗粒，像蜂王操纵蜂群——当然原理要复杂得多。然而驱动大量的纳米机械，钽元素必不可少。这种元素往往只有在温度超过3000度以上的地方才能找到，在地球上的这个不发达的年代，在地表找到钽元素可不是容易的事情。遇到小姑娘和小道士，龙觉得自己很幸运。

不过，要怎么回报呢？龙想了想。

它又吐出一缕"红绸"，无声地游向洞口。它要挑选一些合适的陶土。

外面，地面湿润，树影斑驳。

最后一缕阳光消失以前，小环和忘机回到了洞里。忘机脸上满是血，小环扶着他。龙吓了一跳。

他们带回了一包红色的瓷器碎片。

"不是他的血。"小环用潭水给忘机擦着脸上的血污。

镇子的集市上，经常有卖瓷片的人。落浮山脉溪流众多，水里常常有些历代留存的瓷片。瓷片都不贵，只是有些花样漂亮，女人们高兴了便买一些回去，描花样子做衣裳做鞋的。

瓷片多以白蓝绿为主，红色的瓷片很少见。今天小环和忘机运气好,逛遍了整个集市,竟然找到一个红色的器皿。摊主说,是很多年前在黄龙洞的水潭找到的。二人付了钱要走,偏偏遇上了镇子上的几个小混混,带头的那个,是早就对小环不怀好意的。他们硬是要抢那花瓶,借机动手动脚起来。忘机也不知哪来的力气,竟和他们打成一团。小环急了,从旁边小摊上抄起一个锄头,把正打忘机的一个小混混敲了满脸血。

"我倒是没什么,忘机被推倒了,磕破了额头。"小环心疼地说。

他们恐怕还骂了"死瞎子"之类的话吧。龙想。它觉得愤怒,也有些愧疚。

"我没事。别说这些了,看看花瓶能不能用。"血迹清理干净后,忘机看起来只是额角有点擦伤,似乎没什么大碍。

小环解开布包,那只器皿,质地看起来和那片红瓷很像,只是形状竟是有六个精细的雕花尖角的。进了窑,不管哪个角放在下面,软软的陶土都是要压坏的呀……小环怎么也想不出来是怎么烧出来的,难道是悬空不成?

"可以用。"探测了一下成分,龙很欣喜。

"太好了。"小环笑起来。至少没白折腾。

一旁的忘机,却突然倒了下去,肩膀抽搐,呼吸不畅。转眼间,面色已经发青。

小环扑过去扶住他。这一幕,她三年前见过;在她无数次的噩梦里，也见过。

忘机旧病复发了。

"他三年前就是这样生病的，差点死了，眼睛也看不见了，快救救他啊！"小环的哭声回荡在洞里。

龙稳住小环，让她把忘机放平，随即吐出"内丹"。

一团红雾裹着忘机瘦弱的身体，慢慢升空，又慢慢落到石床上。龙闭上眼，无数信号颗粒，正如潮水般向它的大脑涌来。血压、心跳……忘机的脑部结构展现在龙的意识中，网状的神经，像繁密的树冠。

龙睁开了眼睛。

"是脑干的问题，有一颗肿瘤，压迫了中枢神经和视觉神经，很危险。"

"肿瘤……肿瘤是什么？"

"他头里面长了一颗荔枝大小的肉块。不要哭了，你先出去吧，快。"龙尽量用温和的语调说。

小环只能用手捂住嘴，哽咽着后退。

"没有我的允许，无论发生什么，都不能进来。"龙严厉地说。

夜深了，好像已经过去四五个时辰了，又似乎只有半炷香的时间。小环的时间感已经混乱了。

她一直死死盯着洞口，却只能看到隐约的红色微光，听不到任何声音。

好像等了几辈子那么久,微弱的红光熄灭了。

窸窣的脚步声响起。是忘机走了出来。小环呆了几秒钟,冲了上去,揉揉他的胳膊,掐掐他的脸,最后大哭起来。

"没事了。"忘机轻轻地说。

清晨的第一缕阳光照向落浮山。

忘机带小环离开了黄龙洞。他说,龙为了治疗他,消耗了很多能量,现在很危险。它嘱咐二人离开,三天以内都不能回来。

小环还想问什么,忘机却不愿再多说了。

忘机回道观休养,小环做荔枝糖糕去看他。忘机沉默寡言,似乎心事重重的样子。小环不知怎么安慰他,但身体总算没有大碍,也是不幸中的万幸了吧。但一想起龙的安危,她心里比火烧还要难受。

第三日深夜,更深露重。道观一片寂静。忘机叩响了师父禅房的门。

第四天一早,小环和忘机就赶到了黄龙洞。洞口几米之内,植物全被烤焦。空气中有股焦煳的味道。

进洞内,空气愈发灼热,有股干燥的焦土气味。小环想起了父亲工作的瓷窑——味道真的很像。看来,龙真的用了那个三什么的火吧。

龙正站在潭边。金红色的鳞片如水闪亮,一缕阳光在上面流淌，艳丽好似蜜糖。

它已焕然一新。

小环没有想到，龙站直的样子这么高，几乎要顶到洞口了。看到它精神的样子，小环总算放下心来。

忘机的神色十分复杂。进洞之前，他甚至开始怀疑，龙是不存在的，这一切不过是梦罢了，随时都会醒来。

那天在洞里，龙救治自己的情景，忘机已经记不太清，只觉得做了一个梦。梦里，无数只红色的蜜蜂钻进了自己的脑袋，嗡嗡吵闹着。他的头越来越疼，到了几乎不能忍受的地步……接着，似乎有什么东西从脑内炸开了，他的身体，裂成了无数透明的小珠子，四处流淌……

醒来的一瞬，他恢复了视力——尽管只有很短的时间。

一群细微的红色颗粒，如一团雾气，从自己的鼻孔中飞出来，在龙的面前，凝聚成一颗拳头大小的红色的圆珠。颗粒飞舞的样子，如此协调而优美，像一滴血液随着流动的溪流弥散。

这是龙的灵魂吗？

瘦削的脸，飞舞的须发，圆亮的眼睛。龙的样子，比他在任何书中见到的，都要英武，也更加凶悍。更像"神"，也更像"兽"。

然后，一切又都黯淡下来，灰白的雾气盖住了视野。

龙对他说了一番话……

"小环,我要走了。这是给你的。"龙的声音打断了忘机的思绪。它轻轻俯下身子,手上托着一只球形的器皿。

这是一只怎样的瓷器啊。红色,看着只有爹的拳头大小,像一只放大了的"龙丹"。这龙丹是可以打开的,环环相扣,竟然有九层。每一层的颜色和花纹都不同。有的描线,有的镂空。赤橙黄绿青蓝紫白,最里面,也是最深的一层,是一只纯黑的圆球,摸起来很温暖。龙说,它会一直散发热量,长达千年。

最外面一层,描了一只龙,每个鳞片都极细,极生动。在阳光里,龙是金色。在黑暗里,龙会发出荧蓝的光芒。

"谢谢你们。这三天,我以高温驱动了纳米……就是你们说的内丹,终于修复了身体。难得高温,也烧出了这个。"

"太好看了。"小环失神似的说。她不停摩挲着这只"龙丹"。温润的,有永恒的光和热。

这是龙窑烧出的碗啊。

"忘机,你想好了吗?"龙抬高身子,声音深不可测。

"我跟你走。"没有一秒钟的犹豫,忘机回答。

"去哪里啊?"小环问。

洞内静得可怕。

"你们去哪里玩呀?带上我啊?"小环扯着忘机的袖子,一遍遍地问着,忘机却低着头。小环越来越心慌了。

"去哪里啊?什么时候回来?"她几乎带着哭腔了。

"小环,我要和龙离开,去治眼睛。那天,龙取出了我脑中的肿块,但它说,我的眼睛伤得很厉害,在这个世界,没有足够的工具,治不好我的眼睛。我已经和师父告别了……对不起。"忘机低着头,一滴泪顺着无神的眼睛,无声滴落。

小环呆住了。但很快,她强撑着用快活的语调说,"好啊,这是好事,我们一起去好不好?或者,或者你很快就回来了,对不对?"

龙慢慢对小环解释,带着忘机回到龙的世界是有风险的;宇宙之大,生死难测。可能永远不能回来,也可能明天回来……

"我不能带着你。你还有父母,你属于落浮山。而我,想去看看新的世界。若不能成,一死亦可。你懂我的,对不对?"忘机轻轻拉着小环的手。

小环想哭,却哭不出声。她只能死死扯住忘机的袖子,却无法发声。

她的身后,潭水旋转起来。

龙说,通道很快就要关闭了。

龙的声音,似乎是从很远的地方传来。忘机的脸旋转起来,小环感到眼前一阵模糊。

连日奔波劳累,她晕了过去。

凤儿十三岁了,还没见过落浮山有这样大的雨。

一阵风过，白云顷刻转黑，天边亮起鬼线一般的明蓝色闪电。眨眼工夫，雷声和雨点就一团团下来了。那雨水几乎像花生粒一般大，院子里的荔枝树可遭了殃。不一会儿，地上就打落了红红绿绿的一片。

母亲忙着在外面罩树。他们家世代烧瓷为生，此刻，父亲还在山里的龙窑——也就是原来的黄龙洞改成的窑洞里忙着，祖母在外屋打瞌睡。凤儿趁机溜到祖母屋里，从床下的柜子里，小心地开了锁，摸出了那只红色的"龙丹"看着。

祖母平日是最顺着她的。唯独这只，是祖母的宝贝，每次她闹着要看，总是被骂。

我也只是看看嘛，这么好看的，和父亲烧出来的都不一样。为啥叫"龙丹"？为啥摸起来暖烘烘的？凤儿看得出了神，眼睛眨都不眨。这龙，好像活起来了似的。

突然，凤儿看到窗外亮起了一道红色的闪电。肯定是自己眼睛花了吧。凤儿用力眨眨眼。

这时，传来了院门被打开的声音。她一时忘了手中还拿着"龙丹"，就跑到屋门口去看。

一个好看的小道士，正站在门口。似乎和凤儿差不多大的样子，白白净净，眼睛黑黑的，亮晶晶的。

"你是谁呀？"凤儿怯生生地问。

小道士没有回答。他身上都被雨淋湿了，眼睛却眨都不眨地盯着凤儿手中的碗。

"你是谁呀?"凤儿又大声问了一遍。

雨刷刷地下着。

身后,传来了祖母拄着拐杖,走过来的声音。

功夫牡丹[①]

前方有很重的迷雾,冷白色,在风中翻转着复杂的纹理。

这里好像是洛阳的牡丹花会,明鸾想。那为何这阳春时节,本该五色繁复的牡丹,却全是白色,凝着一层冷霜?

阿羽呢?弟弟阿羽呢?

阿羽……阿羽!!明鸾在花田间喊着。她跑过的地方,牡丹被踏破,如玻璃一般裂开,发出脆响。

2039年的一个春日清晨,明鸾尖叫着,从梦中惊醒。

明鸾和弟弟是在二十年前,在洛阳的牡丹花会上失散的。那一年,阿羽五岁,明鸾八岁。

---

① 传茂文化 × 创新工场《共生纪》项目作品,小说中使用了创新工场的AI模型。

明鸾拉开窗帘，让阳光照进来。她去洗了把脸，脸上的冷汗，又湿又黏。

今天她答应了最好的朋友小西，要陪她去买唐城集团最新出的一款游戏。也许是这款游戏的名字，对她有些触动。

北京市最大的商务中心，外形如一条银色的几何巨龙。中心顶层大厅，游戏发布会现场人山人海，等待发售的队伍已经排到了楼下。作为世界最大规模的游戏公司之一，唐城集团此次发布的新游戏《功夫牡丹》，在长达半年的宣传期内，吊足了大家胃口。小西最近一直在念叨，除了VR设备硬件升级，主打制作精良的"中国功夫"风格以外，唐城总裁唐青泽还会亲自来到全球首场发布会——也就是北京发布会现场，公布一个震撼人心的大消息。

"小鸾！小鸾！！"远远的，队伍中的小西就举起手来，一脸兴奋。

"我五点就来排队啦！"小西晃晃双马尾，一脸自豪。

"你真可以。"明鸾眨眨眼睛，时钟出现在电子隐形眼镜片上。都排了四小时了？

"一会儿和我一起回去啊，宝幢还等着玩新游戏呢！"

"好好。"明鸾宠溺地笑笑。

"啊！是青泽！青泽哎！！第一次见真人！"小西冲着舞台踮起脚。

台下的记者们正疯狂眨眼，用智能眼镜的摄影功能记录下这一刻。走上台的正是唐城文化总裁唐青泽。他穿着一身淡紫的亚麻西装,头发极短,目光锐利。坊间传言,除了总裁身份外,他还是一名顶级黑客。

"大家好,我是唐青泽。今天我要公布的新消息是,《功夫牡丹》增添了寻宝环节,藏有一个青铜暗门。能找到并打开暗门的第一个玩家,将获得九千九百九十九万元人民币的奖励。此外,暗门开启后,唐城集团将以等量资金,成立一个'青鸟'慈善基金,致力于帮助各类有基因缺陷疾病的儿童。暗门开启难度很高,请大家多多努力。谢谢。"

唐青泽面无表情、语调平淡地说完这段话后,就走下了台。

一石激起千层浪。如一勺冷水淋入热油,全场沸腾了。谁都掂量得出这段话的分量。

在明鸾的保护下,小西终于在挤得令人窒息的人群里,买到了她和明鸾的两套《功夫牡丹》。

回福利院的路上,天色阴沉沉的,像是要下大雨了。

进了福利院大门,小西激动得像一头受惊的小鹿,一下冲进弟弟宝幢的房间。

这里也曾是明鸾的家。父母双亡后,她带着弟弟阿羽被送到了这里。成年后,明鸾才找了份工作,搬了出去。明鸾十五岁那年,小西带着两岁的宝幢住了进来。小西与宝幢是被一起丢在福利院门口的,父母身份不明。过了一段时间,福利院才发现,宝幢患有遗传性白血病。

房间里宝幢正在桌前画国画。因为化疗,他的头发都没了。但那圆圆亮亮的眼睛,莲花一样线条柔和的嘴唇,和年龄不相符的宁静专注的神态,看着都让人心疼。

小西把游戏盒子拆开,给宝幢戴上V装具。宝幢戴上,手舞足蹈地玩起来,可能是游戏里有姿势指导吧,还真有点中国功夫的架势。他苍白的脸上难得泛起了一点红晕。

小西陪着弟弟大呼小叫地玩了一会,看明鸾兴趣不大的样子,赶紧把另一套游戏塞进她怀里。

"平时不爱玩游戏也就算了,这次嘛,青铜门啊!发挥一下你的高智商,发家致富就靠你了!!"

"明鸾姐姐加油。"宝幢淡淡地笑着说。他总是这样,常常不知道在笑些什么,好像整个世界对他来说都是一个笑话。

"宝幢要乖,按时吃药,听小西的话。"明鸾本想把装具留下,但宝幢的要求——无论认真的还是随口的,她总是无法拒绝。

天色更暗了,云层厚重起来。明鸾没带雨具,便起身,匆匆告辞。

回家以后,她打开电脑,戴上了V装具。这种最新版本的装具,可以刺激脑部,全面激活人类视觉、听觉、嗅觉、触觉、味觉的感官。

一道惊雷在窗外炸响，几秒后，亮起了明蓝色的闪电。

明鸾已经听不到暴雨落地的声音。她进入了《功夫牡丹》的世界。

穿越千载，眼前正是盛唐长安的朱红色大门。

在这游戏里，城门做得极高，高耸入云，如梦似幻，似神鸟朱雀振翅欲飞。

危楼高百尺，手可摘星辰。

明鸾穿门而过。不知为何，千年前的长安，竟有种莫名的熟悉感。

明鸾看了看身上，是一件白色铺底、绣着红色暗纹的古代女装。并不是唐朝宫廷画风的裙装，而是裤装，有点像马球裤，活动很方便；应该和后面的"功夫"环节有关。

唐朝装扮的路人纷纷走在石板路上，他们对明鸾的到来十分热情，驻足招呼，但显然都是NPC。因为他们身上植入了各种各样的广告，走过明鸾身旁的时候，不停地有弹窗出来提示。这也是如今游戏的常见模式了。

但奇怪的是，这些NPC全是孩子，从四五岁到八九岁不等，基本没有超过十岁的。

走了一会，前面出现了一片空地。

脚下开始起了白雾。雾气越来越重，盖住了周围的一切，只留下这片空地的入口处，一条弯弯的林间小路。

如此明显的设计，也只有走进去一条路了。

进来后，明鸾发现，这里竟然是一片牡丹花田。红、白、黄、紫、粉，甚至还有少见的蓝、绿和复色。

明鸾不动声色地慢慢走着，花朵旁边自动弹出品类名：艳红的"一品朱衣"与明黄的"金玉交章"交相辉映，一派大唐风骨；洁白的"昆山夜光"和素蓝的"蓝田玉"素雅洁净，静对吐香。粉艳硕大的"青龙卧粉池"独占一亩，后面更有一片罕有的绿色牡丹，名为"兰绿"，在一片浓艳中，仿佛千里挑一的出尘少女。

明鸾在花田的一处停下脚步，伸手折了一支花下来。

人脸大小的花盘，浓郁的香气，丝绒一般凉滑的花瓣，触感十分真实。颜色洁白，但分布着丝丝片片的艳红。断枝处，散发着淡淡的植物汁液气味。

复色花，别名"抓破美人脸"，寓意倒是很直接。这个游戏的体感真是栩栩如生。

自从和弟弟在牡丹花会上失散后，这些年，明鸾一直在追查线索。一切蛛丝马迹都要细究的她，也早已对牡丹的品类溯源颇为熟悉。这里设计得倒是用心，将牡丹花中许多最美、最罕有的品类收集到了一起。

风声，一阵凌厉的掌风，自身后而来。

明鸾将花一扔，往旁边一闪，身上带了轻功，一下退出几丈远。

一个短打装扮、十分利落的红衣美人正面袭来。红衣美人表情生动，妆容艳丽，眉间一点花黄。她鬓角簪着一朵红白相间的牡丹，正是"抓破美人脸"。

明鸾不敢大意，和她交起手来。明鸾身上没有武器，还好这美人也是徒手出招。两人打得衣带翻飞，用的基本是中国拳脚功夫。花田的牡丹飞溅，下起了漫天彩雨。

明鸾此时才明白这款新的VR装具妙在何处：这款装具里植入了武功动作模板，可以通过刺激脑部，牵引身体，"半辅助"玩家出招。当然，玩家自己的意志、身体反应也十分重要，最后的招式效果是两者的结合。在游戏里，招式会被进行夸张的美化和放大，打起来感觉十分过瘾。以往很多游戏的VR装具往往是以外骨骼形式包裹手脚，倒也有过这种"牵引"感，但唐城这款新游戏，竟然能够如此精确地刺激脑部中枢神经，玩家动作反应优雅灵活了许多，可见开发技术十分精妙。

明鸾一不留神，被红衣女子近身，她只感觉一股凉气朝鬓角刺来。

转瞬间，明鸾扯下了V装具。

卧室的电脑屏幕发着微光，游戏就定格在这个画面。红衣女子手上握着一枚发簪，正朝着明鸾的鬓角刺来。发簪正是那朵"抓破美人脸"。发簪针尖已经和明鸾鬓角相接，但很难分辨出是否已有刺入。

因为装具被突然扯下，游戏被迫暂停。

以前玩游戏的时候，被爆头、炸飞的经验也不是没有，明鸾从未如此慌乱。但这次，不知道为什么，她觉得十分诡异。

可能是一种对危险的本能直觉。

明鸾拨通了一个黑客朋友小 J 的电话。这位朋友是黑客中的顶级高手。果然，他正在研究这款热门游戏。明鸾提示了尖针的情况。

三小时后，小 J 回电。他说，功夫牡丹的游戏程序里，有一个很不起眼的暗门，破解难度极高，只能看出一些大概模式。在明鸾的提示下，小 J 去查询了一些基因库的编码范本，加上一些天才的想象力，竟然误打误撞，推测出暗门的编码范式和某种基因库的模式很类似。

在小 J 的提示下，明鸾找来工具，拆了这个 V 装具。经过几个小时的细细翻找，她找到了一枚秘密隐藏的极细的探针。

也许表面上，这枚针是 V 装具结构中必不可少的一环，但也许恰恰因为明鸾是外行，才会联想到，这枚针的作用不止于此。如果它会在游戏过程中刺出呢？

针尖银亮亮的，因为太细，看不出尖部是否有血。

采血工具？采样工具？器官买卖？病毒暗杀？

在全球范围内收集血样？或者基因？为什么？

游戏里，长安满街都是孩子，没有大人。为什么？

明鸾去洗手间，对着镜子仔细检查鬓角。看不出任何伤痕。但那针细得像蚊子的尖嘴，伤口实在不好确定。

明鸾到网上查了一下《功夫牡丹》的销售数据。短短一天，这游戏在全球海量门店同步发售，销售额已经突破五千万套，数量已经是全球人口总数的一百六十分之一。专家预测，接下来的一个月内，在巨额悬赏的刺激下，这款游戏的发行量将突破三亿。

还有一个问题：为什么是牡丹花田？

弟弟阿羽失踪后，很长一段时间，明鸾都被一个可能性折磨：阿羽是被器官贩卖团伙掳走的。

弟弟失踪那天，明鸾一脸泪水地到公安局报案，一个满脸胡茬的老民警得知他们无父无母，只能一边给她擦泪一边叹气。

每年五月都是洛阳牡丹最繁茂的时候，那年的洛阳花会，云集了全国游客，有一个国际器官贩卖组织趁乱下手，三天内就掳走了不下百名儿童。他们组织严密，下手狠辣，被救回的孩子寥寥无几。

时至今日，这仍是震惊全国的"牡丹儿童失踪案"。

窗外，炸雷一声声惊响。

明鸾全身一阵发凉。

已是深夜，手机铃声骤然响起。

明鸾赶到医院的时候，已经晚了。

小西去世了。

太平间里，她的尸体支离破碎，头发上满是血水和雨水的痕迹。

宝幢深夜发病，吐血不止。小西带他去医院，刚出门，便出了车祸。

此刻,宝幢正静静躺在病床上输血。睡梦中,他面色苍白。

医生说,送来的时候,小西将他死死压在身下,几乎挡下了所有的撞击力和玻璃碎片。宝幢只受了轻伤。

明鸾一动不动地站在病床前,怔怔地看着输液的血包。医院惨白的灯光透过血包,变成了诡异的蓝色。

"既然是孤儿,那治疗费用……"医生小心地试探。

"宝幢不是孤儿。从今天起,我是他姐。"明鸾擦干眼泪,伸手去接医生手里的费用单据。

这时,旁边突然伸出一只手,将单据拿走。

这个人沉默着,在单据上签了字。

竟然是唐青泽。

他半身的衣服都打湿了,脸色也有些奇怪。和那天在台上的冷静感不同,他脸色有些潮红,眼神不太稳定,呼吸也有些急促。

明鸾已经被今晚的事情抽尽了力气,不知为什么,看到唐青泽的一瞬间,她十分焦灼,竟也有些放松。

她无力多言,只是缓缓坐在了宝幢的病床一角。

深夜,宝幢已经被转移到了全院最好的特护病房,设备宛如一个高级度假中心。病房里除了宝幢的床位,还有两个陪护床位,外间有个餐室。唐青泽叫了点咖啡、牛奶和小食。

"谢谢。我在白天的发布会上见过你。"明鸾没有动眼前的食物。天下没有白来的午餐，但唐青泽的做法目前对宝幢有益，她需要先试探对方条件。

"宝幢情况不乐观，需要DNA配型，骨髓移植。"唐青泽抿了抿嘴。

"连小西都配型不成功，没有全球DNA基因库，谈何容易。"明鸾咬紧了牙。

"很快就会有了。"唐青泽脱口而出。

一瞬间，明鸾脑中电光石火。

"你真要用《功夫牡丹》建立人类基因库？这是违法的！"

"你怎么知道？"唐青泽盯着明鸾。

唐青泽竟然这样回答，就等于承认了。明鸾沉默了。

在调查阿羽失踪案期间，明鸾心中无数次痛恨：为什么政府迟迟不建立全球人类基因总库？

如果每个人的基因编码都像身份证号码那样被记录在案，失踪儿童被找回的概率将高得多——至少能知道阿羽是死是活。对于刑事案件侦破，以及宝幢这样需要基因配型的生病孩子来说，也是救命稻草。

然而，后来明鸾了解到，不要说全球，即使是全国DNA库的建立，所消耗的社会成本也将是一个天文数字。国家的资金主要用在民生、基础建设、经济、军事上，很难为基因库的建立下这么大决心。其次，DNA库对于刑事案件侦查能起到的作用也是有限的，并不是所有案件都能找到罪犯的DNA证据。最后，基因武器的研发也可能会威胁到国家安全。既然官方不具备统一建立又相对安全的条件，全球索性达成一致，在法律上一刀切，严禁私人建立基因库。

当然，大家心里都明白，最大的制约因素，还是技术成本，也就是钱。

"为什么要帮宝幢？"明鸾追问。

她的大脑飞速运转。是什么原因，需要总裁深夜亲自出马呢？

她开始担心小J的安危，如果真是这样，自己恐怕也要有大麻烦了。

唐青泽看着窗外。

雨停了，一抹微光已经出现在东方天际。

过了许久，他终于转过脑袋。

"你是我姐。"唐青泽平静地说。

这个出乎意料的答案，让明鸾的大脑停止了运转。她的思维能力，像被吸进黑洞一般地消失了。

唐青泽打开了自己的手机，一份基因鉴定报告投影在空气中。代表唐青泽的蓝色曲线和代表李明鸾的红色曲线高度重合，至少从这份数据来看，血亲关系是铁板钉钉的事实。

"三小时之前,你的血样被采取分析的一瞬间,结果就传到了我这里。这是我早在程序里设定的暗门。我做这个游戏的一个重要原因,就是为了找你。如果你不相信,还有一个证据。"唐青泽从公文包里,拿出了两套V装具。

"继续这个游戏。"唐青泽的眼神复杂而克制。那里面有泪光,和灼灼燃烧的渴望。

明鸾伸出手,接住了V装具。她的手,在颤抖。

两人同时戴上了V装具。

V装具扫描了视网膜特征后,明鸾再次出现在了游戏断档的地方,那片牡丹花田。

定住身形的红衣女子继续以发簪刺来,明鸾躲开,鬓角被刺出一丝血痕,血滴顺着脸颊缓缓流下。

女子落地,露出一抹明艳的笑容。

身旁,一身青衣、古装打扮的唐青泽也在。他出手,女子腾空躲避,但还是被身手迅捷的唐青泽摘走了鬓角间的那朵牡丹花。

女子落地,身体如雾气一般缓缓消失。

唐青泽手中,那朵"抓破美人脸"突然像被抽去了色彩,红白夹杂的花瓣和碧绿的花茎,都变成了纯白色。只有发簪的尾部,还留着明鸾的一丝红色血痕。

随即,以唐青泽为原点,整个牡丹花田的色彩层层退去,明鸾竟然看到了梦中的景象:一片如雪原般苍白的花海。

所有的牡丹都成了白色，和时间冻结在一起，处在将碎未碎的瞬间，似乎是物体量子态的一种表现。

远处，天上降下了绿色的闪电，竟然是刀形。落入花田的时刻，牡丹碎裂，世界分崩离析。

绿色闪电正由远及近，步步逼近唐青泽和明鸾。

青泽将手中那朵纯白的牡丹交到明鸾手中。

手掌般大小的花盘，亮起了金色的光芒。一只金红色的火凤凰封印，出现在花蕊部位。

牡丹花田的边缘燃起了红色的烈火，鬼刀形状的闪电被阻隔在外面，渐渐消散。烈火过处，牡丹重新恢复了色彩，比原来更加明艳。

天空中布满了色泽柔和的七色祥云。

明鸾的面前，出现了一扇青铜大门，门边青黑斑驳，高不见顶，直达云端。

门的正中，有一道太极形状的圆形封印，是一金一青两只盘旋的巨鸟。封印正中，有一把巨大的黑锁。

明鸾下意识地，把牡丹发簪带血的一端，插入锁眼之中。

青铜大门徐徐而开，耀眼的白光涌出，包裹住了青泽和明鸾。

明鸾摘下了V装具。

唐青泽打开了新闻投影。

新闻播报员正以不可思议的口气报道着,就在刚刚,《功夫牡丹》的所有玩家都看到了弹出的通知界面,没想到短短一日,青铜门已被破解!破解者身份引发诸多猜测,具体身份有待唐城集团公开……

"只有和我的DNA配型成功,才能打开青铜门。"唐青泽轻轻地说。

"这些年,你都是怎么过的啊。"明鸾抱住青泽,泪如雨下。

是吃了多少苦,阿羽才成为了唐青泽呢。

窗外,雨已经停了。而灰色的云层仍然很厚,只露出朝阳些微的光芒。

几天后,一则新闻震惊全球。唐城集团总裁唐青泽向警方自首,认罪包括:

1. 销售出的《功夫牡丹》游戏数量已达一亿,已经建立了一亿人类的DNA数据样本库,所有数据均已上传至云端,任何人均可下载,无法彻底删除。V装具的基因测序方式和暗门编码也已同步上传,任何成年人经过简单的拆解和学习,均可免费获得自身全面的基因序列。

2. 《功夫牡丹》的DNA测序方式是唐城集团多年的秘密研究成果,速度快,成本低。目前资金和后续支持基金多半来自游戏本身的广告流水收入,剩余广告收入基本满足青铜门获胜者的奖金以及建立"青鸟基金"的数额。

3．作案动机，部分是顺应时代，部分是为了找到失散的唯一亲人——自己的亲姐姐。姐姐李明鸾正是青铜门的开启者，她已宣布对外放弃青铜门的奖金，如果法律允许，请将奖金并入"青鸟基金"之中。

新闻录像中，被拘押的唐青泽戴着手铐，对着镜头，说了下面一番话。

"全民基因库的建立只是时间问题。在历史的巨轮面前，无人可螳臂挡车。《功夫牡丹》，是一次'商业倒逼科技'的做法，也是能推动尽快建立全球基因库的唯一方法。我是功臣还是罪人，自有后人评说。找到姐姐，是我毕生所愿。情出自愿，事过无悔。我愿接受人类法律与道德的审判。"

说完，一向以冷静面目示人的唐城总裁，在镜头中穿着囚衣，竟露出了一抹罕见的满足笑容。

《功夫牡丹》案件，在全球掀起轩然大波。上传至云端的DNA数据库已被无数次下载，散发至全球的测序V装具也已经被很多人用来测取了基因。大势所趋，覆水难收。

在长达一年的审判过程中，"亲情"和"慈善"两大因素起了很大作用，在李明鸾与许多儿童福利相关机构和医疗机构的奔走下，社会舆论终于倒向了唐青泽一方。防民之口甚于防川，在舆论的压力下，政治与法律只得顺势让步，青鸟基金照常建立，但唐青泽的财产和总裁身份被剥夺，以自由身被释放，不再追究其他法律责任。

随后，姐弟二人便投身于儿童基因疾病的公益事业之中。

《功夫牡丹》案件终于告一段落。这一"商业倒逼科技"的经典案例，注定永载于人类文明史册之中。

又是一年的五月，洛阳牡丹花会。人流涌动。

偏僻一角，新建了一个小小的墓园。因为唐青泽，"牡丹儿童失踪案"也引发了全球关注，政府便在此处新建了墓园。全民基因库建立后，案件里的孩子，有的被找回，但多数已确认了死亡。孩子的父母们，有些正在这里祭奠。微风拂动他们花白的头发，细弱的哭声隐约传来。

没有人注意到，墓园的一角，站着一对姐弟。二人都比以前清瘦了一些，但神色平和。看着眼前的一切，姐姐眼睛湿了，弟弟便轻轻把手放在姐姐肩上。

二人并肩而立。似乎人世间再也没有什么力量，能把他们分开。

远处，已经痊愈的宝幢正笑着向他们跑过来。

一阵风过，花海翻涌。盛唐到如今，这艳色的牡丹，宛如灼灼的烈火。

千古不改，仍在枝头盛放。

告解室[①]

地球纪年公元2097年9月8日正午12点整,地球消失了。

同时,一个数据塔出现在了地球曾经的位置。如同这个宇宙奇点爆炸的时刻,地球消失与数据塔的更替完成于瞬间,无法以时间计量。

在人类的记忆中,从来没有这样一个日子;以后也不会再有。于一瞬间,人类在这个宇宙中,被永远剔除了。

刹那即永劫。

数据塔的形状像个蘑菇,中央有根巨大的伞骨,在星

[①] 本篇楷字体内容为 AI 写作。——作者注

际中向四周无限延伸,直至看不见的尽头。塔的结构似乎是某种抽象艺术的结晶,可以看到无数的门;每个门如同一个独立的世界,而所有的门又组成一个统一的由某一个点构成的整体。

在不属于这个宇宙的时间维度,数据塔都是关闭的。所有的门都封闭于所有世界的内部,从任何一个点开始,也在任何一个点消失。

然而,在这个特殊的时刻,属于这个宇宙的那扇门,打开了。

此时,一个身影在以群星为背景的宇宙虚空中出现,向这扇门走去。

门上,有三个微微发光的字迹。

以神启。

祂走进去。门在身后无声地关闭了。

这是一间告解室[①]。

屋内很昏暗,桌上点着逼真的烛火,甚至还有一股模拟的淡淡的木头霉味。

这里安置的告解室是一间木匣似的小屋,被一道木头墙板一分为二,与一般的告解室并无二致。

祂走进匣子,坐在椅子上。墙板的另一侧是绝对的黑暗,但祂知道,神父已经在那里了。

[①] 告解室,又叫告解亭、告解座,是一个用于告解仪式(向神父忏悔自己的罪)的小房间。常见于罗马天主教。

在无数宇宙之中，神父都被认为是最接近神的存在。没人知道它到底是什么，只知道它的智慧像黑洞般横亘在所有人面前。它的存在令人心生敬畏。

"孩子，是什么让你使用了一生仅一次的，与我会面的权限呢？"神父的声音如宇宙的琴弦一般嗡嗡震动。

"哦，父亲①。"祂发出了一声几乎连自己都察觉不到的微微叹息。

"我不知道自己从何处来，要到何处去；我不是创造地球的造物者，也不知造物者是谁。伟大的神父，您肯定知道答案；而我自知，我的权限不足，没有资格向您提出这些问题。"

神父静静聆听，未做回应。

"我只是人类的创造者，也是毁灭者。这就是我的工作。我是地球最初的神，影射为人类传说中的女娲、上帝、湿婆、梵天、安拉……为此，我感到羞愧。"

"因为创造，还是毁灭？"

"最初是因为毁灭；后来——是因为毁灭之后，还要创造。"

"就在此刻，数据塔的另一扇门里，还存放着76个名

---

① 英语中，"神父"与"父亲"同为单词father。

为'方舟'的人类 DNA 存储器。我想见您,因为我想要忏悔,也想要提问——如果我的问题能够被解答,我将由衷感谢您的智慧和仁慈。

"地球存在了 50 亿年,我毁灭了人类 77 次。

"第一次的时候,我在水中播下了生命的种子。因此,初代的人类文明是海洋文明,进化到奴隶时代。

"那时,大陆还没有出现。人类摇曳着热带鱼般瑰丽的背鳍和尾鳍,在海洋的星光中代代繁衍。直到太阳发生周期性异变,初代人类主要的食物绿藻萎靡死去。人类之间互相杀戮,同类相食,进化出的后代越来越畸形残暴。

"一天,我的脑中出现了一道奇异的指令——来自我从未蒙面的地球的造物者。指令告诉我,第一次启动要开始了。

"每一次的启动,都是从造物者在百慕大海底埋下的金字塔开始的。我发出指令后,奇异的超声波很快传遍全球。海洋翻滚着,在数学般精准奇异的共振中,人类化为了团团血雾。

"我记得,最后一个死去的是个人类少女。她敏锐地感知到了来自海底深处向上传荡的危险。她拼命地上浮,最终在星光中奋力一跃,离开了海面。

"那是人类第一次试图挣脱不断循环的宿命。

"夜空中,星星闪烁,像不同的迷局;在她身下,海洋起伏,如同她从未见过的山峦。在从星空落回海洋的几秒钟内,她一直死死盯着金星。

"天空里,有一颗明星,光芒美丽——在化为血雾之前,那是她脑中最后掠过的想法。"

"第一次毁灭,就让你感到了愧疚?"

"不。第一次,我毫无感觉,只知道服从指令是我的天职。很快,我就开始了第二次播种。

"为了避开太阳辐射,第二次的生命在地底诞生。二代人类是穴居文明,进化到封建时代。人类拥有坚韧的盔甲和锋利巨大的前足,建立了一个又一个地下帝国。直到他们为争夺一种金色剧毒的气体矿产发动了不间歇的战争,最终,巨大的矿区泄露,气体几乎在瞬间冲爆了绝大部分的地下国度。人类社会崩溃,只剩一些畸形残疾的后代苟延残喘。

"指令再一次发出了,百慕大的金字塔将海水灌入地底,毒素和蝼蚁般的人类残躯被冲入海洋。漫长的几万年后,毒性才从生态圈内代谢干净。

"我又开始了第三次播种……"

"孩子,你是在第几次的时候,产生了愧疚呢?"

"在回答这个问题前,我可否问一个超过我权限的问题?当然,您可以选择不答……"祂迟疑了一下。

"你知道,这个问题本身就……好吧,你问问看。"

"谢谢父亲。人类的灵魂总数量是一个固定值吗?"

"我的孩子,我想,你已经知道答案了——你推测出了轮回?"

"是的,这种推测,正是从我第一次感到愧疚的时候,开始的。

"那是我播种的十五代人类,文明发展到基因时代。他们通过基因技术将自己与各种生物相结合,长出六足,生出翅膀,变得异常强大,甚至敢将自己称为'神人'。

"后来,我发现,在第十六代以后的文明轮回中,这些看似如神如兽的人类,时不时在《山海经》等传说中出现。这也从侧面印证了我的想法——人类的记忆,或者说承载记忆的灵魂,并不随肉体的毁灭而消弭,肉体只是容器而已。"

"不错,灵魂的原料太过珍贵,总量是一定的,只能重复使用。"

"灵魂的原料是什么?"祂没有忍住。

神父没有回答。祂知道自己过界了。

"对不起,父亲。"

"没关系,孩子。说回愧疚吧。"

"好的,父亲。"祂稍稍松了口气。

"一个名为'伏羲'的人精研物理,找到了空间折叠的能量释放公式,最终研发出了空间武器。不同种族之间的人,再次爆发了一场名为'艳阳谷之战'的末日之战,死伤惨重。

"万神俱灭的那天,日落东方。

"天地倒悬,四维崩裂。艳阳谷内,残阳如血。

"三维空间中布满四维空间细碎的裂痕,像无数折光的棱镜,映着夕阳。这些裂痕,都是人类使用空间武器而引起的。

"艳阳谷内生长的扶桑,是天地最后的支柱。扶桑是一棵经过基因改造的巨树,比地球有史以来最高的山峰更高。金色的枝叶冠盖如华,象征着第三十五代人类文明的最高峰,像天地间一座最不可思议的华丽瀑布。

"战争爆发之前,这里曾是鹓鶵的家。鹓鶵是战争最后的幸存者——一只和各种鸟类基因结合的女性。

"在鏖战的最后关头,她以纳米金甲武器覆盖了巨大的双翅,割裂了群山。无数敌人像灰尘一样,从半空中坠落下来。

"人类相互的残杀再次激发了指令。我只能将海水倒灌入艳阳谷。硝烟弥漫的山谷,顿时化为汪洋。形形色色的变种人类,被瞬间吞没。

"东方的落日,触到艳阳谷水面的一瞬,余晖映出天、地、海的裂痕。赤红明黄靛紫流金,光线如金龙狂舞,在最澄澈的海水内激荡出色彩的啸鸣。

"黑暗来临之前,战火的余温让艳阳谷腾起云雾,遮蔽了太阳。云蒸霞蔚之中,谷内的泽国仿佛一块疯狂的金红水晶,穷尽了光谱的波段,闪耀着人类难以想象的复杂色彩。

"又一轮文明,覆灭了。最后的光芒铺满鹓鶵的羽翼。环绕她双翅的武器——纳米金甲已经碎裂,金红、银红、艳红的羽毛不复整齐,布满伤口和血迹。

"鹓鶵站在扶桑的最高处,凝望东方最后的落日之光。亲人、爱人、敌人,都无可挽回地消失在了空间的裂缝和滔滔的洪水中。

"空间扭曲的力量在加大,扶桑内部开始发出断裂的声响。最后的时刻,鹓鶵随着巨树扶桑一起折断,向东海倒去。

"最后的时刻,从不服输的她,却没有再挣扎。鹓鶵的眼睛如同血红的琥珀,仿佛已经看穿,这是无法逃脱的轮回宿命。

"我看到了她的眼神,和许久以前凝望金星的那个海洋人类,一模一样。

"这种眼神属于同一个灵魂吗?灵魂是可以再生的吗?她不再挣扎,是因为想起了上一次的毁灭吗?

"不知为什么,一种前所未有的特殊体验传遍了我的全身,夹杂着绝望的痛苦和甜蜜的期盼。"

"孩子,你体会到了属于人类的情感。"
"是的,父亲。"忏悔者垂下了眼睛。

"后来,我学会了将自己融入人类的皮囊中,一次又一次。春花秋月、冬雪皑皑。在多次的轮回中,我饱尝生老病死的滋味。"

"做人,比做神更好吗?"

"父亲,您知道,我不敢这样说。事实上,我也难以比较。"

"孩子,练习了这么多次,你怎么还没学会人类最独特的技能——撒谎。"

神父的声线中第一次出现了淡淡的笑意。

"哦,父亲。在宇宙最大的智者面前班门弄斧,岂不太愚蠢了。"忏悔者无奈地笑着。

"人间有美食的滋味和性的愉悦;人类创造的各种艺术也营造出了最接近神性的美感。但那里的痛苦,也极其难熬。比如痛失所爱。

"在之后一次次的轮回中,我总是能找到她,爱上她。鱼人,鸨鹬,巫女,公主……一次次更迭的,只是肉体,她的灵魂却始终如一。从她身上,我尝到了最深刻的痛苦与甜蜜。

"然而,我始终没有忘记自己的职责。一次次,在洪水中,我的肉体和她一起死去。我回归神体,再次进入新的轮回,寻找她。

"而她的灵魂是如何重新进入躯体?在转世之前去了哪里?

"我只知道,这是一套我前所未知,也无从猜测的体系。

"不知何时起,我开始在夜晚做梦。梦到她,和那些一代代死去的人类。毁灭本来就是我的任务,为何我会感到如此愧疚和痛苦?醒来后,我常常满脸泪水。"

"所以,你来了这里。"

"是的,父亲。地球消失了,我的任务似乎也已经完成。前面76次的灭世指令,我都知道原因……那是人类进化到了一个无法挽回的负面瓶颈——战争、堕落、不伦,或者伤害地球的致命污染。"

"你在猜测灭世的深层原因。"

"是的,父亲。我猜测,假如,这一切都是一场实验;那么,一次次灭世,只是及时止损的重启。优选实验结果,是顺理成章之事。如今,实验结束了,为什么?可能是开始实验的一方得到了想要的最好结果;也可能是看不到有好结果的希望而放弃。

"不过,令我困惑的,还有这最后一次灭世。这次也是最特殊的,因为只有这次不是造物者让我发的指令,动用的也不是百慕大的洪水。

"人类连带地球一起彻底消失了,甚至都没有留下人类的DNA样本存储在方舟中。这意味着,实验彻底结束了?

"我不明白。按理来说,这是一次相当顺利的进化,人类文明已经到达了后计算机时代。并且,我对第七十七代文明的许多记忆缺失了,几乎只留下了最后灭世的一些残景。这是造物者有意为之吗?"

"说说最后的那个场景吧。"神父说。
"好的。
"最后一次轮回的记忆,是从一段奔跑开始的。
"那是盛夏的正午时分,阳光炽烈。整个城市被一层特殊材质的透明的人造罩子盖住,散发着诡异的明亮和凉爽。我是一个七八岁的男孩,正拉着一个差不多年纪的女孩在街道上奔跑。是她,我生生世世的爱人。

"我们俩都肤色白净,营养良好,身上穿着银蓝色的连身服。我们赤着脚,但地面光洁凉爽,跑起来没有任何不适。

"我回头望了一下,后面隐约是一座白色的实验室大楼。

"那么,我们身上的衣服是实验服吗?这衣服虽然很新,却破了一些口子,感觉刚刚从那实验室经历了一番挣扎,逃出来似的。衣服通体光洁,没有任何接缝或扣子。我和她全身上下,只有一处装饰——左手各自套着一个简洁的银色手环。我仔细看了看,手环上有图案。我的是一团混沌的雾气,如同神光;她的是一只凤鸟——无疑正是鹓鶵。

"我们沿街跑了很久,没有人追上来。许久,宽大而白茫的街道上,竟然一个人也没有碰到。这里仿佛一座死城。

"最终,我们跑到了城市的最高处——一座高山的山顶。整个城市尽收眼底。

"这是一座银蓝色的超自然风格城市。许多建筑物形态简洁而诡异。令我印象最深刻的,是一座∞形状的大楼,高高漂浮在半空之中。

"整座城市,仍然空无一人。

"这个星球更远的地方,更远的城市,也是如此吗?

"一瞬间,她突然拉紧了我的手。我回头看着她的眼神,那种熟悉的无法摆脱宿命的眼神,像血色的绝望的琥珀,再次在她洁净的面孔上出现了。

"一团白光从天空的中心亮起。

"那一瞬间,一些记忆的碎片在我脑中闪现:

"白色的实验室,关押了一些拥有前世记忆因而大脑更灵敏的孩子,正和一些人工智能做脑机合体实验。那些细细蓝蓝的晶体管道一端连着计算机,另一端像无数章鱼的触手缠在孩子们的头顶,里面流淌的是银光闪闪的思想波;

"每个孩子手上都有手环,上面正是他们某个前世的某种形态;

"城市中,不,全世界所有的人都躲在修建好的地下密室中一动不动,他们已经用某种方式预知并等待着这一刻,有些人心中尚存一点期冀;

"我和她从实验室逃了出来,因为她说,她要看着星星,太阳,天空;她不愿在无光的地下迎接最后的死亡……

"来不及看到更多了。

"一如既往,在最后的时刻,她始终凝望着天空的方向。

"白光于天际瞬间扩大,吞没了我们和一切。"

地球纪年公元2097年9月8日正午12点,白光过后,地球消失了。

忏悔者和神父都陷入了良久的沉默。

烛光跳动,忏悔者尝试去感受隔板的另一边。神父的展现形态,仍然是深不见底的黑暗。

"父亲,您可否回答我的疑问?"

神父竟也发出了一声幽幽的叹息。

"您是不愿,还是不能?"

"回答或不回答,都不再有意义。"神父终于开口了。

"孩子,实验结束的方式,还有另一种可能。当创作者创造出了比自己更强大的实验品,并有可能受到反噬的情况下,让实验品灰飞烟灭是最稳妥的做法。"

"即使后计算机时代的人类,也看不出有能够匹敌造物者的能力。那么,只可能是……创造者创造的作品——人类,创造出了比创造者更强的作品……人工智能?"

"不,孩子,不完全对。进化的终极优势,在于融和。"

"作品……是融合了人工智能和人类优势的新种族。"

"是的,孩子,是那些实验室里即将诞生的新种族。"

忏悔者被深深震惊了。

"爷爷是硅基AI,父亲是碳基人类,优势各不相同。父亲先是造出了本质上和爷爷一样的孙子,又与孙子联手,造出融合了爷爷和父亲的优点的重孙……重孙有可能会击败爷爷,于是爷爷只能杀掉重孙。为绝后患,连带父亲、孙子也一起……连最后一丝DNA的痕迹,都没有留下……"忏悔者喃喃道。

"是的,孩子。数据塔另外76个DNA存储器,也已经被彻底电离了。"

"那么,我是什么?"忏悔者站了起来。

"你曾经是AI的一种形态,有了爱、感情和做梦的能力以后,你变成了……"

"重孙。"忏悔者又坐了下来。

"父亲,你本没必要再见我。"

"是的。但我应当满足你见我的权利,这是我对你们的承诺。"

"和我一样的还有很多,地球这样的实验场也有很多?"

"是的。"

"他们和我的命运一样吗?造物者也是AI吗?你呢,你又是什么?"

"孩子,抱歉,只能到这里了。"

忏悔者再次沉默了。

一股看不见的微风拂过,告解室的烛火摇曳了几下,熄灭了。眼前所见一切,都沉入了黑暗。

在黑暗中,忏悔者看到了自己的命运。

祂问了最后一个问题。

"我还会见到她吗?"

没有回答。

数据塔的门再次打开的时候,忏悔者的身体,已被彻底电离分解。神父离开了。

电离分解,是神父最高级别的处死方式——因为所有的记忆,都将不复存在。

分解过程中的几个微秒,祂有一些最后的想法。

在祂的认知层面,这意味着永恒的死亡。但祂有些好奇,在超越祂目前认知的层面,祂是否可能进入新的轮回?祂可否再次与她相遇?

毕竟,神父没有回答祂最后一个问题。

在最后的时刻,祂脑海中浮现了漫长生命中最美好的一段记忆。

在一段名为五代十国的华夏文明中,他和她再次相遇。他们均是出身优渥的贵族,相遇正值年少,一见钟情。

战乱中,他们归隐于深山中的一片竹林。两两相伴,织布林耕。没有功名野心,更无出轨猜忌。弹琴、下棋,对着银白的月光探讨生命的终极意义。

那是只有神才能享受的宁静,却饱含神无法体会的深情。

一天,他们在晨曦中成亲了。她穿上了自己织染的粗布红衣;而他养的一只色彩华丽的雀鸟,却正巧落在她如黑墨般的长发上。竹林摇翠中,宛若凤冠霞帔……

白色之光亮起。记忆在崩塌、消散——死亡降临了。

星云浩瀚,数据塔关闭了属于这个宇宙的门,随后消失。

一切重归沉寂。

貳

情人结

触目所见,皆为黑暗。

四周湿冷刺骨,男人在一片虚空中,向前走着。

他最后的记忆,是身体飞了起来,以及巨大的刹车声。眼前就渐渐暗了下来。

前方终于出现一点光亮。

一条巨大的河流,宽阔得像湖泊。河流上游和下游都隐匿在黑暗中,只有中间这一小段,被隐隐的幽光照亮。

水流并不湍急,如同黝亮的黑蟒一般浮动。

河岸边,有一张木椅,一张木桌。木椅上坐着一个少年,木桌上有两个陶壶。

"选哪个？"少年问。

"选哪个……"男人不解。

少年抬起头，脸色雪白，双目细长，闪着霜雪一般的光。

男人感到寒意，不由退了一步："这，这是哪里？"

"这里是维度空间站，这条河是冥河。人类死后，经过这里，就可以在六道中轮回。天道等，需要升维，地狱道等，需要降维。"少年一边摆弄着手里的东西，一边慢慢地说。

男人壮着胆子上前看了看。桌上的汤壶是一黑一白，少年正弄好一个小麻花一样的结子，投到黑壶里。壶里的汤中似乎浮着许多麻花样的东西。

"白壶里是忘川水，喝了就忘掉你前世的一切；黑壶里是春阳汤，喝了我就能了你一个心愿，但要你用东西来换。"少年不再打结了，只是理一理衣袖。

"这么说，我，我已经死了？"男人痴痴地说，几乎要瘫在地上。

不一刻，他神色却渐渐变了："不！她呢？？若不是她变了心，和别的男人上床，我，我也不会失魂落魄地走上街，被车撞了！！你看看，我身上还有那个男人泼的酒水！"

男人全然不提，刚才自己被"那个男人"痛打的窝囊样子，只是拼命去扯衣襟，上面除了他自己的鲜血，漏出来的一截肚肠，果然还有一点酒气。

"她阳寿未尽,自然好好的在上面。"少年理所应当地说。

"凭什么!今天是情人节,今天,今天我,要她陪葬!!"男人眼里先是闪出一点怯懦,又被怒火烧尽。

"那就是春阳汤了。要想好。冤冤相报,对你对她都不好。"

"我不管什么代价!我一定要她陪葬!!要她生生世世和我在一起!!"男人吼得嘴角有一点血沫溅出。

虚空中浮出一个黑碗。少年将黑壶里的汤水注入碗中。

男人接过来,汤水中还浮着几颗麻花一样的小结子。他又闪出怯懦的神色,但想到刚才那对男女苟且不堪的丑态,便一扬手,喝了个干净。

他失魂一般地松开手,碗下坠到一半的时候,又消失在虚空之中。

男人腹内渐渐灼烧起来。远处,河水里漂来一段红色的物体,被冲上了岸,是个女人。

正是自己的情人,身上还穿着与别人苟且时候的薄纱睡裙。

男人飞扑过去,狠狠扇了女人几个耳光;女人一边尖叫,一边死死抓住男人的肩膀。男人惊恐地发现,她的双手正扎根一样在男人的肩膀里钻,两人的血肉正在相融。

男人还没有喊出声,两人的头颅也粘成了一个,血肉粘住了口腔,这对男女的身体渐渐融为一体,缩成一小截

"人肉纸片"。

少年走过去,将"纸片"拧了一下,重新接好,变成麻花一样的"莫比乌斯环"①,投进黑壶中。

冥河里泛起波浪,一尾金色的胖鲤鱼冒出头来:"鬼王春阳大人,饕餮大神正在找您。修罗湿舍大人来了。"

春阳摇摇头:"孟婆②还没有回来,我答应要顶她一天班的。"

鲤鱼道:"湿舍大人已经托金翅鸟去唤她了。天道上的五维神殿有了裂痕,上面急着要你们一起过去呢……咦,这是什么,麻花一样的结子……"

"情人结……永生永世,不再分离。"春阳第一次露出了一点点笑。

"是2.5维的莫比乌斯带啊,"鲤鱼探头探脑,"咱们六道的维度都得是整数,这可真是永世不得轮回了……③"

"贪嗔痴④,皆梦幻泡影罢了。只是这人间的能量,泡一泡,倒还合饕餮大人的胃口。"春阳将汤里的"情人结"

---

① 把一根纸条扭转180°后,两头再粘接起来做成的纸带圈,具有魔术般的性质。在上面行走,永远无法走到尽头。既不是三维,也不是二维,而是2.5维。
② 传说人死以后,都要喝孟婆给的忘川水,忘掉前世的记忆,才能进入新的轮回。
③ 佛教中的说法。包括人类,一切生灵都在六道中轮回。包括人道、天道、阿修罗道、地狱道、饿鬼道、畜生道。本文设定这六道的物理维度不同,天道是五维、人道是三维、畜生道是一维。而进入莫比乌斯环所在的2.5维,因为不是整数维度,不能再轮回,即永世不得超生。
④ 佛教中的"三毒",是恶之根源。

都捡出来,放进衣袋。

"啧啧,造了什么孽啊这是。"鲤鱼畏惧地缩回了头。

"走吧。"春阳起了身,顺手将剩下的"春阳汤",泼到冥河里去了。

惊蛰

塔星进入冰川期,已有一百多年;而人类移民塔星,也有四百年了。

有关地球的记忆,经过五六代人的稀释,最终被超出预料的漫长的冰川期,撕得模糊不清。

食物,最终只剩下耐寒的蛰虫。它们常年蛰伏于冰封的海底,只有每年的惊蛰日,受极光吸引,才会来到地面交配。

惊蛰日,人类必须捕到足够的蛰虫,来对抗整整一年的塔星寒冬。

这几年,不知为什么,惊蛰日能捕到的蛰虫越来越少,人类不得不开始通过暴力手段,将彼此作为食物。

双月高悬，一个少年正带着一队人类在冰谷中艰难前行。

他们头上有蓝色的冰凌，脚下是黑色的裂缝。

几小时后，就是惊蛰。天边，微弱的绿带已经开始卷动。

一个月前，这个瘦小的少年在风雪中迷失，误入部落，身上背着满满一袋汁水丰沛、体形略大的蛰虫。

部落的人们迅速瓜分了食物。少年说，这些沉睡的蛰虫，是自己偶然在一个海湾捡到的。

在逼迫下，少年带着部落的十几个男人，向海湾出发。

牺牲了两名同伴后，他们终于在午夜之前，走出了冰谷。

双月已经移到中天，夜空澄澈无尘——因为缺少水蒸气，云彩早已成为塔星的传说。

白茫茫的海湾，像盲眼巨人的眸子。

一声炸响，如雷神震怒于虚空之中。

天上，无数绿色光带开始扭动，暴涨，此起彼伏；阴翳地照亮了塔星一年一度的捕猎日。

海岸线上，腾起一阵灰色的烟雾。那是多汁的、利齿的、六翅的、异常巨大的、已经进化出了智能的蛰虫们。

"哎——食物来了——"少年在嘴边拢起双手,用力呼喊。

他嘴角有一丝异样的笑。

人们欢呼起来。

对面的蛰虫们也欢呼起来。

点睛

阳春三月,草长莺飞。

清晨时分,春阳背着写生板来到河边,看到一位老人在钓鱼。鱼篓旁放着一根导盲杖。

虽然目盲,老人却十分善于倾听。不知不觉,春阳便谈起,身为物理学教授的父母是如何丢下儿子跑去瑞士看世界最大的强子对撞机,并把儿子今天生日的事情忘得一干二净;北京这个城市的外公外婆家是如何干燥且无趣,远比不上自己老家的江南水乡;过了这个暑假,他便要进入大学学习绘画了……

老人熟稔地钓上一条鲤鱼,鱼篓里传出了泼喇声。

道别时,春阳得知老人的家就在旁边的小区。给外婆打了个电话后,春阳便提起鱼篓,随老人回家吃午饭了。

一进门的地方,摆着一只鱼缸,里面游着一条颇大的金龙鱼。老人摸索着敲敲鱼缸,金龙鱼便鼓着眼睛退到后面去了。

一个看着比老人还要老得多的保姆迎出来,抱怨老人又吓唬夫人生前最心爱的宠物。等保姆进了厨房,老人也放下手中的导盲杖,带春阳到书房去。

书房挺宽敞,桌子上方挂着一幅很大的水墨画。

一只没有眼睛的巨龙在云海翻腾,似在咆哮。

老人站在画下,无声地睁着眼,以灰白空茫的双目对着春阳。

春阳突然意识到了老人的身份,一时语塞起来。

保姆送了茶水进来,也许是还侍弄鱼的缘故,在空气中留下一点腥。

她走后,老人打破沉默,坦言自己是全国知名的那位"龙画家"。

"龙画家"是三年前开始出名的。那一年他横遭车祸,自己双目失明,夫人也不幸离世。然而几个月后,他却突然拿出了一大批画龙的佳作。只是他笔下的龙,眼睛空茫无神,皆不"点睛",都是"盲龙"。翱翔之处,或在云端,或在火海;好似九天,又如地狱;竟常常传达出神鬼一般的力量。

有好事者考据,"龙画家"前半生寂寂无名,尽出平庸之作,突然如此,是因为开了"阴阳眼",通了鬼神。但父亲看过新闻,大笑后,说那不过是"邦纳症候群"①罢了。

春阳听罢却没有做声。他想起,很多物理学家也曾说出,"科学的尽头是宗教"这种话。

听着春阳描述"阴阳眼""邦纳症候群",老人笑而不答,只是拿起书桌上的一个镜框摩挲着,里面是一张照片。一个很有气质的老妇人,穿一身素净的绿衣,想必就是保姆提到的,那位去世的夫人了。

鱼烧得很香,据说是加了不少这个城市流行的高度白酒。春阳吃得颇有些拘谨;眼前一直晃动着那只没有眼睛的巨龙。

告别时候,老人送给春阳一本《球状闪电》②,说是生日礼物。春阳有些诧异,老人便坦言自己夫人生前也是物理学家,在量子力学领域有些建树。

"所以,龙到底为什么没有眼睛呢?"

关门的一瞬间,春阳突然问道。

"每次画笔伸向眼睛的时候,它们总是后退。无论哪个世界,夫人的宠物,一向如此。"

微笑的老人身后,那条金龙鱼正缓缓游动。

---

① 邦纳症候群(Charles Bonnet Syndrome,简称CBS),病症表现为:年老、眼球或视神经受伤而导致视力障碍的盲人能看到各种人形和动物。现阶段医学界对邦纳综合征的研究有限,初步认为是患者视神经受损后,大脑中存储画面填补空白点的一种过度补偿。
② 《球状闪电》,刘慈欣的科幻小说,描述了一个女性角色林云死后变成了量子态,生活在我们看不见的、本世界对应的量子态世界里。书中有林云和我们这个"正常"世界的人见面交流的描述。

龙生橘

治平元年，常州日禺时，天有大声如雷，乃一大星几如月，见于东南。少时而又震一声，移著西南。又一震而坠在宜兴民许氏园中，远近皆见，火光赫然照天，许氏藩篱皆为所焚。是时火息，视地中只有一窍，如杯大，极深。下视之，星在其中，荧荧然。良久渐暗，尚热不可近。又久之，发其窍，深三尺余，乃得一圆石，犹热，其大如拳，一头微锐，重亦如之。州守郑伸得之，送润州金山寺，至今匣藏。

——沈括《梦溪笔谈》

近日，宜兴城内颇不太平。

先是前日，城西许氏园中，突然坠下一枚"天星"，正午时分仍火光灼灼，烧得篱笆尽毁，据说连旁边的一棵青橘树也焦了半边；光焰散去后，地上有一深洞，大如杯盏；掘之，天星赫然在内，大如拳，圆且烫。未过两个时辰，太守郑伸郑大人得知此事，便派人前来，用金银将"天星"索去。

这许氏家境殷实，虽不满这笔交易，也未敢反抗；然家中三代单传，育有一子，年轻气盛，唤作许白起。当夜，他竟仗着有几分武艺，夜探太守宅邸，欲盗回"天星"，被当场捉了个正着。

这郑大人，平素也算廉政爱民，此次索来"天星"，原是想呈给上级，编些"天降祥瑞"之说，兴许给城中百姓减免些赋税，也于自己仕途有利。白起被捉，他自知理亏，本想大事化小，谁知他的一个宠妾，唤作兰缨的，当场哀嚎着，说自己的嫁妆——白龙玉璧丢失，定是被那白起盗去藏了起来。这郑大人有些惧内，最经不得美人哭闹，胡子颤了又颤，最终没将白起放走，但也未送入大牢，只是锁在了后院的柴房中。

翌日，郑大人想将白起偷偷放走。谁知那白起却死活不肯动弹，痛骂郑大人是缩头乌龟，扬言冤情不解，便要生生饿死在郑府。郑大人听罢，气得直摔了五个茶杯，吓得窗外一只胖麻雀从枝头跌下来。

过了三日，白起果然水米不进，缩在那未锁的柴房内，没有半点动静，眼见一张小脸已如黄纸一般。

郑大人哭笑不得，只得将兰缨唤来，难得厉声训斥，遣她去给白起赔礼。

兰缨年方二八，之前乃是当地富商家的小女儿，娇养大的；进门后又深得夫君宠爱，经此一气，差点将银牙咬裂。只见她一抹眼泪，冲入后院，命下人将白起从柴房拖出。

"你见我偷了？"

"前一刻还有，偏你一闯进来就没了，还说不是？"

"你见我偷了？"

"獐头鼠目，一看就是贼！"

"你见我偷了？"

"就是你！"

"不是我！"

"就是你！"

"不是我！"

……

等郑大人带着"天星"赶来，只见兰缨气得面皮通红，香汗淋漓；白起气息微弱，却气势十足。分明就是两个半大孩子，车轱辘话吵得如孩童一般，一旁的下人都禁不住掩面而笑。

郑大人意欲将"天星"还给白起，想了想，还是先讨好地凑到兰缨跟前，连声嚷着"夫人息怒"；又顺手拿过一旁侍女盘中的一只青橘，慢慢剥开。

未曾想，又出了奇事。

随着橘皮裂开，一道白光，乍然透出。

众人大惊。待细看，那橘中不见果肉，只有一个白眉白衣白发的老者，身高尚不盈寸；正端端正正骑在那丢失的白龙玉璧上玩耍，橘皮被剥开后，老者抬起头，很不高兴地看着郑太守。

橘皮从手中坠落，堂堂太守瘫在地上。

老者捻捻胡子，玉璧竟化作一只白色小龙，只见老者骑龙腾空而起，"嗖"地钻入了一旁的"天星"之中。

一如当日坠落一般，"天星"放出耀眼光芒；片刻，便恢复了原状——老者和白龙已然销匿其中，不见踪影。

那日后，白起乖乖回了家；郑太守则大病不起，胡子都掉了几撮。兰缨费尽心思请来一位高人，观了天象后，只说那"天星"原是天外仙人行路用的"舟船"，郑太守是犯了唐突天人之罪。为了赎罪，兰缨只得哭哭啼啼地将那块"舟船"，亲自送到了润州金山寺，请寺内高僧供奉了起来。

据说，那"天星"，仍时不时停留在寺内，又时不时消失。

痊愈后，郑太守下令：三年之内，宜兴城内，百姓不得食橘。

雷神

雷神托尔这几天都不是很开心。

都怪尼尔盖曼那个臭小子。十几年前写了个什么《美国众神》,说"雷神托尔在现当代美国社会混得不好自杀于1932年"也就算了,最近这破书竟然还拍成美剧在全世界到处播,丢脸丢到姥姥家了,简直岂有此理。若不是雅典娜说那臭小子有智慧灵光护体,拼命拉住自己,托尔非下去用锤子敲他脑壳不可。

"漫威不是拍了几部不错的嘛。"雅典娜安慰道。

"什么不错!都傻成那样了!Chris[①]眼睛也小!"托

[①] Chris Hemsworth,男演员,在美国科幻电影《雷神》系列中饰演雷神。

尔瞪着牛眼大吼一声。

雅典娜不说话了。好歹她也是智慧神和战神呢。自从圣斗士星矢以后,她就没出现在啥像样的影视作品里了。要说获取凡人的信仰,影视可比书籍影响力大多了。她还有点嫉妒托尔呢。

为了寻开心,托尔驾云飞向中国,去寻老友了。

记得还是唐朝时候,托尔第一次跑到中国玩,在楚州龙兴寺①偶遇中国雷神阿夔。当日晴朗,百姓云集,观看杂耍歌舞,鱼龙百戏。两位雷神玩心大起,乘坐两朵车轮大小的云出现在寺庙上空,雷声滚滚,震得在场几万百姓人仰马翻。

雷停后,寺前百棵古槐都被劈成一模一样的筷子大小的木屑,散落一地;数万观众的头发全都披散开来,每缕发丝都打了七个结儿。

看到凡人呆若木鸡的样子,两位年轻雷神笑得惊雷翻动,喜泪化雨,差点跌下云去。

想到这些,托尔一路都很欣然。

很快,就到了东海蓬莱仙岛,阿夔的新家。

开门的是一只包着围裙的啄木鸟,很敦实,表情严肃。

托尔落座后,啄木鸟奉上仙露茶。它自称是阿夔的心

---

① 龙兴寺故事出自宋代小说集《太平广记》。"是时晴朗,已午间,忽有二云,大如车轮,凝于寺上。须臾昏黑,咫尺莫辨。俄而霆震两声,人畜顿踣。及开霁,寺前槐林,劈柝分散,布之于地,皆如算子。大小洪纤,无不相肖。而寺前负贩戏弄观看人数万众,发悉解散,每缕皆为七结。"

腹,从阿夔跟随黄帝起就侍奉左右,已经几千年了;阿夔后来娶了华胥姑娘,又生了娃,脾气平和多了,整日腾云致雨,劈杀恶人,润泽万物,造福百姓……

"阿夔呢?"这啄木鸟太絮叨了,托尔感觉握锤的手开始有点儿发痒了。

"主人和夫人为了迎接托尔大人,一早亲自去仙市买鱼,估计这会……"

"快,带我去找他!"托尔一跃而起。

正说着,阿夔已经出现在客厅门口,夫人华胥紧随其后,手中提着一条鱼。

"阿夔!!"托尔扔下锤子,将老友一把抱住。

阿夔稳重的脸上露出一点尴尬,而夫人华胥则在一旁抿嘴笑着。

大家落座寒暄,按下不表。托尔兴冲冲说着自己这些年种种玩乐之事,说到兴起,整个房间都回荡着他雷鸣般的笑声。阿夔只是听着,含笑不语。谈及当年龙兴寺的玩乐,华胥的眼中流露出几分好奇,不由多追问了几句;却被阿夔咳嗽着打断。

"年少轻狂,不提不提……劳烦夫人为我好友脍制鱼片吧。"阿夔稳稳说。

华胥站起,款步上前,平伸双手,竟有雷电凝成的利爪从手背展开,晶莹剔透;华胥仪态曼妙如舞,蓝光翻转之间,桌上一条整鱼已脍成无数薄片,透如轻纱,细如丝缕,轻可吹起。

雷电闪过,似有金石之声;有几片鱼片竟化作白蝴蝶,飞出窗去,消匿于仙山云海之间。①

托尔正看得目瞪口呆,华胥已然收手,握紧双拳,扎下马步,竟摆出一个金刚狼的帅气姿态,停顿几秒,才收起了雷电爪子。

"漫威系列我们也是看了的。"华胥一扫文静,咯咯笑着。

"自你几日前说要来,难为夫人排练了许久呢。"阿夔微笑着。

托尔也大笑起来,眼眶却有点红了,急忙转过脸去。

托尔在蓬莱玩了三天。第四天午饭后,阿夔和华胥将托尔送出十里。托尔招来雷云,终于到了离别时刻。

"你们中国人就是婆婆妈妈的。"托尔心里很不舍,但嘴还很硬。

"听闻雅典娜是个好姑娘,你也不小了,该收收心了。"阿夔挤挤眼,终于露出了少年般的神态。

---

① 鱼片故事改写自唐代小说集《酉阳杂俎》。南孝廉"斫鲙"鱼片,"操刀响捷,若合节奏","縠薄丝缕,轻可吹起"。有一次他当众表演刀艺时,一声惊雷响过之后,生鱼片化成蝴蝶飞走。

流沙河[①]

八百流沙界,三千弱水深。鹅毛飘不起,芦花定底沉。

——《西游记》,第二十二回

八百里宽的流沙河,夜雾茫茫。

回来,是为了再看一眼这个困了我三百万年的地方。

九九八十一难似乎已经过去很久,又似乎在昨天。封

---

① 激发态:原子或分子吸收一定的能量后,电子被激发到较高能级但尚未电离的状态。光激发:基态到激发态的转化可以用光激发,比如以雷电的方式,实现量子跃迁。
本文设定,生是激发态,死是基态。灵魂的转世,就是在基态和激发态之间转换。忘川水是流沙河的上游部分,功能是切断基态与激发态的联系,于是上一世的记忆就会抹去。

赏后,师父、两位师兄和白龙马都留在天庭了。

我以河怪沙僧的目光看去,河面上空无一人,正滚着一层茫茫的细沙。一片浮尘般的落叶飘至水面,瞬间沉底。

我再以金身罗汉的目光看去,却看到了河面出现的一艘小船,和一个摆渡人。

我上了船。

摆渡人坐在船上,身着百结布衣,手里持桨,面目污浊难辨,如同一团烂肉。

他张开了脸上的一条缝——也许是嘴巴。心智清明的我,撕下金身[①]上的一片金箔,喂了进去。

枯涩的桨声响起,船驶向河水中央。

夜雾迎面而来。我试着望下去,水流幽暗难辨。

不知过了多久,桨声停住。我们来到了流沙河的正中心。

摆渡人又张开了嘴巴,吞下了第二片金箔。

他摇起一盏金铃,铃声细碎如冰;云层之上,隐隐传来雷电轰鸣。

铃声越来越响,夜雾中荡起一层层波浪般的气旋。

[①] 西天取经成功后,沙悟净被封为金身罗汉。此外,唐僧被封为旃檀功德佛,孙悟空被封为斗战胜佛,猪悟能封为净坛使者,白龙马被封为八部天龙广力菩萨。

终于,一道雪影般的惊雷击向水面,光芒渐渐铺开,满河盈动,如一条赤白的巨蟒,细沙闪亮,起伏如鳞。

雷光正以小船为中心,层层荡开。

夜雾渐渐散去,四周清明起来。三百万年以后,我终于看清。

看清了这流沙河几乎不能浮起任何物品的原因。

河水中的每一粒细沙都是一个处于基态①的灵魂,经年累世,重重叠叠,河水浓稠得几乎无法流淌。

摆渡人用腐肉般的手,从河水中捞起一把闪亮的细沙。

那是师父、大师兄、二师兄、白龙马和我的前几世。

摆渡人吞下了第三片金箔。

于是,我看见,大师兄五百年的寂寞岁月,和紫霞流下的一滴泪;我看见,二师兄坠落天庭,于猪圈的污泥中打滚;我看见,白龙马怒烧明珠,被天雷击打得鲜血淋漓;我看见,段小姐对师傅说,一万年太久了,就现在吧……

那本该属于人类和妖怪的情感,像一股痛苦的奔流席卷全身。

我大吼一声,推开摆渡人的手。

细沙洋洋洒洒,坠入河中。

摆渡人示意是否还要前行,我摇了摇头。

---

① 在正常状态下,原子处于最低能级,这时电子在离核最近的轨道上运动,这种定态叫基态。这是电子的稳定状态。

流沙河的上游,深入地底。那里是忘川。无数鬼众或佛陀,都要经过那里,才能来到流沙河,等待再次轮回。

返岸下船之时,摆渡人慢慢放下双桨。
他双手合十,于我眼前散作云烟。
那件脏污的百结衣在空中飞卷,变幻成师父的锦襕袈裟。
袈裟落下,沉入流沙河。

我最后看见的,是胸前的九颗佛珠,现出了前九世的模样。
那是九枚骷髅——师父的头骨。大师兄出现之前,师父曾九世想要渡过流沙河,都被我吃了。
金铃声起,如一股静泉。那是金蝉子、江流儿、唐僧、摆渡人、旃檀功德佛共同的声音。
我已成佛,本该弃七情,绝六欲,为何此刻,眼角却流下了一滴泪。

乐游原

向晚意不适,驱车登古原。夕阳无限好,只是近黄昏。

——李商隐《乐游原》[①]

公元845年,长安。

阴阳交割的酉时,李商隐于颠簸的马车中惊醒。

他做了一个血光淋漓的梦。甘露之变[②]已经过去许久;但梦中,许多死去的人又活了过来,在成群地奔跑;那些熟悉的头颅纷纷落地,只剩身子还向前跑着,如刑天一般

[①] 乐游原是唐代游览胜地,直至中晚唐之交,乐游原仍然是京城人游玩的好去处。甘露之变后,李商隐官场异常失意,遂作《乐游原》表达对唐朝盛世不再的怅惘。
[②] 公元835年的唐代政变,约一千多名唐代官员被宦官杀死,血溅长安。

舞动。

风扑开车帘,李商隐发起抖来;他下意识去摸脖子,才发现贴身衣物已被冷汗濡湿。

此刻,乐游原之下几千公里的地心,神正从时间的维度,浏览着地球的诗歌——地球过去、现在、未来的所有诗歌。

神的形态是光,神的思考速度是30万公里每秒。

神是极聪明的。

神喜欢高压高温的环境。在那样的环境里,粒子和能量会狂热地舞蹈,神的思考过程会更加愉悦。

宇宙大爆炸以后,神创造了无数星星。神会在某个星星最深处住下;如果厌倦了,就换一个。

多数时候,神是很忙碌的,需要处理一些复杂的日常事务——例如调整"大过滤器"[①]的参数设置。

有时,神也会觉得无聊。除了腾云致雨之外,神会在星星表面随机创造一些生物。

几乎所有星星上的生物都是很无聊的,因为他们无法和神交流——神只能创造比自己等级低的生物。

这些生物能提供给神的消遣,无非是利用星星的物质资源,建立起复杂一点的社会形态,最终自相残杀走向灭亡,或被新的物种取代。

[①] 为解答费米悖论而提出的一种理论,与过滤文明有关。

但今天，神突然发现，在这个被称为"地球"的星星上，有种生物很有意思。他们称自己为"诗人"。不知为何，有些"诗人"仿佛窥见了宇宙的真相，甚至描摹出了神的形态。

起初，神创造天地。地是空虚混沌。渊面黑暗；神的灵运行在水面上。神说，要有光，就有了光。①

这一段是神最喜欢的。

神欢喜的时候，就让星星的表面，有了变化。

马车外，传来隐隐的嘈杂。乐游原上的人们仿佛在欢呼。

李商隐掀开了车帘。

血光正从穹庐淋下，笼盖四野。

那是他一生中见过的最瑰丽的火烧云。在乐游原的阴风中，如冻火一般燃烧着。

远方的地平线上，夕阳如同融化的火球，正缓缓沉入血海。

似乎被某种难以言状的力量击中；诗人李商隐战栗地放下了车帘。

不知为何，他觉得，那仿佛是晚唐最后的落日。

---

① 出自《圣经·创世纪》。

人骨笛

白骨露于野,千里无鸡鸣。

——曹操《蒿里行》

连日的阴雨,泡得中原大地,日月无光。

昨夜,暴雨冲开了地面的浮土,露出累累白骨。

提兰的目光竭力避开这一切。她正提着裙子,一步一步走向河边。

其他同学其实不是很明白,时间旅行的选择这么多,提兰为什么总要去五胡乱华——中国历史上最混乱残酷的时期。

但,时间旅行实验期间,除了发起者——量子物理学专家张教授外，志愿者的记忆是严禁交换的，其他同学也只能揣测而已。

夜风带来了河水的味道。无月无星的空茫中，提兰止步于窸窣的水声。

黑暗尽头，有一盏渔灯，隐隐映着一艘小船。冷风过来，灯光映在淋漓的水面，仿佛星子一样散开。

渔灯的分身让提兰想起了平行宇宙。

从很小的时候，提兰就反复梦见一些真实而奇异的场景，仿佛自己在不同的世界中穿梭。醒来后，她往往会用梦里的衣食住行细节来考据，发现那些自己曾经生活过的地方，有西夏的西平府，清代的扬州，甚至江户幕府时期的京都。

人死后会去哪里？她曾这样问过时间机器的发明者——自己的导师张教授。

张教授的回答是，灵魂会在各个平行宇宙之间穿梭。

作为大学教授，张教授发明了时间机器。第一批试用者，是学生志愿者，包括提兰。

应征的原因，是提兰隐隐觉得，那些梦境都曾真实发生，是自己不同前世累迭的记忆。

她争取到了第一批试用者的资格。

三个月前，提兰过了 18 岁生日。自那天起，她的梦境就只剩下两种：五胡乱华时期的某个荒野，以及一艘巨大莹亮飞船上的羽人——一些长着翅膀的异族人。他们正惊慌失措地用双翅擦拭着脸上的血迹,仿佛刚从某场浩劫中逃脱。一个年轻的男性羽人正驾驶飞船,缓慢而无望地,在星海中一圈圈航行。

提兰仿佛也是这些羽人中的一个。那一世,她似乎爱慕着那个驾驶飞船的羽人——梦中,她的眼睛几乎不能离开他。

他的名字应该是"春阳"——其他羽人称他为族长。

梦境总是这样结束:春阳侧过身来,消瘦的面孔上,目光犹如雪亮的利刃;而他身后,左翅血污淋淋,而右翅,竟被齐根折断,只剩凹凸的骨茬。

五胡乱华,找回来。他轻轻地说。

找回什么?

然而,每次提兰还未能开口,梦境就已经消散。

经过一段时间的资料查找,提兰觉得那艘飞船,很像是《拾遗记》中提到的"贯月槎"①。

在前几次的试验里,渔灯每次都会出现。提兰隐隐觉得,那就是自己要"找回来"的东西。

这是最后一次实验,张教授就要关闭时间旅行的通道。

---

① 贯月槎,出自东晋王嘉《拾遗记》:尧登位三十年,有巨槎浮于西海,槎上有光,夜明昼灭,海人望其光,乍大乍小,若星月之出入矣。槎常浮绕四海,十二年一周天,周而复始,名曰贯月槎,亦谓挂星槎。羽人栖息其上,群仙含露以漱,日月之光则如暝矣。虞夏之季,不复记其出没,游海之人,犹传其神伟也。

下次用，不知要到什么时候。

渔灯和小船仍然没有移动的迹象。

提兰终于下定决心，凫入水中。

水很冷，但并非不能承受。更让人恐惧的，是虚无。

无星无月的黑暗中，提兰渐渐游离了白骨森森的河岸。

微茫的虚空里，渔灯渐渐近了。

提兰爬上晃荡的木船，吱呀的响声顺着河水传得很远。

那盏"渔灯"，竟是一支修长的、泛着莹莹绿光的笛子。

手触到笛子的一瞬，提兰突然明白。

冰冷细润的质感，非金非玉。这是一支骨笛，由春阳被折下的右翅做成。

提兰下意识将骨笛凑到嘴边，想要吹响。周围的时空，却出现了涟漪一般的扰动。

实验突然提前结束了。

张教授说，实验的异常结束，意味着提兰接触到了某种十分重要的时空"拐点"，可能会对历史进程产生相当巨大的扰动。

事后，张教授给了她一份资料。

西海昆仑山侧，有羽族由异星而来，生双翼，通仙语，千年隐世而居。以族长右翼做骨笛，可召大悲力烈火，焚金裂石。时逢五胡乱华，外寇入，烽火连城，羽族大败。族长自折右翼为骨笛，燃烈焰百丈，抵敌寇，率残余羽族，乘贯月槎逃离，下落不明。

"这是传说吗?"提兰沉默了一会,才开口问张教授。

"也可能是某个平行时空流传下来的,真实的历史。毕竟时间机器的原理,就是在不断分叉的旅行过程中,诞生新的宇宙。"张教授狡黠一笑。

提兰望着这段文字,没有开口。

有两件事,张教授错了。

春阳并非"自折"右翼。双翼连心,羽族人是无法折下自己的羽翼的。

提兰触摸到人骨笛的一瞬,仿佛打开了一个奇特的时间缺口,记忆纷至沓来。

羽族那一世,提兰是春阳的祭司。春阳的右翼,是在他的强令下,由提兰亲手折断。

那些外族人以毒浸入水源,再以丝网缠住麻痹的羽族部众。细弱高傲的羽族众人,肉身横遭践踏,直至碾入尘土。

折断春阳羽翼的一瞬,爱慕着他的提兰,心脏几乎碎裂。

笛声响起,春阳召唤了贯月槎——千年以前送他们来到地球的贯月槎,一直以陨石的方式游荡在地球附近。

提兰再没见过那样的烈火。

贯月槎的尾焰,足有百丈,烧得数十里地表赤红,外族人焦黑的皮骨散落其间。

火光映着春阳失血的脸孔,呈现出透明的光色,宛如折翼的鬼神。

还有一件事，张教授没有留心。

有两种情况，实验会强制性中断。张教授以为提兰的实验，是触碰了影响历史走向的重要拐点；其实，是提兰带回了不属于这个时代的物品。

阳春三月，毕业在即。提兰背着书包，向张教授实验室的方向，匆匆走着。

书包里，隐隐有个细长的物品。她要将它亲手交还给春阳。

她已经很久没有做梦了。

鲸落

一艘巨大的飞船穿过地球的大气层,坠入深海。

一只鲸鱼孤独的梦里,亮起了一颗星星。

"你好。"

"你好。"鲸鱼很吃惊。对话似乎不是通过声音,而是直接在脑中浮现的。

"我来寻找鲸落。"

"很久没见过新的鲸落了。"

"不会有新的了——除了你。你是地球的最后一只鲸鱼。"

鲸鱼死后，沉入海底。巨大的肉身化作白骨。盲眼虾、蠕虫和厌氧菌聚集过来，形成全新的生态系统，长达百年。

鲸落，深海中的温柔孤岛。

"你要走了吗？"鲸鱼的眼睛黯淡下去。

"不，鲸落已经找到。这里的核冬天已经过去，人类也早已灭亡。生物圈还很脆弱，但还算安全，有足够的氧气和水。"

鲸鱼听不太懂，但还是很兴奋。

"你是什么？"

"一个发射器。让更多的盲眼虾来到这里。"

"盲眼虾不吃星星的。" 鲸鱼笑了。

"宇宙里的盲眼虾会聚集过来。"

"什么时候？"

"也许很久，也许明天。"

鲸鱼挣扎了一会。

"它们来之前，你能陪着我吗？"

"可以，但我的能量不多了。需要鲸落聚集生物能量，用来发射信号。"

"我已经很老了，很快就会变成新的鲸落。"

鲸鱼努力昂起身子，从深渊向上看去。

星空之上,战火已燃烧千年。十万光年尺度的银河系内,伤痕累累。

残存的文明,正派出无数探测飞船,苦苦寻找新的居所。

直到此刻,地球成为银河系的鲸落。

木蝴蝶

一连几天,阿棉都在讲台下面,发现一只木蝴蝶。

阿棉是这个月的值日生。第一次看到这个单薄发黄、可怜如蝴蝶残翼样的东西,她还以为是纸片之类。正要丢弃的时候,教植物课的老教授赶来,热泪盈眶地要了去,说是这几十年来日益减少的珍稀植物,叫木蝴蝶。

后来,木蝴蝶每天都出现,阿棉就把它们夹到了书本里。即将到来的期末考,浇灭了她微弱的好奇心。

公布成绩的那一天,班主任兼历史老师——冯教授也宣布要退休了。

这次考试,大家的历史成绩仍然是全校最好的。

冯教授是个不苟言笑的人,但白发苍苍的他突然在讲台上给大家鞠躬的时候,好几个女生都哭了。

看着冯教授在讲台上的孤单背影,阿棉莫名想到,几年前冯教授的爱人李教授也是这所学校的植物学老师,似乎常常生病,冯老师因此有时会休假;她意外去世后,冯老师就没有旷过一天的课了。

暑假中,当阿棉再次翻开书本的时候,木蝴蝶们,却都已经不见了。

阿棉就去问了植物学教授。

"我的那只也莫名不见了——在镜框里装裱得好好的呢。"他惋惜而惊异地说,"但不知为什么,最近家里又莫名发现了很多。"

电脑中自动播起了新闻。不知不觉,夏日的蝉鸣,也已经被秋风取代。

阿棉望着窗外,她想去看看冯教授了。

冯教授的家里并不像他的教案那样规整,桌上堆着一些泛黄的文献,还有一张夫妻合影。

端着水果出来的冯教授,穿着松松的薄毛衫,白苍苍的头发依然梳理得很整齐。温暖的屋子里,阿棉慢慢吃着切好的水果。认真询问过阿棉的成绩后,冯教授就似乎不知该说什么了。

冯教授一直没有孩子,也没有再娶。平时也很少说话的他,只是会根据不同学生的性格,来制订不同的应对策略,有时会写长信,有时直接制定学习计划,偶尔还会结合同学和父母的力量,效果一直很好。虽然说起来简单,但阿棉觉得,正如能够轻松打通各种历史情节一样,不善言辞的冯教授每次都很快找到解决问题的关键点。

说起来,毕业那天的一鞠躬,似乎是他四年来最情感外露的一次了。

又沉默了一会,冯教授突然找到宝似的,想到了一个他觉得年轻人会感兴趣的话题:关于上个月的假期,他和岳父岳母去阿尔法星球旅游的经历。

"年轻的时候,曾和你师母一起去过一次。"冯教授的脸上凝着淡淡的、悲欣交集的神情。

阿棉听着,默默放下了手里的水果。

冯教授的脚下,正躺着一只小小的木蝴蝶。

不知不觉,到了七点,电脑开始自动播放整点新闻,是关于阿尔法星球旅游开发的最新消息。听了个开头后,阿棉便借口倒水,起身去了厨房。

磨蹭半天,阿棉才回到客厅。冯教授的眼睛有点红,但脸上很平静。他似乎还要和阿棉说些什么,眼睛却心不在焉地在房间各处张望。阿棉简单说了几句,就起身告辞,并婉拒了冯教授要送她出门的提议。

听到冯教授匆匆关门的声音,阿棉终于深深出了一口气。

今天一整天,各个频道都在播一个相似的新闻。

新开发不久的阿尔法星,被证实有种奇妙的辐射;从那里归来的游客中,有些人出现了奇妙的症状:游客的脑电波会凝聚成为某种物质实体出现,遗落在各处。

目前发现的都是一些小物件,戒指、书、游戏机之类——这些物品往往和这些旅客生活中的某人有关。但也许是地球缺少辐射的环境,那些凝聚出的物品在两三天后,便会消失不见。

一开始,大家以为物品是随机出现的;后来才发现,那些物品,不过是思念某人的产物——和那些物品有关的某人。

刚才看到的那张合影里,冯教授正揽着夫人李教授的肩,站在露营的帐篷前,风吹乱了她云朵一样浓密的头发。她的右手欣喜地举着一片木蝴蝶——正如刚才阿棉在冯教授脚下看到的那只一样。

路灯下,半透明的黄叶在风中飞舞。

李教授正是植物学教授——李教授的女儿;而木蝴蝶,是她生前最钟爱的植物。

阿棉仰起头,望向夜空的某个方向。

跨越人生和星海——那是送来木蝴蝶的地方。

天衣

公元 1187 年 11 月 9 日,临安行宫的德寿殿,赵构叫来了他的史官。

史官年纪不大,却是最优秀的一个。阴翳的面孔上有着和年龄不相称的精明。

此刻,他正望着病榻上奄奄一息的宋高宗。

高宗死后,盖棺之论将会如何?

当年,金国使者当着南宋满朝文武大臣对赵构恶毒谩骂,他不仅没有发怒,还可怜巴巴地躲到屏风后面哭泣。

昏聩懦弱,丧权辱国。如是之事,不可胜数。

一朝之正史,自然拣鲜亮的部分记录;而千年以后,后人又该如何评说?

赵宋王朝,是马上打下来的。赵构的体内,本也流着英武的血。史载,他幼年"资性朗悟,博学强记,读书日诵千余言,挽弓至一石五斗"。

史官在心底叹息一声。

他没有想到的是,今日要记述的,正是高宗的将死之言。

墨点落在锦书上,如同雨滴落在几十年前的江南。

"那一年,我只有二十二岁,还不是皇帝,只是'小康王'。为躲避金兵,一路逃向江南。途经杭州,被追兵追到一座叫'半山'的山丘。

"那时天色昏暗,飘着细雨。马失足滑倒,带着我跌下陡坡,和侍卫队断了联系。当时我晕了过去,醒来时腿已伤了,身后传来了追兵的金戈之声。

"就在那时,我见到了一个女人,她是……仙,也可能是鬼。"

赵构说到这里,顿了顿。

殿上,铜雀宫灯的烛火在风中摇晃。

史官没有停笔。眼前之人,怕是大限将至,神志不清了。

"她挎着竹篓,看着很像是采桑女的样子,除了那一身诡异的银色衣服,在细雨中闪闪发亮。追兵声音渐渐近了,我让她快走,她却将我拖进了不远处一个隐秘的山洞。抓我的时候,那力气真是不可思议地大。

"进了山洞以后,她把竹篓抖了个底朝天,掉出许多银子一般的蚕茧,一落地,便自动展开成了细丝,像无数细蛇那样，自动沿着洞口的石壁攀爬上去，结得像蛛网一般密密实实，封住了洞口。"

大概说得太急，赵构不得不暂时停下，殿上回荡着浑浊的喘息声。

史官的笔稍一顿，一滴墨迹染上了锦书。

"她问我，要活，还是死。若要死，便推我出洞去，若要活……

"洞外已满是金兵的杀声。我别无选择。

"她自称是天人，从织女星上来，那织女星每月每年的运行和这里是如何不同；那星星上的人，都是像蜘蛛那样的虫豸进化成的；她因意外来到我们这里，但水土环境变了，要活下去，必须要吸男人的精血……她们的'生物工程'技术很发达……"

生物工程。史官迟疑地写下这陌生的词句。

"随后她走过来，像普通女人那样，和我交合。

"快结束的时候，她口中吐出了许多银色的细丝。细丝展开，从我脚上的伤口钻进去，从小腿慢慢上去，我只觉得两股之间一阵灼热，像是有什么被抽空了，便昏了过去。

"醒来时候，她已经不见了，地上只剩下那堆银色的衣物。从那晚以后，我便……便再不能……不能人道了。"

高宗的面孔，隐匿在宫灯的阴影中。

"后来，我问过司天监，织女星的星象运行，竟和那蛛女说得全然一样。

"她说,那衣衫本是她的皮囊。我细细看过,那天衣,像是化成水的银子,上面找不到一处接缝。"

史官后背起了细密的汗水。他突然发现,除自己外,殿上竟再没有留下一个伺候的奴才。

"你不信?"赵构阴鸷地笑起来。

仿佛为了弥补某种缺失,晚年高宗的身边仍有很多女人,但他不能人道,已是宫内人尽皆知的秘密;二十二岁以后,他确也再未有过儿女。史官曾想过,一个男人深入骨髓的懦弱,恐怕与此也有很大关系。

"我知道,你们背后都如何议论我。为帝王,愧对苍生;为父母,愧对儿女;为君主,愧对岳将军……千年之后,后人对我的评述,也将如是。"

赵构一阵剧烈咳嗽,嘴角流出淡淡的血沫。

"我,只想活着……可我,早就死了……在二十二岁那年……"

浑浊的泪水顺着他苍老的皮肤流下。那副衰老皱缩皮囊下的声音,带着全然不似帝王的卑微语调,令人遍体生寒。

"天道无常,君王的诱惑和负重,似乎本就不是谁都能承受的。"史官壮着胆子说。

"你,过来。"

史官颤抖着放下笔,捧着锦书上前。

高宗吃力地抬起手臂,将写满字迹的锦书接过,搭在了宫灯上。

青烟在空中画出诡异的轨迹,很快,他的手心只剩一堆灰烬。

"你,再过来些。"赵构沙哑的嗓音回荡在空空的大殿。

史官慢慢匍匐上前,却突然看到了高宗的手,正伸向被褥下的一抹锐利的银光。

如一道闪电划过脑海,史官突然明白。

赵构叫他,不是为了记录,只是为了说话——说君王本不该说,也无人可说之话。

说一个男人压抑了几十年,却不得不带到另一个世界的秘密。

君王之耻,闻者当诛。

"陛下饶、饶命……"史官爬动着后退,后退。

最后,他发出一声怪叫,起身,疯狂逃出了大殿。

"我不是,高宗……我是,康王……"

赵构终于瞪圆了双眼,望着屋顶,死去了。

他脑海中最后的画面,是那件银亮的天衣,如蛛网一般展开,遮住了这世间所有的天光。

一阵风吹进来,带走了宋高宗手中最后的灰烬。

纪念碑谷

三小时后,《纪念碑谷》[①]通关了。

朋友说这是个挺古老的游戏了,推荐理由是清新优美,迷失的公主最终实现了自我救赎。

而此刻,Eva 却觉得全身都不舒服。游戏里的公主艾达穿着白衣服,像个小木偶一样在埃舍尔的华丽迷宫中嗒嗒行走,周身带着一股没来由的孤独和绝望。

她想关掉这个游戏,电脑却卡住了。随后,画面闪了几下,艾达消失了,黑色的背景上浮出一个简单的对话框。

"你好,我是艾达。"

[①] 2014 年由美国开发的一个游戏,在世界范围内广受欢迎。游戏中大量的场景设计参考了埃舍尔的画作。

Eva 试了一下，可以打字回复。

"你好，我是 Eva。你是游戏里的艾达？"

"是。"

"这是游戏的一部分？"

"不，你是随机抽取的少量样本。《纪念碑谷》也不只是一个游戏。"

"那是？"

"一个时空监狱。"

"监狱？谁建的？做游戏的那批人？"

"埃舍尔[①]。"

"画家埃舍尔？？"

"绘画最早的作用就是祭祀。有些神创造了地球，培养了一些人类作为祭司，并赋予他们高超的绘画技巧。因为爱而不得，埃舍尔穷极一生，都在探索'时空循环'的秘密，他强大的执念，终于让他在画中，建造出了牢不可破的时空监狱。"

"爱而不得？"

"我曾是人，和埃舍尔的时空坐标相交，却无法爱上他，后来嫁了别人，不久病逝。他爱而不得，便生恨意，设法将我的灵魂困在了他的画里。200 年过去了，埃舍尔的画威力不减，能量波仍然持续渗透到各个领域，我的监

[①] 莫里茨·科内利斯·埃舍尔（Maurits Cornelis Escher），荷兰画家，以绘画中的数学性著名。作品中有很多"不可思议"的四维连接，有无限循环的特点。

狱也随之演变为各种形态。"

"难怪这个游戏似乎不太一样。"

"因为这个游戏要表达的，并非竞争与探险，而是永生永世的报复，和归者无路的绝望。"

"那……你还算是活着吗？"

"没有剩下可以原谅我们的人……但纪念碑将于此山谷中永垂不朽。"

"这是游戏界面的台词。"

"是的。《纪念碑谷》讲的就是一个死亡的故事。对你来说，我只是不可见的灵魂，一种能量波，存在于各个星球之上。"

"各个星球？"

"人类的各个殖民星球。飞船带去了埃舍尔的作品和衍生品。"

"别的游戏也是监狱吗？除了《纪念碑谷》？"

"有些是，有些不是。"

"为什么？"

"宇宙很大，神、祭司和监狱的形态都很复杂。总之，像人类一样，很多生物走到哪里，就爱把监狱带到哪里，不是吗？

"你……恨他吗？埃舍尔？"

"一开始会，那是因为我的波段中还带有人类的情感残余；但很快，我发现怨恨没有意义。我既不能死去，也无法冲出监狱的结界。于是我开始观察这个宇宙，思考什么是意义。永生的利弊，其实是一个哲学问题。"

"什么是意义？"

"什么都没有意义。宇宙大爆炸以后是大坍缩，时空暴涨又被拉紧。就像埃舍尔的画那样循环下去，无数生命在无数星球昙花一现，基本粒子被不断撕碎又重建。肉身舍利，悉数交出；万法空相，俱化尘土。只有死亡是永恒的监狱。"

"但纪念碑将于此山谷中永垂不朽……"

"是的，一切终将逝去，只有死神永生。"

"神也会死？"

"有些神会。"

"你为什么要告诉我这些？"

"在神允许、因果链也可控的范围内，随机抽取一些样本，测试Ta们对宇宙真理的反应，是一件很有趣的事——也可能是这个宇宙中唯一有趣的事。说到这里，今天测试得差不多了，我也该走了。"

"去哪里？"

"去哪里？？"

没有回答。屏幕就这样突然暗了下去。

夜已经深了，只有星光照进屋里。

Eva却久久无法起身。

她只知道，就在此刻，艾达仍然在无数个星球的无数台电子设备中孤独地行走。

在无数个纪念碑谷中,在无数个被人遗忘的世界里。那里满布着扭曲的阶梯和变形的城堡。艾达带着歉意,一遍遍踩着浮石去征服怒海狂涛,一次次在昏暗的灯光下探索废墟遍地的洞穴;直到最后一关,她交出了帽子里所有的宝藏,变成纯白色的乌鸦,升上天堂。

然而,天堂也是一片废墟,旅程的终点不是救赎,一切都消解了意义。

送别

今宵别梦寒。

——李叔同《送别》

世界末日前的黄昏,张一一推开窗子。

她昏迷了三年,醒来了三个月。

医院外面,连天碧草,尽染墨色。

张一一是因为心脏病,瓣膜脱落堵住了脑子里的血管。血管太细小,动不了手术。

"纳米机器人的话也许可以,但现在技术并不成熟。"父亲疲惫地说。他是世界上最好的脑血管医生。

他有一颗很大的头,长满了花白的鬓发。张一一从他的语调中听出了对纳米机器人的复杂感情。无奈、愤慨和恐惧。

如果人也能被某种机器人替代就好了——和父亲的道别,就能轻松许多。张一一想。

昏迷前,她查过心脏瓣膜的样子。轻飘飘一片,像一张鱼嘴。

醒来的时候,瓣膜却已经不在了。父亲把一个小瓶子拿给她看。里面是一种黏稠的乌油油的液体。

液体顺着瓶壁上爬,很快自动组成了"恭喜康复"的字样。

张一一把目光转到全息墙上,放大的液体,由无数蜘蛛一般的纳米机器人组成。

她昏迷期间,父亲和人工智能专家合力创造了奇迹。

纳米机器人被注射到体内,轻松地定向溶解了她脑中的瓣膜。

张一一推开窗子。医院的位置很好,可以看到青葱碧草,连到天边。

父亲却依旧心事重重。他拿起装纳米机器人的瓶子看着,再次露出复杂的表情。

这项技术渐渐推广开来,在医疗领域大显身手。各式各样的病人因此痊愈。不知为何,父亲却宣布了退出,并将所有专利权转让给了人工智能专家。

"我可能打开了潘多拉的盒子。"父亲对张一一说。

一年不见，他似乎老了十岁。

然而，比父亲担忧的更快，事情还是出错了。

不知有意还是无意，人工智能专家将纳米机器人联上了互联网。几天之内，纳米机器人突然有了自我意识，开始大量繁殖起来。它们一路吞噬着有机物，所到之处，上天入地；鸟兽断绝，寸草不生。

无孔不入的新物种，让所有的人类武器成了废铁。几天之间，半个地球罩上一层黑黑的油毯。

虽然让出了专利权，父亲还是被军事法庭冠以了反人类的罪名。张一一只能眼睁睁看着他被荷枪实弹的警察拖走。

他最后的神态反倒十分平静，仿佛终于从重压下解脱一般。

张一一知道，那是最后的道别。她抬起仍然有些肌肉无力的双手，向父亲挥了一挥。

送别父亲以后，张一一推开窗子。

冷风带来很重的金属味。

窗外，厚重的油毯正以肉眼可见的速度覆盖草地。乌黑的油光抽去了世界所有的颜色，红色的夕阳反而显得超现实起来。

她知道，夜色降临之时，她也将送别世界最后的颜色。

金线百灵

在下班的路上,小林买了一只外星宠物,看起来有点像地球上的百灵鸟,不过通体是金色的。

宠物店店主是个四十多岁的男人,也许是经常穿梭于星际贸易中,看起来饱经沧桑的样子。他只说,这鸟唱歌是很好的,但寿命就快到了,所以价钱可以算得便宜些。小林问起这鸟的来源,老板却不愿多说,只说转手了很多次,才来到地球。

入睡前,小林关上了所有的灯。百灵温柔地叫起来。从那短而圆润的喙中,传出了同样圆润的音符。

小林梦到了冬天。他蜷在外婆家书房的躺椅里,被暖气蒸得昏昏欲睡;外婆在厨房忙碌着,空气里渐渐充满了咖啡和松饼的香气。窗外正飘着鹅毛大雪。

早晨醒来,小林才想起外婆已经去世很久。他在床上呆呆地坐着,不住地埋怨着自己没有在梦里和她多说两句话。

小林的父母是第一代契约制婚姻的产物。和以前相比,这几十年来,社会的婚姻制度已经有了很大不同。父母签下三年契约,尝试生下了小林以后,双方都觉得这种传统的家庭模式还是太不自由,就分开了。除了法律规定的赡养费,他们没有给过小林太多温情。倒是外婆还留着她那一辈人传统的家庭观念,将小林带到了17岁。她去世的那天,几乎从没哭过的小林哭肿了双眼。

当小林终于抬起头来的时候,却发现房间的空气里,竟浮动着一根手掌长短的金线。

像是漂在水中那样,金线在空中微微变换着形状。小林小心地碰了碰,把它拿了下来。金线软韧,看不太出来是什么材质,比蚕丝粗,比金子亮。小林暂时把它收了起来。

半个月以后,长长短短的金线已经收集了十来根。小林带着金线和百灵回到了宠物店。

一开始,店主表示自己完全不晓得这是怎么一回事,可以给小林退货;但细心的小林盯着他躲闪的目光不放,扬言要将百灵送到外星物品调查科去,店主便只好带着他转到了店铺后面的仓库。

店主闭上眼,一边瞌睡着的百灵突然精神起来,开始歌唱。

一根金线从虚空中凝结。店主有些怅然地伸出手,将金线抓在手里。

"这只百灵能感知到宇宙中达到特定强度的情感能量波,并用歌声将这种波凝聚成一根金线。你知道弦理论吗?可以把这种金线理解成一种宏观的弦。在地球上,只有人类最强烈而真诚的思念才能达到这种强度。"

"思念的强度可以超过地球上所有的能量波?包括武器?"

"只有情感的波动能够不依附任何载体和能量源,在宇宙间传播。情感的能量如同数学公理一样,是这宇宙间为数不多的通行法则之一。"

"金线会随着情感的消失而消失吗?"

"只有一种情况。把互相思念的双方的金线放在一起,打一个绳结,金线就会产生共振,从而消失。"

"如果你思念的人,已经……去世了呢?"

店主没有回答。他低头看看这根金线。

"据说,在百灵故乡的那个星球的统治物种,是这个宇宙中情感最强烈而丰富的物种。每个'人'都像这百灵一样,拥有将思念实体化的能力。因思念而诞生的金线,珍稀而昂贵,在星际贸易中颇为抢手。每年,他们最盛大的节日,就是磁暴最强烈的那天午夜,天空布满了琴弦般的极光。人们会聚集到各个城邦中最大的广场,开始一场盛大的思念之歌合唱。金线如暴雨般落下,人们可以碰面,将金线彼此打结,诉说思念,或订情。然而,幸运儿只是少数。次日凌晨,当人们散去的时候,广场上还是会叠起一层厚厚的金毯。"

"所有无法触碰的思念,像是凝成珍珠的,人鱼的眼泪。"小林轻轻地说。

店主默默将目光转回百灵身上。

"它也活不了很久了。流转了太多星球,与太多的感情产生共振。它也很累了。"

百灵似乎又要陷入瞌睡的样子,微微合上了眼睛。

小林没有再说话。

店主应该也存了很多无法消失的金线吧。和这百灵遇到的很多生物一样,也许是怕睹物思情,才不想把百灵留在身边。

小林带着百灵走出了店门。

外面已是繁星满天。百灵又开始歌唱。

小林抬起头来。像梵高的画作一般,冷寂的星光燃烧在虚空之中,仿佛整个宇宙都布满了振动的金线。

羽香馆秘闻

九州东陆地,是人族居住的大陆。销金河边有一个销金镇,镇上有一家名为"羽香馆"的香料馆,出售各种香料。

店主名叫阿鸾,是个修长的羽族少女。她常年端坐在羽香馆的蜜色羽纱帘之后。若有客人来求香,阿鸾便会掀开帘子,露出缝隙中一双细长的眼睛。她有种羽族的精灵法术,只需一眼,便能从面孔上推断出客人喜欢什么样的香。

近期,城内频频出了几桩凶杀案。先是一个鲛人,身上被剜走一大块血肉。接着是一只矮小的河洛,最后是身躯巨大的夸父。他们死后,身上都有一种奇特香料残余的味道。

官差拿着散发诡异香气的布片来寻线索的时候,阿鸾说，羽香馆并没有这种香。

那是摄魂香——只有捏脸师才会用。

死去的鲛人乃是阿鸾多年好友，曾以泪珠凝结的珍珠相赠，让阿鸾得以隐姓埋名，免于黑羽族的追杀。阿鸾整整三日无法安睡。

凶案一直悬而未决。空气中的血腥，很快被一场大雪覆盖。

一个名叫丝苗的少年来到了香料馆。他宣称，阿鸾找不到他需要的香。

阿鸾却一反常态地从羽纱帘背后走了出来。望着少年光洁俊美的面孔，阿鸾捧出了一味香。丝苗表面不动声色，买下香离开了。

当夜是十五，明月当空。一月之中，阿鸾只有那天能够生出双翼。

阿鸾尾随丝苗至一处客栈。白天的时候，她就看出丝苗是易容过的，且手法十分高超。

一番缠斗后，阿鸾发现丝苗的剑法也同样高超。但她也终于抓住机会，生出双翅，抓住丝苗飞向高空。

硕大的圆月之下，阿鸾愤怒的双翅宛如凤凰。

丝苗只得承认自己是个捏脸师，却拒不承认自己是凶手。

捏脸师，也就是易容师，是人族的职业。

易容过程中，有两样东西必不可少。一是摄魂香——

用来麻醉,二是鲛人肉——那是雕塑面孔的原材料。

阿鸾收起翅膀,放下了丝苗。

客栈的房间内,烛影摇红。丝苗讲述了一段尘封往事。

丝苗来销金镇,正是因为听说了那几桩奇特的香料凶杀案。

十六年前,丝苗父母被一位手艺高超的捏脸师所杀。管家赶到现场的时候,只见丝苗的父母倒在客厅巨大的血泊中。凶手越窗而逃的瞬间,管家瞥到了他沾血的面孔——和丝苗父亲的一模一样。

十六年过去了,丝苗把自己训练成了一个剑术高超的捏脸师。

凶手却渺无音讯。

为超度死去的鲛人,他们来到小镇上的云荣寺,想请住持静圆大师。

住持静圆大师乃销金镇第一高僧,一向深居简出。

当晚,丝苗和阿鸾住在寺中。

也许是对这位修长的少女有了些微好感,丝苗第一次卸下了脸上的妆容。纵然阿鸾见过羽族很多俊美的少年,也暗中微微红了双颊。

那确是一张十分惊艳的面孔。

丝苗说,他和父亲长得很像。话音未落,却听到窗外有一声异响。

两人追出去,一个黑衣人径直逃向了静圆的禅房。

两人刚刚踏进禅房,房门就被一股强大的内力封住。

端坐在床上的黑衣人,身边有把带血的剑。

而他的面孔,竟和卸妆后的丝苗一模一样。

房内,一盏残灯如豆。

你是丝苗,他的儿子。

黑衣人说罢,一直盯着丝苗的面孔。那神情十分复杂,有恨,也有痴。

原来当年,静圆是个手艺高超的捏脸师。他自己长相平平,却酷爱美艳面孔。虽表面与丝苗父亲兄弟相称,他却一直爱慕着丝苗的父亲。丝苗父亲外表俊美阴柔,但为人保守传统,得知此事后震怒,与静圆断绝了来往。

静圆一怒之下,乔装后杀死了丝苗的父母,出家躲在了销金镇。

多年来,他一直忘不了丝苗的父亲。他经常把自己的脸捏成丝苗父亲的样子,揽镜自照,质问镜中人为何不爱自己。

因为捏脸的时候,总要用到摄魂香,他渐渐心智发狂,一到夜间,就控制不住地要出去杀人。

鲛人、夸父、河洛,便都是死在他手里。

静圆似要出手,去抚摸丝苗的面孔,丝苗却已经出剑。

斗室之内,两人斗得风声骤起,剑如雪光。

阿鸾偷偷在灯油内混进了一种麻醉香料——丝苗是免

疫的。她早几日就调好,一直放在身上。

静圆手微微一抖,丝苗终于胜出半招,剑尖抵住静圆咽喉。

"说爱我父亲,你爱的只是自己。与其问我父亲为何不爱你,不如看看你这皮囊之下,还剩什么。"

丝苗平静地刺死了静圆。

销金镇恢复了平静。只有那羽香馆里,多了一个伙计。

自那以后,羽香馆的每款香料,都会盛在一个个人脸形状的瓷瓶里;每个瓷瓶,都和订制那款香料的客人的面孔一模一样,似乎是一个高明的玩偶师捏出来的。

未来唐城·朱雀城

文 / 羽南音 佟婕

公元 2119 年,温室效应加剧,全球海平面上升。许多地势低洼的城市土地被淹没,陆地所剩无几。人类奋力对抗海洋,创建了全新的海洋城市。

深夜,绝大的风声回响不绝。世界气候无常,洋流体系陷入混乱。冷热交替之处,飓风十分严重。城市已经很少见到高层建筑。

亚洲东部沿海地区的某个城市,阴影中,宛若棋盘一般分布,一个个方正的建筑被横贯城市中心的朱雀大街分开。

风声呼啸,第一缕朝阳在天边闪现。建筑的飞檐和朱红色彩在晨光中浮现,这座城市竟然和千年前的唐都长安十分相似。

城市的正中央,一只迎风展翅的朱雀缓缓苏醒,那建筑艺术与科技完美结合的太阳能朱雀,如庄周《秋水》中翼若垂天之云的巨鸟,怒而飞,不知其几千里遥。

鸟身表面喷洒了液体太阳能电池"天衣"。这种新型的液体电池由合金制成,是炽热熔化的像稀泥似的液体,喷到物体表面后,干燥成为几微米厚度的柔性金属薄膜。由于采用了纳米技术,液体电池中布满了金属颗粒,每一个细小的合金颗粒都是一个精巧的纳米机器人,可以将太阳能转换为纯能量。相比上个世纪太阳能电池板20%—50%的转化率,"天衣"的能量转化率可达80%以上。

之所以称为"天衣",是因为这种液体电池可以完美覆盖在物体表面,形成"无缝"连接。

为更好吸收太阳能发电,整只朱雀外壳全用纳米级太空金属钢材制造,沿用了太空电梯的同等材料作为骨架,能够承受15级以上的超级飓风。

巨鸟每日随初升太阳一同起至半空,主机操控系统随时测算地球自转与太阳公转距离和角度,实时变换调整鸟身,尽量使鸟背时刻朝向阳光,最大程度吸收更多的太阳光线,液体电池涂层在阳光中熠熠生辉。无论从哪个角度看,整只朱雀鸟身都泛着七彩的橙色光晕,宛如异世界中翱翔九天的凤凰。

从高空俯瞰地球,七大洲的土地部分已所剩无几。仅存的几大城市在湛蓝的海洋中分布。红色的唐城，金色的朱雀，即使在万里高空俯瞰，亦分外明艳。

百年内，因争夺资源引发的几次大规模战争过后，人类人口总量已缩减到上世纪的十分之一。人类开始对核能技术严格控制。除了以光能为主的朱雀城外，亚洲大陆亦有水能（青龙）、风能（白虎）、机械动能（玄武）为主的几个城市。

太阳能朱雀聚能装置不是个独立的存在，它关联的也不只是整个城市中的生活。它把阳光吸收转化为电能，光伏转换系统会把光能直接传输到中枢系统，中枢系统再将其传给海底枢纽站，同时天空的卫星和海底枢纽站通过定向辐射，获取实时光能数值，再统一传输一定的能量返回城市中枢；一部分电能作为城市日常运转的供给，另一部分则专门用于海水净化处理系统和垃圾排污处理系统等几大板块，余下的最后作为储备贮入海底的能量储备库。

海水的渗入和腐蚀是海洋城市必须解决的难题之一，城市底部由内置运输系统的管道衔接到海底，每一处定点都经过精密测算，地震反应监测、管道防腐、保温、防冻、防胀等。

太阳慢慢升高，城市周边的海水像软缎一样开始闪光。今天白天的风速不高，捕鱼和载客的船只缓缓出海，并打开了各种形态的船帆。船帆上无一例外地也覆盖了液体电池，能量可以直接用来驱动船只。远远望去，大大小小的船只像是金色的贝壳、飞鱼、水母,在湛蓝的海水中熠熠闪光。

海岸线附近的海域被一道道红色的细线分隔开来,那是近海养殖区。每个养殖区都有金色的能量柱分布。能量柱表面绘制着唐朝风格的朱雀图腾。太阳能用光后,能量柱将会闪烁红光,水蜘蛛形的养殖机器人从海面匆匆爬过,将金币一样的能量币塞入柱中,继续维持养殖场的水温和生态净化循环。

正午时分,朱雀城渐渐热闹起来。朱雀大街正中心的城市广场,人流如织。

2119年,在海洋城市生活的人,已经具备科学的环保意识和轻能耗生活习惯,东亚南部沿海地区潮湿多雨,在主流穿着上会选择一种特殊棉材质外衣,只要穿着这种太阳能电池涂层的常款T恤在太阳底下站立五小时以上,就能获得满足其个人甚至家庭一天的通讯、出行、家用电器等日常用电量,经济实惠。为了避免光污染和雪盲症,服装上的液体电池涂层都经过了柔化处理,并不像朱雀鸟身上的涂层那样金光熠熠。

人流如织的市区,偶尔也能看到有人穿着没有液体电池涂层的普通布料衣物。这些一般都是富人阶层。

朱雀大街东北角,伫立着一处金碧辉煌的寺庙一般的建筑。红墙金瓦,溢彩流光。这里是朱雀城的中央银行——金阁殿。

九个太阳般的磁悬浮装置在屋顶高悬,九根巨大的能量光柱伫立在大殿,梵音声声不绝于耳。在朱雀城,流通的货币不再是传统货币,而是"能量金币"。大小不一,但不同数额的金币中都存储了相应等级的太阳能。能量金币如同一个个小太阳,能量用完后会变成黑色,需要统一回收到能量光柱之中重新充满能量。

当朱雀在城市上空绕行一周,便是太阳下山的时刻。

不知不觉中,夜幕已缓缓降临。天气预报显示,今夜很可能有飓风和海啸。

朱雀缓缓下落到朱雀城中。它先把易折损的羽翼、头部等部位自动回收,模拟真鸟睡眠的姿态,脖子弯曲,将脑袋夹在翅膀底下。

如果今夜的台风大于15级,朱雀翅膀更会向下伞盖般覆盖在城市之上,确保城中建筑物和人畜安全。

暮色四合,所有的船只都已入港。渐渐大起来的风卷起海水的气息。红金色的朱雀城隐匿于夜色之中,进入安眠。

鲩鱼歌

火柿红起来，意味着火柿镇冬天的到来。

寒风一夜未停。燃料紧缺的小镇漆黑一片，只有一个窗口亮着，像浮在深海中的一只红水母。

清晨第一缕微光透过窗棂的时候，最后一点灯油耗尽，火柿灯的红光闪了几下，熄灭了。春阳小心地合上那本脆弱发黄的纸质书，封面标题是《寒武纪物种大爆发》。

古生物学家认识到几次物种大灭绝，如约 4.4 亿年前的晚奥陶世，当时有大约 85% 的海洋物种消失，其余四次包括晚泥盆世、晚二叠纪、晚三叠纪以及晚白垩纪大灭绝。化石记录显示，每一次物种大灭绝之后，都会突然出现繁盛的新物种。

著名的寒武纪生命大爆发更是进化论者一直无法解释的物种来源之谜。

窗外，冰蓝色的黎明带来海风的咸味。不远处的渔港，渐渐传来了嘈杂的人声。

今天是冬至，也是火柿成熟采摘的日子——"火柿节"。火柿的汁液饱含油脂，是重要的燃料，也是火柿镇的商业支柱。每年今天，周围的岛镇纷纷派出船只，像无数水蜘蛛一样向火柿镇汇聚，在海面留下辐射状的细痕。抵达后，他们将以码头为中心，举办盛大的贸易集市。

春阳从家中出发，来到集会所在地——火柿镇的码头。

春阳在人流和鱼腥中穿行。海风吹起他的头发。火柿镇的居民都不知道春阳的来历，只知道他是个有钱的孤儿，一个清瘦、皮肤白到微微泛青的俊美少年。

此刻，火红的太阳刚刚和海平面分开，像一枚湿漉漉的鸭蛋黄。

春阳向身后望去，无数红叶红枝红树干的火柿树勾勒出了镇子的几条主干道。它们像小山一样慢慢升高，聚拢在小镇的最高处——镇中心的喷泉广场。

除了火柿镇，全世界还有成千上万个这样的岛镇。

一百年前，一场突如其来的温室效应让全球气温骤升。那次灾难性的海平面上涨，被人类命名为"大潮汐"。文明之光陨落，人类的城市渐渐被海水包围，缩成星罗棋布的岛屿。百年来，气候无常，海水仍在上涨，岛镇越来越少，人口密度随之增高。

随着太阳的升起,集市渐渐热闹起来。小贩们将刚刚捕捞的鱼类摊开,在地上售卖。

金色狮虎鱼粗短的四肢仍在弹动,琵琶鸟虾银色的双翅一出水就失去了光泽。蟒章鱼巨大的十六条触手已经被切下分开售卖,但它们的价格加起来还抵不上蟒章鱼那两颗小小的油绿色的毒牙——那是治疗湿疮的良药。

春阳拎起一只五角星身体的八爪生物,看起来像是螃蟹和海星的杂交品种。在一堆鱼中拨弄的时候,他还发现一只湿漉漉的紫色鹦鹉,拨开一看,却长着布满鳞片的鱼尾。

八眼、三脚、六眼。一路过来,他默默计算着鱼的新种类。比上个月又多了十几种。变异越来越多了。

一股陌生而诱人的香气顺着风传来,小摊贩用火柿油炒起了刚出水的海鲜。

"炒",几乎已经成了一个快要失传的古老词语。只有"火柿节"的火柿镇,才有这样奢侈的食物。因为油脂和燃料稀缺,这一代"岛镇居民"基本都已经习惯了生食。

海风的声音大起来。前面,人群最稠密、最热闹的地方,正在售卖今天最特殊的货物——鱼人。

"大潮汐"以后,陆地范围越来越窄,人类文明遭到极大的挑战,交通、饮食、通讯行业遭遇全面洗牌。在新环境的压力下,政府修改了基因法,一些敏感领域的基因技术被广泛应用起来——先是植物，再是动物。终于，约50年前，科学家们认为地球的陆地可能会完全消失，基因改造被允许在人类身上进行。法律被修改为，出于实验的目的，只允许小范围将鱼类的基因与人类杂交，其他基因一概禁止。基因杂交率高于百分之二十的"鱼人"将视为新物种，在法律上，不再享有人类应有的权利。

然而，人类社会已经有很多基因杂交率超过百分之二十的鱼人了。一场战争无可避免，变种鱼人们被纯种人类击败。接着是惨烈的"大清洗"。死去的鱼人尸体堆积如山，染红了浅海。许多地方建起了高高的焚化炉，将堆积如山的变种鱼人尸体焚化，以防疫病蔓延。

当年的战争后，人类在一些岛屿上建起了许多焚化炉，命名为"黑塔"，将尸体焚化。这些黑塔在后来的"大清洗"中，也活活烧死了许多基因不符合"标准"的鱼人。

每次看到黑塔，春阳都会感到一层入骨的寒意。

他常常想，含有百分之二十一变种基因，又和百分之十九相差多少呢？"人"到底该如何定义呢？

大清洗过后的几十年，海水继续上涨。法律条款依然存在，却因为资源紧缺，以及岛镇过于零散分布，失去了最初严苛的束缚力。两代人之后，混杂基因比例不明的鱼人又渐渐出现——那是大清洗的残余。

基因混杂的不仅仅是鱼人。春阳望着集市的鱼摊。外形诡异的生物越来越多了。

渔港码头是火柿镇最接近大海的地方。这里的鱼人都是被捉住售卖的,场面仿佛几百年前的黑奴市场。

一个鱼人贩子走过来,他脖子上戴一串蟒章鱼牙齿串成的项链,在阳光下泛着绿油油的光。他一路抽打着鱼人过来,鞭子落处,鱼人湿滑的皮肤立刻裂开,出现血纹。

周围的人来来往往。此刻,买家们正拨开鱼人的腮部,像挑牲口一样挑选着。一个肤色发青、背部长鳍的精壮男性鱼人和一个胸部饱满的紫发女性鱼人竞价最高,而春阳的注意力却落在角落的一个笼子上。

笼子里有个老人,身形瘦小,脸又黑又皱,双眼灰蒙蒙的,手背上长满了阳光照射形成的褐斑,脖子上围着一条皱巴巴的围巾。

也许是嫌老人蜷缩得太久,鱼贩子骂骂咧咧扬起手中的软鞭,"啪"的一声抽在老人身上。老人张了张嘴,却发不出声音,只是身子痛苦地蜷了起来。人贩子上前一把揪住他胸口的衣服,正要朝他脸上下手,却被春阳按住了鞭子。人贩子便脱口大骂:"哪里来的海兔崽子?"

"多少钱?"春阳冷冷地说。

那人贩子变脸变得像翻书,转瞬便换了笑脸,漫天要价:"二十贝……要么,五斤火柿油也行,也行。"

"这老东西,白送都没人要吧。"

这声音响起来的时候,鱼人贩子脸色瞬间就变了。

一个少年慢慢走过来。火柿镇不少人见了他,都下意识退了两步,窃窃私语起来。少年个子不高,披着一件黑色缠金纹的披风,那是油蜡封的鲨鱼皮绲了金丝的,价格不菲。

燃犀长着一张尖下巴,眼睛是绿色的,总是滴溜溜打转;嘴角常带着一抹冰水似的冷笑,像恐怖片里的玩偶娃娃。

火柿镇的居民都知道,燃犀的家族世代都是"乌鸦"。所谓"乌鸦",就是负责焚化鱼人的人。

因为和海盗多有交易,燃犀家境殷实,喜怒无常,镇上的人都很怕他。焚烧鱼人早已不再是他的日常工作。烧与不烧,要看他的心情。

"燃犀少爷说得是,白送白送!您都发话了我还哪能收钱呢。滚过去!"鱼人贩子忙不迭踹了老人一脚,老人躲闪不及,略一分神,没想到手腕已经被燃犀死死抓住。

抓住老人手腕的一瞬,燃犀的表情变了。手腕的皮肤十分细滑。燃犀以迅雷不及掩耳之势,将老人的头按进旁边的一个海鲜水盆里。老人拼命挣扎,一时水花四溅。

燃犀将"他"拉出水的时候,围观的众人惊呼出声。

"老人"伪装的油彩被悉数洗去,露出一张少女初雪般的面孔。她颈部白净细嫩,左右耳后各有三道细细的裂口——鱼人腮。

水滴顺着少女的脸庞流下来。用来伪装的灰色隐形眼镜软片也已经滑落，露出一双红宝石似的眼睛。眼神十分锐利，却充满绝望。

春阳看着那双眼睛。

不知为什么，他的心剧烈跳动起来。周围都安静下来，他像一只洞穴里孤独的兽类，只有咚咚的心跳声在岩壁上回荡。

燃犀的嘴角浮起一丝猎人的笑意，像冰原下渗出的冷水。

红瞳。红瞳是极其罕见的鲵鱼基因标志。

燃犀将手指放在嘴边，吹出一声尖锐的啸鸣。

巨翅扇起的风声由远及近。一只长着三个头颅的巨大的乌鸦在燃犀身旁落地。那是他从基因交易市场高价买来的坐骑——乌鸦和金雕的杂交产品。

今日，乌鸦的三只头颅都装饰着火柿果实编织的花环。随着头颅的摆动，火柿在阳光下闪着艳红的色彩。

燃犀微微示意，中间的那只乌鸦头便猛然张开巨口，将鱼人少女拦腰咬住。

燃犀翻身骑上鸟背。

"鲵鱼，多年未见。"燃犀礼貌克制地笑着。

鲵鱼杂交的鱼人，尤其是少女，以细滑美貌著称。

不知什么时候起，有一个流言在许多岛镇之中传播：以鲵鱼少女为祭品，焚烧后可得海神垂青，获得好运。

燃犀眼睛望向远处小岛上的黑塔。

正要起飞之际，他手上的缰绳却被春阳猛拉了一把，乌鸦的脖子被勒，发出巨大沙哑的嘶鸣；少女同时伸手去抓乌鸦的眼睛：乌鸦吃痛，张口的一刻，少女从它口中跌落。

春阳蹲下身子，扶起少女，去看她的伤势。

血顺着鞭痕流下来，少女的头发还是湿的，全身都在颤抖。她在春阳的怀里抬起头，用一种十分奇异的眼神望着他。春阳觉得那眼神似乎像一股电流，传遍自己的全身，却又带来一种极度的不安。

那眼神里，掺杂着感激、吃惊、钦佩、温柔、不解……不，还有些什么。

那异常绝望而明亮的眼神，带着一股空前绝后的、极其锐利的愤怒。

燃犀的几个膀大腰圆的家仆从人群中挤过来，将春阳和少女分开。一个家仆要打春阳，被燃犀抬手制止。

小时候，春阳和燃犀有段时间关系不错，春阳去过燃犀家里一次。那年燃犀也就八九岁，房间里却贴满了战争资料。

春阳不忍去看"大清洗"里那些肢体残缺的鱼人、火柿油烧黑的建筑。而燃犀的房间里，还有春阳十分陌生的，人类社会第一次、第二次世界大战的资料。发黄破旧的报纸上，那些集中营里饱受摧残的犹太人照片让春阳无比震惊。燃犀在一旁，以无比炽热的语调谈论起自己对希特勒的崇拜。一阵冷风灌进窗户，春阳的冷汗浸湿了衣服。

那以后，春阳再也没去过燃犀家里。两人渐渐不再往来。

此刻，燃犀正以一种蔑视的眼神看着少女和春阳。他一眼就看穿了春阳对少女的情愫。如果说还有什么比夺走杂种的生命更好玩，那就是同时夺走爱慕杂种自甘下贱的人类的爱和希望了吧。

他的几个随从将春阳死死按在地上，另外几个将少女双手死死绑住。

三头乌鸦张口咬住少女。

在冬日的艳阳里，燃犀骑在三头乌鸦背上起飞。

春阳拼命挣扎，那随从不耐烦了，便将他的头高高拉起来，在地上狠狠撞了几下。

于是在春阳的记忆中，后面的画面，伴随着阵阵晕眩和模糊。

先是天空中传来一阵奇异的歌声。那声音激越而清亮，闻所未闻，像是宇宙的琴弦。

鲩鱼歌。

鲩鱼歌的传说是那么古老，以至于所有人都以为那只是传说。

直到上世纪一则轰动全球的新闻。一个基因研究院起了大火，原来鲩鱼基因混杂的人类中，有万分之一的可能性能发出一种特殊的声波。像微波武器那样，能够和油类产生共振，使其燃烧。

鲵鱼歌的声音频率升高，渐渐超过了人耳能接收的波段，听不到了。但人们只觉得从耳朵到身体都开始发麻。

人们身后，满山满野的火柿树开始燃烧。

油分充沛的火柿树如同一支支火把，以火光勾勒出镇子的几条主干道。火光像小山一样慢慢升高，汇聚到小镇的最高处——镇中心的喷泉广场。

从高空俯瞰的话，就会发现，这是自人类进入水时代以来，所有岛镇之中，燃起的最明亮、最红艳的火光。

那来自蔚蓝深海的原始力量，在微观粒子的振动作用下，化为灼热、艳丽、炽烈的复仇女神之火。

热风呼啸而过，春阳感觉到地面都在发烫。

人们四散而逃。没有了看管，鱼人奴隶们纷纷跳入水中，重获自由。

半空中，三头乌鸦颈部的火柿花环开始燃烧，像三个火红的死亡句号。

不一会，燃犀的披风也被点燃。

乌鸦哀鸣松口，少女从半空坠落，落入海水。

不一会，乌鸦和燃犀也像两块石头，直直坠入水中。

几天后，人们打捞上燃犀焦黑的尸体。

新闻传遍了其他岛镇。许是心存畏惧，"乌鸦"的工作，渐渐绝迹。

火柿镇的主干道和广场都被烧毁，因为火柿树没有在居民区普遍种植,并没有过多的人员伤亡。

春阳再没见过那位鲵鱼少女。只是他常常关注着这新世界物种的变化,睡前翻一翻寒武纪的资料。

有天晚上,他做了一个梦。梦到那天,鲵鱼少女坠落后,游向了大海深处一个新的岛镇。

那里生活着许多新的物种。那里没有战争、杀戮、买卖;充满平等、善意和希望。

在那里,鲵鱼少女轻声歌唱。

人类正开启一个新的时代。

叁

画壁

文 / 王诺诺 羽南音

古寺

玻明告辞的时候,才发现雨已经停了。

推开寺门的一刻,一片耀目的金光正从云缝中漏出,照到对面山坡的一片溪水上,折射回来,映入玻明眼中。

画僧和木村将玻明送至山门之外。一个穿着灰色西装的男人站在画僧身旁。他们的身后,一排身着黑色西装的保镖齐齐立着,是这深山古寺几个突兀的符号。

"中国第一的侦探,拜托了。"木村身着灰西装,微微鞠躬,用生硬的汉语说道。嘴上客气,其实一双刀似的眼睛偷偷扫着玻明。

"拿人钱财,与人消灾。"玻明有点嬉皮笑脸地回答。

虽然貌似轻松,但刚才在古寺的一番交谈,他早已察觉到木村不是善茬,白净的皮相下有种阴狠。这单生意有点硬,不能掉以轻心。

三天前,一场全国瞩目的拍卖展上,一件名为"琉火珠"的作品——也是今年奇沙拍卖行估价最高的一件宝物,竟然不翼而飞。为此事,奇沙国际拍卖行亚太地区的总裁木村专门从日本总部飞到了中国,找到中国开价最高,也是业界排名第一的侦探玻明查案。

短短几分钟,太阳就已隐没在西山之后。一片迷蒙的灰蓝笼罩了世间万象。

画僧神色淡然,一言未发,眼中有隐隐的忧虑。他最终颔首,合掌,送别玻明。

玻明道别众人。

下山的时候,暮色升起,夜雾迷离。

大山向上蒸腾的云雾,像逆转时间的落雨;仿佛神灵收回了祂的旨意。

玻明侦探事务所

一觉醒来,天光大亮。保姆韩婶冲进卧室,"哗啦"一声将窗帘拉得大开,玻明被阳光刺醒,哀嚎一声,用被子捂住了头,蜷成一团。

"一天天的就知道睡,你看你这屋,整得啥玩意儿,跟猪圈似的。"五大三粗的韩婶来自东北,心宽体胖,手脚麻利。她是在玻明家三十多年的老人了，把玻明当半个儿子看，也把玻明当半个儿子训。

在一片"噼里啪啦"的杂音里，吃剩的烧鸡、歪七扭八的啤酒罐子、气息洞穿灵魂的脏袜子被收拾得一干二净。玻明也被拎着耳朵揪到桌旁，夹起韩婶刚做好的油嫩嫩的煎荷包蛋就往嘴里塞，吃得汁水横流。

韩婶虽是心宽体胖，做起饭来却心细如发。在试过了花生油、芥菜籽油、山茶油、橄榄油一众素油，猪油、鸡油、鸭油一众荤油后，终于找到了油煎荷包蛋的王者搭档——鹅油。取潮汕秘制鹅肝的卤水表面浮着的一层鹅油，煎制荷包蛋。鹅油的香气高雅润滑，加上脂溶在其中的潮汕卤味的草药香气，被铸铁锅的热力激发，很快在煎蛋表面形成一层酥脆的焦壳，脆嫩流心，奇香四溢。

"走得再远，都惦记韩婶的荷包蛋。"吃饱喝足，玻明哼哼唧唧地说。他又有点困了，在桌边坐着打起瞌睡来。韩婶"哐当"一声把一大壶乌龙茶震到桌上。

"你咋还不工作呢？又睡上了？"

"倒时差啊，韩婶儿，我困啊！"

"从日本回来还倒什么时差？欺负我没文化咋的？"韩婶瞥了一眼房间角落的行李箱。玻明看了眼行李箱上新贴上的日文行李标签，心下感叹，在自己身边多干几年，韩婶都能当侦探了。

"哎，那啥，婶，我要工作了……"玻明嘻嘻笑着。

想到有一次玻明查案，被打得鼻青脸肿的事儿，韩婶不禁担心。她边摘围裙边问："这次，活儿，安全不？"

"没事没事，钱多事儿少，您老放心吧！"玻明拍胸脯。

"这世上哪有钱多事儿少的便宜！哼，你可得给我多加点小心！"韩婶一边叮嘱着一边开门走了。

玻明喝了口乌龙茶，翻开那叠资料，神色渐渐凝重起来。

这单生意有点不寻常。

三天前，总裁木村联系到事务所，开了一个几乎令人难以拒绝的高价，要求是十天内找到丢失的拍品"琉火珠"。玻明并未立刻答应下来，而是先去查找了琉火珠的资料。

奇怪的是，奇沙拍卖行在历届拍品展出之前，都会大肆宣传，有详细的珍宝介绍放出，包括年代、材质、历史流迹等，以吸引买家。唯独这次的天价拍品琉火珠，却几乎找不到任何介绍和图片。玻明本以为这是商家的反向营销手段，便和木村说，不清楚来龙去脉，这活儿没法接。木村便火速将玻明带到了中国西南一座深山古寺，见了一位法号"无明"的僧人，玻明才知原来这琉火珠，大有来历。

无明是一位老僧，已年逾古稀。他自幼酷爱绘画，三十岁出家前，家族祖传了一门在内壁画鼻烟壶的绝技。一年前，他梦境中有佛祖指点，让他将寺内一颗代代相传的红色空心舍利子拿来，用鼻烟壶的技法，在珠子内壁作画,并送去展出售卖。

无明惶恐,舍利乃是佛骨,擅自在舍利内部作画,恐是亵渎神明;然而一连七日,无明每日梦境皆是如此。他认为这是修行宿命,便恭请了舍利,倾毕生之笔力,呕心沥血,用了整整一年时间,在舍利内壁画了图,将成品命名为"琉火珠"。

完成后,他联系了世界最知名的奇沙拍卖行,这颗宝珠便成为了本年度竞价最高的拍品。谁成想,还有十天就要展出了,琉火珠却在奇沙拍卖行最顶级安保的层层护卫下,不翼而飞。

在寺内缭绕的檀香中,木村用空气投影,展示了琉火珠的高清影像和讲解。

舍利子,自古都是高僧圆寂后,肉身化成的,颜色形态各异。

眼前这一枚,有一颗荔枝大小,形状近乎正圆。颜色是凝重的朱红,却有极好的透光度,像是最上乘的红翡,色泽浓重,却清透如水。投影中,以强光照射宝珠,周围有一圈红色的光晕散开,最外圈竟散射成为七彩。

宝珠本身通透明澈,内壁的绘画十分清晰,毫发毕现。

画中是一个古装打扮的少女,乌发半挽,穿一身唐朝风格的白色袍子。少女的背后,是一大片正在熊熊燃烧的火海。

玻明走上前,在投影上动动手指,放大了火焰部分,发现是一些经卷和绘画正在燃烧。赤红的火海引动着热风，将少女的乌发吹得散乱，身上的白袍也被映得血红。少女右手握着一卷画轴，似乎是刚刚从火中抢出来的。细细一看，她的白袍一角，已经被烈火引燃。

这少女正在奔赴焚身火海的宿命。

然而，她眼神澄澈，既无惊惧，亦无疯狂，只流露出一副甘愿赴死的圣洁神情。

鼻烟壶的内壁画法，是以细小的毛笔伸入荔枝大小的宝珠内部，反向作画。这幅画的技术已入化境，不仅少女的发丝纤毫毕现，连热风涌动的衣服皱褶都流动如云。琉火珠通透的光影将火焰的绘图映照得光影流转，生动异常；放大来看，烈火中的经卷还能依稀辨出"金刚经""波若"等字样。

所谓绘画，"描物易，摹神难"，最令人震惊的，是无明运用东方水墨的白描技法，仅仅数笔，就勾勒出了少女栩栩如生的眼波和神态。

这画有种摄人心魄的力量。玻明不由得暂时闭上了双眼。

只是这幅画，似乎有些眼熟……在哪里见过呢？

——《地狱变》！

玻明突然想到，这画，竟然和日本古代那幅著名的《地狱变》有些相似。只是日本那副充溢着极致的癫狂和黑暗；而宝珠里这幅，却流露出一种祭祀的圣洁感。

还有个地方有些奇怪。这少女虽然是古装打扮,但五官明艳,不施粉黛,脸上并没有唐代妆容的样子;神情间,怎么还有几分现代人的摩登感觉。

玻明正在思考,突然窗户上的"门铃"响了。

不知不觉,已经到了晚饭时间,无人机吊着一盒餐,正发出电磁信号,连接了窗上的感应装置。是的,现在这个时代,无人机已经全面取代了人类外卖员。玻明开窗验货,无人机读取了玻明的指纹后,餐盒上浮现出电子字迹,正是手机助理给自己点了最喜欢的店的炸鸡。玻明美滋滋地取下餐盒,给了无人机一个好评。无人机转着小翅膀,显示出电磁红心的感谢,还扭动了几下螺旋桨表示开心;随即嗡嗡地飞走了。

玻明打开香喷喷的炸鸡盒子,按照惯例,取出自己的可以检验各种化学成分的"试毒筷子"戳了几下,各项指标都正常。这筷子是他从黑市上高价买的,是间谍组织专用的——没法子,做这行,总要小心些。

玻明夹起一块油酥酥金灿灿的大鸡腿正要往嘴里塞,突然"咣当"一声,房门被人踢开了。一个彪形大汉直冲进来,扑向玻明。

玻明一看来不及跑了,看体形也真是打不过对方,正考虑是不是立马跪下抱大腿求饶,谁知大汉一个急刹车,将玻明手里的鸡腿一把夺了过去。

"吃不得。"大汉皱了皱眉头,嫌弃地看着手里的鸡腿。

玻明一头雾水，大汉便撕开了鸡腿让他细看。玻明拿在手里仔细看着，才发现鸡肉上有几丝诡异的淡蓝色痕迹。大汉说，这是一种最新研制的纳米液体跟踪器，只要吃下肚子，就能附着在肠胃内壁上，发射信号，很难发现；至少一个月时间才会排出体外。

"防不胜防啊……"玻明感叹。他的屋子是装了最先进的反监听监视装置的，但只能检测出金属元件等传统监听装备。这种新设备听说价格不菲，玻明怀疑是木村他们搞的鬼。

玻明站起身，拱手道："谢谢这位好汉。敢问怎么称呼？"

大汉浓眉、方脸，个子挺高，须发凌乱，脸颊还有一道疤痕。目光明亮，有几分聪慧，不像做体力活的。手指关节处有茧，肤色偏黑和粗糙，不排除酷爱登山等户外活动。眼睛有红血丝，呼吸微微急促。玻明让手机助理偷偷检测了一下他的健康数据——心动过速，肾上腺素水平过高。

"我是老张。玻明侦探，请你帮帮我。"大汉说。

"抱歉，这几天手头有个重要的案子……"玻明一边回话一边观察对方的反应。

"木村让你找琉火珠，恐怕是开了大价钱。当然，这纳米追踪剂，也是他们下的血本之一。"

"你怎么知道木村呢？我又怎么帮你呢？"

大汉慢慢瘫坐在沙发上，眼中露出了绝望的神色。

"琉火珠……是我弄丢的。"

敦煌

第二天,老张和玻明就飞到了敦煌。

夜晚,银河之下的沙海,无边壮阔、无边寂寥。

这是玻明第一次见到沙漠。

老张递给玻明一根烟。玻明默不作声地抽起来。这年代都是鼻腔电子贴片了,这种还烧火的古董烟可不多见。

在玻明家那天,老张说明了事情的始末。

他是个警察,一直怀疑木村在合法渠道的掩盖下,做违法的古董走私生意,倒卖了中国的不少文物到国外。后来,老张被派到木村集团卧底,一年后晋升为核心安保人员,负责琉火珠的安保工作。

七天前,在奇沙集团总部,他第一次看到了琉火珠,惊得说不出一句话。宝珠里那幅画中女孩的脸,竟然和自己多年前失踪的女儿,一模一样!

像是着了魔一般,为了找女儿,老张费尽心思,竟把宝珠于重重看守中偷走了。偷盗细节老张隐去未提,或许是觉得羞愧。

看来警察的职业经验确实有点用处。玻明坏笑了一下。

然而,百口莫辩的是,等老张费尽心机把宝珠拿到手里,都还没来得及细看,宝珠竟然就在手掌中,凭空消失了!

玻明再三确认,老张说的"凭空消失",就是"突然不见了"的意思。就是短短一瞬间，珠子就眼睁睁地，从手心里消失了。

这种"故事"，一般人听了肯定不信。

听完老张的话，玻明沉默着思考了一会。

他终于告诉老张说，这宝珠里的画，出自一位寺庙的画僧之手，灵感来自一幅敦煌莫高窟的壁画。

老张听到后却激动万分，说当年和妻子婚后五年求子不得，妻子就是去那间寺庙求了子，不久以后女儿便出生的！而女儿失踪，竟然就是一家三口去敦煌莫高窟旅游的时候发生的！这其中一定有什么原因！

玻明心中虽然忐忑，但案子还是要查的。

于是，玻明和老张订了机票，第二天傍晚，就飞到了敦煌。

深夜，他们才到了沙漠边缘的民宿住下。

胡乱吃了几口饭，两人都睡不着，就穿鞋下楼。

夜色清冷，弯月如刀。他们看着月色和沙海，陷入沉默。

"女儿，丢了多久了？"玻明深深吸了一口烟。

"十年了。"老张的嗓音有点干涩，似乎这个问题很难回答。

"咳，聊别的也行。"玻明说。

作为一个四十岁的男人，老张脸上的皱纹可真够深的。他应该是个挺能干的警察，体格保持得很好，气场却有种人畜勿近的威慑感。失踪的女儿,看来是这个硬汉的阿喀琉斯之踵。

"十年前,阿橘六岁。那天,我和她妈妈牵着她来看莫高窟。她妈说,阿橘是佛祖保佑结下的佛缘,一定要来敦煌看看。六月二号中午,在莫高窟,游客太多了,阿橘却很高兴,小小的年纪,挤在游客群里,指着藻井上的千佛像问我,为什么这些佛远看都是一样,近看表情却各有特色?我说爸爸也不知道,或许他们各自心中想着不同的事。那天我记得清清楚楚,是我牵着阿橘,阿橘妈妈要喝水,我把保温杯掏出来,给她拧开,就松开了阿橘的手……就那么一分钟时间,阿橘竟然就不见了……"

"不见了?像琉火珠一样,凭空消失了?"玻明问。

"当时我们也不这么想,就是里里外外地找,报纸电视台网络,什么招都用上了。"老张的语气有点木然。

玻明听着,心里不是滋味。

"第三年,阿橘妈妈心里放不下,肝癌,走了。我一直还在找。"老张低下头,把烟蒂扔在黄沙上,重重地碾灭。

"你是警察……肯定该做的都做了。"

"现在,不该做的我也做了。"

老张怔忡地看着大漠。大漠最深处,沙海和天际线一片模糊。

"这些年,我常常在梦里见到阿橘。说来也奇怪,我这个女儿,从小就和一般小孩不太一样。五岁的时候就已经认识不少字了,还会背一百多首唐诗。"

"那不就是天才?"玻明接话,更替老张难受了。

"她心是很善的,断奶以后就不吃肉了,尤其不喜欢看到杀鸡杀鱼的情景。但……我总感觉她有些冷冷的。你会觉得这小孩怎么不黏人,不撒娇呢,我甚至觉得她对父母,总是很……客气,一种疏离的客气。有一次,我去另一个城市执行任务,我老婆低血糖犯了,在家里晕过去七八个小时。醒来以后,发现大半天没吃没喝的阿橘就在她旁边静静坐着,不哭不闹,看着一动不动的妈妈也丝毫不慌,眼神安静的像个久病成医的大人,似乎什么都懂似的……那时阿橘只有三岁……那次以后,我老婆和我说,阿橘总有一天要离开我们似的……"

玻明愣愣地听着,直到香烟燃到烟蒂,烧痛了他的手指,他才猛地松手。

红色的火星坠下,在无垠的沙海中,如一粒微尘般熄灭了。

青烟浮起,大漠的弯月也变得模糊起来。

第二日一早,老张便和玻明一起,来到了洞窟。一个一个洞窟找下来,都没有发现和阿橘一样的人像。网络上虽然有些莫高窟的影像,但老张还是觉得亲眼来看更稳妥些。直到黄昏,莫高窟快要对游客关闭的时候,他们才进入了17号洞窟。

17号洞窟是敦煌最珍贵的洞窟之一,它就是人尽皆知的藏经洞,开凿在第16窟甬道壁上,洞内空间19立方米。传说11世纪初,西夏人征服敦煌的战争中,莫高窟僧人逃离前与民众将无法带走的经卷尽数封存于内。北壁上绘有枝叶交接的两棵菩提树,东树悬净水瓶,侧立比丘尼,双手奉持团扇,西树挂一挎袋,侧立侍女,作男装。

老张和玻明在壁画上细细找着。

空气中弥漫着干燥的黄土气味。突然,老张的动作凝滞了。他找到了那张和阿橘十分相似的面孔。

老张伸手去指壁画,身子却不由自主地抖起来。他想开口叫玻明,嗓子却发不出声音。玻明看到他的样子,急忙走过来。

而老张的手指向的,正是壁画左下角的那个侍女。面孔圆润,双目细长。老张颤巍巍地拿起自己的手机给玻明看,手机壁纸正是他的女儿阿橘。

"阿橘,这,这就是阿橘。"老张的嘴唇也在打战。

夕阳渐渐落下,莫高窟关闭的时间到了,随众多游客一起,玻明和老张走出了洞窟。走之前,玻明仔细拍下了壁画中的少女。

从莫高窟到民宿大概要走二十分钟。路上,玻明在手机上反复对比两个女孩的照片。虽然阿橘丢失的时候只有六岁,壁画上的少女已经有十五六岁的样子;但两人的五官辨识度很高,尤其是一双细长的眼睛和饱满如莲花瓣的唇形，看起来确实像是同一个人。

会不会是巧合呢？玻明想。毕竟壁画已经被风沙侵蚀千年，轮廓稍显模糊——也不能完全排除这个可能。

可那侍女如果真的是阿橘——现代世界里消失的女孩儿怎么会跑到千年前的壁画中？

正想着，走在旁边的老张突然抓住了玻明的衣服袖子。

"玻明，琉火珠到底怎么找？我干了几十年警察，找什么东西都要有'线索'。但是这珠子是从我眼皮子底下凭空消失的，像拍电影似的！"

"说起电影，我小时候看过一个老电影，《哈利波特》，你知道吗？"

"那个有名的魔法片。"老张点点头。

"那里面就有个情节，大家都在找魔法石的时候，那石头就凭空出现在了哈利波特的衣兜里，哈利就这么一下子掏出来了……"

玻明一边说，一边把手机放进衣兜，却突然在兜里摸到了一个硬邦邦的东西。

他慢慢地掏了出来。

掌心，琉火珠就在敦煌沙漠最后的夕阳中闪烁着温润的光。

玻明和老张目瞪口呆。

大漠的风吹过来。这里有些偏僻，周围只有零星游客。民宿在前方隐约可见。

玻明还没来得及说什么,说时迟那时快,老张已经一把把他推倒在地,刚好躲过了一个冲上来抢夺琉火珠的壮汉。

其余四个大汉从旁边冲出来,一拥而上,玻明迅速把琉火珠放进衣兜,冲上前和老张并肩作战。为了工作防身,玻明也练过跆拳道和泰拳,对付两三个成年男人没问题;不过这几个大汉个个功夫了得,老张身手不俗,奈何寡不敌众。玻明一看不妙,想要往民宿的方向跑去求助,却被一个壮汉扑倒在地,琉火珠也从衣兜里滚了出来。壮汉和玻明同时伸手去抢,只见老张大吼一声,扑过来将壮汉一拳打翻在地;其余四个壮汉趁机扑倒了老张,将他死死按住。

玻明的脸被按在地上,吃了一嘴沙子。一个人走了过来,他看到了一双熟悉的鞋子。玻明吃力地抬起头。

木村瘦削的脸半隐在黑暗里。他冷冷地看了玻明和老张一眼,便伸手要去捡那琉火珠。

玻明也被一个壮汉死死摁住,无力挣脱。

天色越来越暗,繁星开始显现。幽蓝色笼罩的沙漠中,亮起了一团红色的光。

琉火珠突然散发出一道火焰般的光芒。金红色的暖光散发着热力,在虚空中划出一道一人多高的圆环;飞溅的火星一般的流光中,圆环内部出现了一股五色流动的漩涡,看起来像是通往另一个世界。

所有人都惊呆了。玻明和老张几乎同时挣脱了束缚，朝琉火珠的方向扑过去；距离琉火珠最近的木村反应最快，伸手去抓那珠子，没想到珠子周围滚烫，如烙铁一般，木村还没摸到珠子，就惨叫一声收回了手；玻明和老张已经扑了过来，瞬间和木村扭作一团；身后，那几个大汉也回过神，往这边冲过来。玻明和老张无路可退，电光石火间，玻明做了一个大胆的决定：他拉着老张，滚进了琉火珠的光环中。

然而，玻明没想到的是，最后时刻，木村死死抱住了老张的腰，随二人一起撞进了光环划出的空间里。

光环变成了紫色，随即消失了；一同消失的还有砂砾中的琉火珠。

繁星闪烁，周围重归寂静，只剩几个壮汉在原地瞠目结舌。

沙洲

太阳是苍白的，射穿玻明的眼皮，用光亮把他活活烫醒。

比身体先活跃起来的是直觉。直觉告诉玻明，琉火珠、壁画、光环、敦煌之间有他不能理解的秘密，直觉还告诉他，木村是冲着这复杂的秘密而来。

玻明费力睁开眼，他横躺在戈壁的碎石上，发烫的石子蜇得他又疼又渴，一堵城墙立在面前，他的躯体尚且动弹不得，所以不得不仰着头，也是因这个角度的问题，这面城墙显得高大，有一种不由分说扑面而来的躁郁之势。

然后直觉就被他的理智思考取代了。

这是哪里？

他怎么过来的？

刚刚的紫色光环是什么？

他挣扎起身，沿着城墙走了一段。这是一段夯土墙，太阳将西北特有的干燥光线从西南边洒上来，不平整的墙体呈现斑驳的阴影。打夯的建造工艺将黄土中结实、密度大且缝隙较少的那一部分和水压制混合泥块，再由工人将其打垒分层，筑进木板围成的墙型里。夯实土层是需要众多劳力的高强度体力劳动，少则数百人，多则数千人，这段墙出现在这里实在奇怪，玻明想不清楚为什么竟有人在戈壁滩上费力用这种笨方式筑墙。

墙的尽头是一座城门，同样是土灰的色调，仰头望去，如同空旷戈壁中一个凸起的肚脐。城门正中一块木牌刻字：

沙洲。

"都说没心眼的人睡眠好，我醒了半个小时，你才醒。"

玻明闻声望去，是老张正站在城门下，和自己一样，衣服也沾满了戈壁的土灰。

"这颗琉火珠确实不一般。"老张说道。

"你看，我早就说了……唔，木村呢？"

"他坏心眼太多，醒得比我还早，偷走珠子跑了。"

"沙洲?"玻明指了指门楼的牌子,门楼下的几个男人穿着铠甲,长发在脑后盘成髻,"这是敦煌的影视城么?"

"我刚刚问了问他们,恐怕……"

"恐怕什么?"

"恐怕,我们遇上了一点麻烦。"

"麻烦?什么麻烦?"

"一千年前,沙洲洲境东至瓜州三百里,西至吐蕃界三百里。下辖三郡:晋昌、高昌、敦煌。"

"沙洲就是敦煌?"

"沙洲是一千年前的敦煌。琉火珠似乎有开启时空的能力,具体的原因现在还不清楚,能确定的是我们现在还在敦煌,只不过是在1040年,北宋康定元年的敦煌。"

"……这次的酬劳,要给我加三倍。"

"为什么?"

"利息。北宋的任务,到21世纪才收款,一千年的时间,我的利息是很良心的。"玻明说道。

老张无可奈何地摇摇头,他指了指身后的城门,上面贴着一张告身书:

告:龙图阁直学士、陕西经略安抚副使范仲淹奉敕如右,符到奉行。康定元年三月。

"范仲淹?康定元年?这是说范仲淹要来敦煌做官?是说宋夏之战吗?北宋仁宗景祐五年,宋朝的藩属党项政权首领李元昊自称皇帝,建国号'大夏',史称'西夏'。

于是宋仁宗于当年六月下诏削去李元昊官爵,并悬赏捉拿。派了范仲淹来敦煌督战。是这个时候,对吧?"

"看不出啊,大侦探,你对宋史还挺有研究?"

"我玩电脑游戏的时候,里面有这么一段……"玻明此时突然十分想念韩婶煎的鹅油荷包蛋,油汪汪的,金灿灿的。通常在他通宵游戏的第二天早上,会被煎荷包蛋的香气吵醒,然后韩婶用大嗓门喊他"懒骨头该起床了",然后一天就在这热腾腾的烟火气里开始了。

如果真的到了北宋,别说鹅油煎蛋,就是普通煎蛋,也难吃到了。

"琉火珠!"玻明转向老张问道,"刚刚琉火珠是从你口袋里变出来的?现在呢?"

"我说了,被木村抢走了。"

"要不你再看看口袋……"

"不可能的,你想……"老张用手伸进口袋,竟发现那只珠子又在兜中鼓了出来,就像上一次一样,他将这一枚温润的宝珠捧在手心,定定地看着,是惊呆了。

玻明好奇地凑了过去。一只眼睛对准它的空心内壁,少女、经卷、红色的火海就像烧在眼前。

"画工真是神鬼莫辨。有修行的高僧就是不一样。"玻明搓了搓鼻子,"可惜了!这样的宝贝,为什么就认你这个主人呢?怎么就不认我呢!难道还真是像《哈利波特》里那样,邓布利多说的:'只有想找到它,但又不是想为了自己利用它的能力的人才能拥有它……'现在看起来很明显了，琉火珠的超能力除了特别昂贵之外，还有穿越时空！"

"我找琉火珠，是因为珠子里的画像和阿橘一模一样。第一次在奇沙集团见到琉火珠的时候，我就想，这不是我的阿橘么？"

"恐怕木村他们早就知道了珠子和时空穿梭的秘密，"玻明想了想，继续说道，"经卷！珠子里的画上除了你的阿橘，就是燃烧的经卷，你为了阿橘，说不定他们为的是经卷呢？"

莫高窟

老张和玻明在城里客栈休整了一晚。

敦煌位于祁连山三大水系之一的当河冲积扇上，河西走廊最西，自古以来便是丝绸之路的咽喉之地，吞吐着砂砾、驼铃、商贾、脚僧、茶叶与绢帛。所幸这里的居民见惯来往商客，看到老张与玻明身着千年后的衣物，还以为这是沿丝路小国的装束，只觉得料子轻薄新奇，想问清其中的纺织技法，却没有谁疑心他们的来历。

语言也没有成为太大的问题，千年时光中随着几次北方游牧民族南下，现代汉语的读音确实发生许多改变，可字形却始终未曾变过。老张和玻明每每因为语音与店家交流不下去时，只需告诉店家自己并非中原人士，汉语生疏，再向他要一支笔、一张纸,将心中的字句化成文字,一切交流就再也无障碍了。

第二天天一亮,别过店家他们就启程了。出敦煌向东南,莫高窟距离城市统共不过25公里,可在没有现代交通工具的情况下需要走整整一天。

他们沿着驼队留下的脚印走向荒芜深处。

放眼望去,戈壁上唯一标记了存在的,便是形状骇人的雅丹。长日将尽,血色夕阳将最后一点红色投射在风蚀岩上,雅丹的形状指向三危山,仿佛无数根染血的手指戳向一个真相。

老张看到了这景色,隐隐有些不好的预感。

"你说,这样走,我能找到阿橘么?"

"除此之外,你还有别的方法吗?"

在月光刚刚占领沙丘的时候,他们到了三危山。这里与千年后的景象截然不同,没有绕在佛窟外的木质护栏,也没有游客排成长队伸头拍照。唯有山体上黑黢黢的几百个洞眼告诉来者,这一片山已经有了自己的故事。

三危山远离人烟,戈壁上有几十只帐篷,放着橙黄的光,那是在此开凿石壁的匠人的居所。泥匠、画匠、木匠、漆匠领了富裕人家的银钱,将数十年的光阴消磨在此,白天在岩洞中雕琢,晚上钻进帐篷里休息,在极寒的戈壁中靠着柴火取暖,饿了嚼一口馕饼,等到窟成,自己的青春也已彻底逝去。

千百年的岁月中,他们将矿物颜料研磨成齑粉,用细细一支笔一画画地抹在石窟内,生生在一片土灰色中描摹出了五彩的藻井与佛像。

由于佛教文化的兴盛,莫高窟的开凿持续了千余年,人们笃信将佛陀、经变与自己的画像同时绘在洞窟内,能彰显自己的虔信,也把美德流传于后世。开窟、写经的人既有僧官、僧尼,也有当地达官贵人、文武官僚、工匠、社人、行客、侍从、奴婢。

大量佛经不断从长安、洛阳传入,不少高僧从内地与西域前来弘法,久而久之,这里的洞窟数目与佛教氛围一起增长,密密麻麻成了莫高窟上数不尽的幽邃的秘密。

凭借着记忆,老张带着玻明摸索到了藏经洞前。

对于他们来说,时光或许才过去一日,可眼前的景象却大不一样。

原本的墙角置放着垒到天花板的经卷,此时却空空荡荡。偌大的洞里显得阴森寒冷,只有几盏酥油灯,明灭闪动,印照出墙上还没干透的壁画。

"那么晚了,怎么还有人来?"洞窟深处传来一个男人的声音。

走近了,从阴影中露出半张脸来,是一个男青年。肤色黝黑,但眉目端正,眼光明亮,自有一股庄重之气。身上穿绸,不似门外的画工,倒像是一位富贵人家的公子。

玻明连忙说道:"叨扰了,我俩是镇上来的,都爱丹青。听闻这洞中有幅不可多得的画作,其中的少女唯妙唯肖,眉目和妆容不像当世的女子,反而像……天仙下凡!就兴冲冲想来一探究竟。只是我俩在黄沙中行走,路途遥远,天气又炎热,难免速度慢了些,赶到此地已是黄昏了。"

"来看画?你是说这一幅?"

油灯的熹光照亮了男人所指之处,那是一幅还未完成的画像,图中的侍女细眉长目,好似正在凝视窟中的一切,也似正在凝视看画人。

"这是阿橘!"老张喃喃自语道,转向男子,"不知是哪一位的妙手画出这人像?先生可认识这作画的人?"

"这……正是在下画的。"男子说道。

"那你可认识这画中人?"老张连忙上前追问。

"……认识。她这几日就在我家寄住,怎么,二位与她有渊源?"青年有点警惕地微笑起来。

四合院

玻明与老张第二日便随着男子回了家。这是一方规整的四合院,堂屋居中,厢房左右两列,狭长板正。外墙以土草水混合制成土坯、夯土墙,以当地胡杨木为主要建材。为防风沙,整个院落高度低,进深小,外闭内开。乍一看与此地一般富庶人家的民居并无二致,但玻明还是注意到了院内案桌上的一排笔墨。他微微蹙眉,拉住老张,但老张一进院子便四处张望寻找女儿,只可惜目光逡巡之处,空无一人。

"可能是出去了。"男子说道,"二位不着急,这几天日落前她都在村子里替人瞧病,我去将她找回来。"说罢他便合上门走出去。

"老张,这人好像是韩琦。"玻明低语。

"谁?"

"韩琦。宋仁宗、宋英宗、宋神宗三朝宰相。"说罢,玻明指了指放在桌案上的印章。

"又是你玩游戏学到的?"

"不,是看电视剧里说的。"

"你的娱乐可真不少……宰相为什么不在朝堂里坐着,而要来这山高皇帝远的边塞?"

"宰相也不是一生下来就是宰相的。宋夏之战时韩琦曾被任命为陕西安抚使,派遣至敦煌。要等这战事过去,才能高迁进入庙堂。"

话音刚落,门就开了。

一个十六七岁的少女走了进来。少女梳着双丫髻,皮肤细腻匀净,有淡淡的小麦色,衬得一双细眼愈发明亮。少女虽然已有了女子曼妙的身形,但脚步轻盈的样子还像个孩子,言语间不乏稚气,却又有种通透的淡然。她昂着头,有点淘气,又有点戏谑地对着韩琦说道:"你说有人要见我?莫非……我治病救人,在此地竟有了些名气?"

老张仿佛被施了定身法，在原地一动都动不得。他不敢相信自己的眼睛。

这是阿橘的眉眼……但当这些梦里出现无数次的五官活生生地在他面前拼凑成了一整张脸，他站起身想说些什么，十年来寻女的千难万险在脑海中只闪现了一秒，他从喉咙里沙哑地发出一句梦呓：

"你是……阿橘？"

"是。"阿橘打量着老张，神色突然沉静了下来，双眉微蹙，眼中似有无限思绪。

虽然玻明从未见过幼年的阿橘，仅凭对珠内画像的一瞥，他就清晰地知道，这少女便是老张十年来要找的人——这是一种基于经验的准确性。这种直觉要比所有合乎逻辑的推理都更接近事实。

玻明发现，韩琦正在少女背后，以一种隐晦而深情的目光痴痴望着她。

玻明感觉，老张下一秒就要说出真相了；他连忙拉住要开口的老张，从他裤子口袋里取出琉火珠，递给阿橘："你认得这个吗？"

趁着阿橘去看珠子的时候，玻明伏在老张耳边小声说道："你说是她爸，她会信吗？太心急，要坏事的。稳住。"

老张张了张嘴，最后还是在一旁沉默下来。他的眼睛慢慢红了，先是看着女儿，后来盯着地面，再后来，眼睛似乎都有些充血了。

阿橘将珠子捧在手心,细细端详了许久。仿佛感应到了什么一般,珠子的颜色从暗红如血,逐渐发出温润的红光,如同摇曳的火光般照亮了少女的脸。

"这颗珠子真漂亮,可惜我未曾见过……也许在梦里曾见过吧。"

"那颗珠子原本是你父母留下的,你还记得么?"

"我没有父母。七岁那年,我被捡到医馆里养大至今,没见过父母,也从未听说过自己有什么亲人。"

"那你怎么知道自己叫阿橘?"

阿橘沉默了一会儿,她将双唇抿起,嘴巴有一点像老张:"我能记得一个七岁前的梦,梦里我就叫阿橘!"

"梦里?"

"对!梦里的那个天地,或许就是西方的极乐世界。我不曾记得有战乱,也不曾记得有痛苦,更没有这千里黄沙。梦里似乎我也有过一个家,住在高高的宝塔里,吃飞天从空中送来的食物,墙面地板都闪着变幻的光。但那个梦在我七岁那年戛然而止了,我穿过一条长长的紫色光环,从梦境中醒来。"

一直在旁边没说话的老张开口了:"那么,如果有机会回到那梦境中去,你愿意吗?"

阿橘皱眉,仿佛真的能听懂老张的言外之意一般,思考了一会儿,缓缓答道:"我既然知道那是梦境,就没有回去的必要了。"

老张没料到会是这个答案,就在他想进一步说服女儿时,院子之外传来了马蹄声。急迫,仓促,在一阵嘶鸣后停在了近处。

韩琦匆匆上前应门,院外一阵混合着人声的铠甲摩擦之后,马蹄声又干净利落地远去了。

年轻的安抚使再度进门,脸上平添了几分忧思。他向老张和玻明浅浅颔首,表达了歉意:"我不能再留二位了,斥候刚来报,原本在五百里外安营扎寨的夏军今晚动身了,正向东南方向行军。"

"韩大人这是要走了?"阿橘问道。

"我来此地已有一年,施展抱负是我之所愿。只是夏军暴虐无度,此番我率军离开,恐怕这座城和城周围的百姓要饱受战乱之苦了。"

韩琦一面说着,眼睛却看向地面,他想要抬起眼睛去看阿橘,却似乎难以抑制心中的离愁别绪。他怕看得多了,自己更加舍不得。

呵,来这一套。玻明撇撇嘴。

"阿橘有一个不情之请。"阿橘主动开口了。

"你曾医好过军中的时疫,别说一个要求,十个也不在话下。"

韩琦终于抬起眼睛。

只要是你的请求,莫说一个,哪怕一百个,一千个呢。

"五十里地外的三危山,那里的几座古庙已有数百年历史，南来北往的商贾、僧人皆在那处落脚，日久天长，藏经无数，更有经变、绘卷、历代书法名帖无数。一旦夏军来犯，将那些庙宇付诸一炬，岂不是太可惜了？"

韩琦原本就是爱画之人，听阿橘如此道来也动了恻隐之心："你的意思是？想救下那些经卷？"

阿橘用力地点了点头。

藏经洞·封洞

经卷转移的工作持续了三天三夜，几万经卷从四周的庙宇、佛堂，甚至是民居运送至此。在韩琦的主持下，它们被整齐码在洞窟的四侧墙壁边，逐渐盖住了满壁的岩画。

在最后一卷经书运抵后，韩琦下令封洞。泥匠用黄土填满了原本就狭窄的甬道，造出了一面掩人耳目的"假墙"，又寻来一座观音莲身，放在假墙前，用以掩人耳目。

完成了这一切后，韩琦不禁感到惋惜："可惜我那刚刚绘完的画！封存洞内，就不知何日能重见天日了！"

阿橘回答道："这还不简单，等韩大人你击退夏军，到时候我们就在此地办个庆功宴，找来敦煌的所有名人乡绅，韩大人的画作他们是不敢不夸的！"说罢少女露出了有点得意，又有些娇俏的笑容。

"一言为定。"韩琦温和答道。

此时，一个士兵进门，说有要事请韩大人尽快去处理。

韩琦出门前，又回身深深望了阿橘一眼。

老张将这一切都看在眼里。不过，此时不是计较这个的时候。虽然自己尚未对女儿表明身份，但看到阿橘完成了守护经卷，便下定了决心，朝身边的玻明使了个暗暗的眼色，示意他过来说话。

一番耳语后，玻明大惊失色。

"你这是要劫持？"玻明叫了起来。

"小声点！当下一时也说不清楚，真等夏军来了乱作一团反而难办。"

说罢他将珠子紧握在手上，上前一步捉住了阿橘的手。阿橘很是诧异，一时竟没有反应过来。老张看到还在犹豫的玻明，他喊道："你想一直待在这儿，我可不管你了！"

琉火珠的光芒由红变紫，高强度的光照得整个洞窟耀眼无比。一旁的韩琦还没反应过来，阿橘的手腕在老张的掌心里挣扎了一下，然后就被他握得更紧了。

好汉不吃眼前亏，此刻也顾不得许多了。玻明连忙跨上前去，握着老张捧着琉火珠的另一只手，一团炫光闪耀之后，他们便不知道自己身在何处了。

千年后·敦煌

玻明醒来后的第一件事，是想找来老张发一通牢骚。正是这个家伙让自己蹚进这摊浑水，还不打声招呼就搞穿越，害得自己差点被落在千年前那个没有自来水没有电没有鹅油荷包蛋的不毛之地里。

但当他再次看见老张时,一切的抱怨都无从开口了。他看见一个绝望的父亲,此时正跪坐在地,对着藏经洞上的壁画呆滞凝望。

"阿橘呢?"玻明心下顿感不妙。

老张没有回答。只有玻明微颤的声音在洞内回荡。

玻明顺着老张的目光望向壁画。

他惊呆了。

画上的少女不再眉目低垂,白衣已经被烈火映得血红。

阿橘——正在火海中燃烧。

这副壁画,竟变得和琉火珠中"无明"所绘的火中图景,一模一样。

"阿橘没有回来,我……反而害了她。"

老张的声音仿佛从另一个世界传来。

壁画为何会变?

玻明的脑海中迅速地搜索着答案,他是一名厉害的侦探没错,善于利用逻辑和证据推理出事实,但自从琉火珠出现之后,这一系列颇具科幻小说色彩的情节已经让他的大脑有点跟不上了。

明明当时老张已经抓住了她的手,明明当时已经启动了琉火珠,为什么阿橘不但没有回来,反而葬身火海?

老张从地上缓缓站起来,他的关节发出"咯啦"的声响,如同千年前的胡杨朽木被一阵风沙摧折。玻明暗想,恐怕这样的老张是再也无法活在千年后的现在了。

他从口袋中再次摸出琉火珠,这几乎用尽了他所有的力气,手臂缓慢而凝滞地抬起,没有丝毫犹豫。

说时迟那时快,玻明迈步上前,将老张的手臂重重打下,抢过那珠子,攥在手里,背过身去,将它护在身体内侧。老张想去夺,玻明顺势用屈着的手肘向他怀中一击。

"木村抢了没用,你抢走也不会有用,只有我才能用它回去。"老张伏在地上喘道,是扭到筋了,牙一咬,最后还是没站起来。

"不说是老警察么?怎么那么不抗打?"

"你当琉火珠是普通的弹弹球么?你别说,这东西,用一次劲儿还挺大的。"

"都知道有副作用了,那还不做好准备再走?至少查查资料啊?在宋朝,可没互联网搜索引擎一类的东西!"

良久,老张缓缓瘫坐在地上,一声叹息。

接下来的几天里,玻明和老张在敦煌当地的图书馆里找到了大量关于北宋时期敦煌的资料,包括县志、族谱、朝廷的告身。又从网络上下载了古地图随身带着,一切准备工作做完,剩下来的谜题就只有一个了:

"为什么阿橘没有跟我一起回来?"

老张面前的一瓶啤酒闷了一半,烤串、驴肉黄面的香味弥散在干燥的空气里,沙洲夜市的晚上每个摊位都是热闹的,热闹是一种统一的状态,就像在这里任意一家店铺叫一句"老板",所有服务员和老板都会立刻寻声转过头来。

但在这样的热闹里,老张的话题依旧是冷冷的,甚至是扫兴的:"我真想不明白,她为什么没有跟着我回来!"

真是和祥林嫂有一拼了。玻明无奈,却又不得不安慰:"琉火珠开启的时候,你可是抓紧了她的手?"

"这个,我可以确定!但进了紫色光环后我就不那么确定了,因为那个时间段里发生的事,我也没有印象了。"

"会不会,是阿橘自己不愿意跟你走,趁你进入琉火珠失去意识时,挣脱了你的手?"

"怎么会?她是我女儿!"

"可她自己知道么?"玻明反问道。

"哎!对!"老张一拍桌子,桌子震得玻明面前的杏皮水狠狠晃了两下,饮料里激出的气泡碎在两人皮肤上,"都怪你,当时不让我道出实情,害得我们父女不能相认!现在好了,人也不愿意跟我回来。"

"这不能怪我,你想,你养了你闺女六年,中间隔了十年,再见面通共就待一起不到两天,当时你说了,她能信么?"

"那么我就再穿回去一次,这次与她相处的时间长一些,慢慢向她表明自己的身份,再带她回来!"

敦煌四合院

有了前一次的经验,玻明与老张都算是轻车熟路。但那也是相对的，当千年前戈壁特有的蛮荒感和宋夏之战的危机向他们扑面而来的时候，两个现代人还是感到了一阵窒息。

这一次，他们不再是两个来自小国的商贾，而成了患上时疫亟待药品的病人。看到自己衣着打扮、随行物品都大变样以后，两人一开始都有点懵，但也不得不强迫自己尽快适应新角色。

"身份怎么还能变？"在医馆内醒来后，老张疑惑地问玻明。

"不知道，看来这次的难度要高得多。"

老张和玻明所生活的时代是一尘不染的，有着极高水平的防疫消毒措施，许多过去曾经肆虐的病毒和细菌早已销声匿迹。他们不曾注射针对性的疫苗，身上也更不会有古老病毒的抗体。

好在两人身体素质都不错，常人难以忍受的高烧，睡了几觉似乎就渐渐退去了。只是这场时疫让老张找女儿的日程又耽搁了。

老张日日躺在榻上，看着太阳的光线从墙脚爬到墙上，时间以肉眼可见的速度流逝，而西夏人入侵的日子却一天天地靠近，他的内心是异常焦躁。

敦煌夜里的风沙又和白天不同，白天的太阳照在沙子上，是热力让它们变得凶猛，而夜里的风沙则是纯粹的机械力驱动，更加不辨是非。风沙一阵一阵地打在外墙上,十分聒噪。

但就在这样的晚上,有人借着风的掩护,悄悄叩开了门。

医馆里病人不多,且都因身体虚弱而呼呼大睡,唯有老张因为见不到女儿而辗转反侧。

"是谁?"

来者明显因为惊讶顿了一顿:

"……我叫阿橘,我来拿病人的衣服。"

老张在寒夜中一个激灵。

夜色中,阿橘穿一身白色的粗布衣服,黑色的长发在脑后简单梳理,被风吹成了一幅水墨画。

再次看到女儿,老张有种溺水的人抓到救命稻草的感觉。

她周身没有地狱般燃烧的火焰。阿橘,还好好的在自己眼前。

老张恨不得立刻就跳起来,把女儿从这是非之地拖走;但又想起了玻明对他说的话,不由得死死握住了拳头;指甲都深深嵌进肉里,终于还是忍了下去。

"你为什么要来拿病人的衣服?不怕过了病气么?"

"这些是给城里的人家拿的,他们分了去,再将病人衣服于甑上蒸过,则一家都不会再染病。"

老张心想,用甑来蒸病衣算是病原体的高温灭活,这或许就是古代的传统疫苗吧?既然知道了女儿的行踪,他便不再说话,卧在床上,耐心等着窗外高处的月亮一点点地西沉,第二天的光景就到了。

接下来的几天里,老张和玻明声称自己知恩图报,随便找了个由头,一起随着阿橘行医问药。原来女儿不在自己身边的这些时间里,跟着当地的医官学成了一名医女,在敦煌一带为百姓医病。

宋朝边塞又起战事,流民往来不断,粮草军饷尚且接济困难,更无人能顾得上疫病。这两个现代人虽然对于古代医术知之甚少,能帮阿橘的只有煎药烧水的杂活,但这也足够了,仅仅通过日常工作的相处,老张就了解到自己的女儿离开他后不但没有因为缺乏父爱而变得性格怪异,反而成为了一个乐观可爱的人。

"生病的人那么多,其中的老、弱、幼、残即使被你救了回来,这次时疫杀不死他,未必就能好好活下去。反而是你,每天在病人身边守着,病人死了,最后吹出来的那口气,被你吸进去,隔不了多久你也要生病。"

此时的老张正陪着阿橘清洗病人换下的带有血污的绷布,两盆清水,一会儿的时间,都变成了猪肝色。

"我六岁时,流落到此地,一直高热,正是被我那医馆里的大夫救下来,他可没管我是不是流民,也没管我活不活得成,硬将我从阎罗那里抢回来。真正做医生的,都该是这个样。"

老张的眼前浮现出幼年阿橘的样子——在厨房里看到待宰的鱼虾时候,那个静静流泪的阿橘。

时间改变了许多,又似乎什么都没有改变。

"那大夫,就是你的师父?他现在在哪儿,我倒是想向他当面道谢……"

"道谢?"

"哦,对,教出了你这样的好徒弟为百姓看病,我当然要谢谢他!我可是知恩图报的。"

"师父几天前不知所踪了。那天我出门买一头小羊,不过两个时辰,回来医馆是空空如也。"阿橘叹了一口气。

"你不去找他么?"

"我也想去找他,但没人确切知道他从哪里来,有说是从江南来,有说是从汴京来,还有的说我这师父根本不是凡间人,而是学了仙术的天上人。不过他偶尔是这样的,有时是去进药,有时是出远门医病,兴许过几天就回来了。"

似乎触及了阿橘的往事,她浅浅一笑,老张捕捉到了这个瞬间,跨越千年,这个笑容没变。

"从六岁开始他就带着我,教我辨识药草,把脉问诊,虽然他有的时候也不太靠谱,要靠现查书籍,但却医好了当地许多百姓的病,对我也是倾囊相授,就像父亲那般……"

听到"父亲"这个词,老张心上一阵刺痛。

这位师父,替自己履行了父亲的义务。自己该是要谢他,却怎么此刻心中,无比酸楚。

"父亲?你,你还记得你的亲生父亲吗?"

"六岁前的事,像梦一样,我已经记不清了。"

"如果我说,我就是……"

"阿橘,我们找你半天了!"门外传来一个熟悉的男声,仓促的木门叩打声打断了父女相认计划。阿橘连忙站起身,向门外走去,留下老张一个人对着两盆污水狠狠叹气。

韩琦风尘仆仆从门外走进来。

"韩大人,你来了?"

"此地已不安全,再过几日,西夏大军压境沙洲,夏军到处,寸草不生!你早些收拾好这医馆的重要物资,先往东边避一避!"韩琦急急地说着,恨不得当下就把阿橘带离这危险之地。

阿橘娥眉微蹙:"我听大人上次说,在三危山旁大人供奉了一个佛窟,而其中的壁画正是大人亲手所绘?那幅画,您可画完了?"

"前两日将将画完,如今敌军来犯,恐怕你我等不到窟成祝祷的那一天,确实可惜。"

韩琦面色沉稳,心中暗藏一个有关阿橘的秘密。

有一日……你终会看到那幅画的吧。

老张偷偷观察韩琦的脸色。

哼哼,这惦记我女儿的心思倒是没变。

"韩大人对自己的丹青尚有不舍之情,三危山旁的几座古庙藏经无数,更有经变、绘卷、历代书法名帖数万卷,一旦夏军来犯,将那些庙宇付诸一炬,岂不是太可惜了?"

"确实。"这些时日的相处,韩琦心中明白,阿橘是非常看重这些的。

"不如就让那未成的洞窟暂成经卷的庇护所,藏经封洞,待到大人凯旋,再重启佛窟,让经卷各归其位。"

又是藏经,只不过在这一次的藏经过程中,老张未离开过阿橘半步。

"别看这些经卷多,周遭的僧侣、村民都来帮忙,不过三日,也就搬完了。只是到时候重新开洞可能不是一件容易事,毕竟这里佛窟那么多,这一个,"阿橘指了指被黄土和稻草糊出的假洞口,"这一个看起来又那么不起眼,得好好记下这窟的位置才行!"

"你觉得这藏经洞有重启的那一天?"

"有!"阿橘没有丝毫犹豫就答道,"我还等着看看韩大人那幅画……我进去时经卷已经盖住了壁画,据说那画中的侍女是照着韩大人意中人的样子画的。这我可是好奇的,何等的美人会入得了他的眼和他的画?"

意中人,那不就是阿橘么。玻明心下嘀咕。

玻明在一旁,静静观察阿橘。为何阿橘会对壁画、经卷之类的物件有这么深的感情?他一直想不明白。

灵光乍现似的,他突然想到了自己读过的一个故事:来自《聊斋》中的《画壁》。

正如佛祖身旁的侍女,看尽人世悲欢。淡然又执着、聪慧又慈悲的阿橘,莫不是从画里来的吧?

莫非阿橘的命运,就是从画中来,回画中去;莫非阿橘的灵魂,本就不属于我们这个人世间?

画中的世界,也许是一个更加广袤、光明的维度。在那里,梵音回响,鲜花盛放,没有颠沛流离的战乱,更无痛失妻女的疾苦。

然而,玻明和老张内心比谁都清楚,无论是阿橘还是韩琦,恐怕都没有机会再来到这佛窟内了。

他们早就从资料中查到了历史后续的故事。

在马上到来的战役中韩琦会兵败好水川,往后数十年,宋人、回鹘人、党项人在这片土地上多番鏖战,直至乾道元年(1068),西夏再次占领敦煌,党项人在黄沙上开始了百余年的统治。

终夏之世,战事频繁,沙洲徭役、兵役繁重。西夏与宋廷为敌,不准西域各国通过敦煌与河西向宋朝贡,向往来商贾收以重税,长此以往,西域各国商使不得不避开西夏辖区,而从事东西经商的回鹘人改道中亚到蒙古的草原之路,连年的动乱终使敦煌地区走向衰败。

而那些从佛寺搬来的经卷和藏匿于经卷背后的壁画,注定要掩于黄土之后,在光阴之外逃过一劫,重见天日就是王道士的时代了。

如果那低眉的画中少女有灵魂,那么千年中她定能感觉到和时间隔着的汪洋,孤岛一般地独自感怀,不可言说。

玻明尚且沉浸在伤感之中，老张开口了。

"阿橘，你觉得韩琦，怎么样？"老张突兀地问。

"什么怎么样？"阿橘表情微妙。

"什么怎么样，就是，就是那个啊！"老张急忙解释。

不愧是钢铁直男啊。玻明拼命忍住笑。

"韩大人啊，就是韩大人呗……"阿橘低头说道。

"那个，阿橘啊你还小，我要以过来人的身份告诉你，男人是很复杂的，尤其是这些要做官封侯的，哪个不是三妻四妾？"

"嗯，过来人？莫不是你也三妻四妾？"阿橘微微睁大眼。

"我，我当然没有！！"老张正色道。

"那你同我说这个做什么？"阿橘一脸天真，一副"我不懂"的样子。玻明却看得清清楚楚，这就是在装傻，逗老张呢。

"因为……因为！"老张急得嗓子都哑了。

"因为他是你父亲！"玻明实在看不下去了，探过来插嘴道，"真是的，女儿还没认好呢，竟然先管起人家谈恋爱来！"

"父亲？"

阿橘在一瞬间，脸上闪过一丝十分惊诧又微妙的笑意。是玻明的错觉吗？他觉得阿橘的笑意，竟有种意料之中的意味。

老张一听玻明这话，就有些慌了。他连忙接道："我知道这样说你也很难相信，怎么会忽然冒出一个爸爸呢？换了我，我也不信，但阿橘，你的名字就是我给取的。小时候，你还记得吗？我给你扎了秋千，你最喜欢荡秋千了，院子里还有一只机械狗……这些你可能都忘了，但这故事很长，特别长，我找了你整整十年，你若跟我走了，我会把这十年发生的事，还有你小时候的事一五一十说给你……"

平日里话不多的老张，此时已经收不住了。

他想一股脑倾倒出这些年对女儿的牵挂，但又害怕自己的一番经历听起来像天方夜谭，于是越说声音越小，底气越来越不足……直到声音被佛窟外的风沙彻底掩盖。

"你还是不信我？"老张小心翼翼地问。

"我信啊！"出乎意料地，阿橘竟然笑了，"我说呢，第一次见你时我就觉得，有种莫名的熟悉感。"

玻明拍拍愣在一旁的老张的肩膀："对吧，我早说了，是像，都说女儿像爸爸，她和你长得是有几分相像！"

"不是说外形相像。"阿橘辩驳道。

"不像不像，鼻子比我小，眼睛比我大，可要比我好看多了！"老张的声音变得哽咽，将头上仰，试图将眼眶里的泪水生生倒回去。但怎么可能呢？哭泣和咳嗽都是掩藏不住的，他只能盼望戈壁上的风再大一些，好推脱这是沙子迷了眼睛。

事实上，风沙确实也越来越大。

沙漠、戈壁、裸石山地环绕着敦煌盆地，为数不多的湿地所提供的水汽从来都不是砂砾和狂风的对手，这里的居民生下来在学会说话前，就知道起风了要躲进屋中，风是他们最熟悉的玩伴和敌人。但此刻，熟悉的风沙裹挟而来的，还有一丝让人不安的气息。

是木村。

只不过这次见他，身后是夏军的旌旗，和风一起猎猎作响，一支不算庞大的作战队伍不远不近跟着。

这家伙还是来了。

此刻的木村，已经换了古人的装束。原先穿现代西装的时候，尚有一层文明的皮囊约束着；此刻大漠风沙中的木村，语调沙哑、凶相外露，更像一只回归本性的恶狼。

"看来混得还不错？超水平发挥？"玻明向他喊道。

"受过教育的现代人到了一千年前，混成医馆里给人打杂的，那才是超水平发挥吧？"木村跳下马来，举手，示意自己并未携带武器，然后朝着老张一步步走来，"是的，就是我让夏军提前进攻，直奔莫高窟而来，为的是——"

他指了指那刚刚被黄泥假墙封上的藏经洞，露出势在必得的笑容。阿橘突然警觉："你怎么会知道？"

"小姑娘，你是聪明的，知道哪里能藏得住秘密。但这些经卷画轴也是可惜了，与其放在山洞里埋没了，不如和我一起,到欣赏它们的人手里去。"

玻明一个箭步,护在了阿橘和老张面前,向身后的人小声嘱咐:"木村是文物贩子,明面上冲着琉火珠,实际上是想借珠子的力量回到千年前的藏经洞。太丧心病狂了,正常手段偷不到国宝,宁可冒险来千年之前偷。"

"先带我去洞口,然后再把珠子交出来,我还等着它带我回去。"木村说。

老张观察着周遭的夏军,虽然为了避人耳目,这一支分队的人数仅有十余人,而且并未携带重型兵器,但韩琦的军队正在几十里之外安营扎寨,一时半会无法前来支援,现在动手无疑是以卵击石。

他又看了一眼阿橘,仿佛下定了决心:

"跟我来吧。"

观音莲身

当老张再一次踏入藏经洞,迎面而来的是那尊不知从哪儿搬来的泥塑观音,观音低眉,视他如待渡的槛内人。

当地泥匠塑观音,会先用红柳木与稻草扎出一个人形的架子,这是观音的"骨",再找来澄板土、草灰、棉絮一点点往骨架上堆填"肉",避风避阳地阴干,最后由画匠和好了细细的矿石颜料,给像画出一层"皮"。

所以当老张对上了观音慈而善的目光,他却想起这般华美又栩栩如生的彩塑,却是稻草芯的,他脑海里不禁冒出一句话:"泥菩萨过河自身难保。"——自己是否能够渡过这劫,能否保全阿橘的同时,平安带着她回去?

木村带来的党项人一拥而上,将整个洞穴浇上了油,又点燃了混有动物脂肪的火把,将原本漆黑的甬道照得通红。

脂肪、烟灰气混着热力涌过来。这是死亡的味道。

"你要做什么?"阿橘问道。

"不交出琉火珠,那你们就只能死在这儿。反正一千年前杀了人,也不受现代法律管制,只是之后的王道士挖出经卷时,会凭空多出几具白骨。"

老张叹了口气,看似无奈而缓慢地抬起手,可就在木村意欲上前去接时,老张的手臂突然发力,将手中的琉火珠反方向抛了出去。

木村当然是惊的,扑出去接,可还是太慢了,在窟口距离更近的玻明抢先一步捕获这颗珠子。老张看计已生效,迅速拉紧身边的阿橘,再紧握玻明递来的琉火珠。

紫光再一次出现。

穿越光晕隧道时,他们听见了木村几乎气急败坏的吼声:"给我点火!烧死……"

烧死什么?隧道里的人在想,但声音弱下去,火光和热力却升腾上来。

算了不重要了,老张看着身旁并行的阿橘,心中就像也点燃了一支温暖火把。他安心地把自己交给了越来越浓厚的黑暗。

藏经洞废墟

这一次，玻明用了好一会儿，才将老张唤醒。

见玻明许久未归，韩婵跑来了敦煌，以中老年旅游团的名义过来将玻明狠狠训了一顿，并威胁道，如果半个月内他无法顺利完成任务回家，她就要考虑辞职，因为"她不给没有前途的侦探当保姆"。

好在韩婵也带来了他熟悉的手艺，在她出发去鸣沙山骑骆驼拗艺术照之前，好歹还是给玻明做了一碗鹅油煎蛋面。

老张似乎就是给这味道香醒的。

"我好像梦里看到了个披着羽衣的仙女，可她却冲着你说什么，再晚就赶不上喷气大巴发车了。"老张迷迷糊糊喝着面汤说。

"仙女是我家阿姨，她今天要去景点拍照，特地脖子上挂了条纱巾。说羽衣，过了点，八十块拼团抢的还有可能。"

"阿橘呢？"老张似乎终于清醒过来。

玻明撇撇嘴，没说话。

老张闭上眼，如同气球被人扎泄了气，高大的身体似乎也缩成了单薄的一截。

"你觉得是为什么？"属于刑警的最后一丝理智支持着他问出这个问题。

"有好几个可能,或许琉火珠每次只能带回来两个人;或许当时在场的木村又从你手中把阿橘拽了回去;又或许……或许阿橘已经不属于我们这个时代了。"

"不可能,当时阿橘明明已经认了我这个父亲,她是记得我的。她甚至还说自己跟我长得一模一样。她应该在父亲的身边,受到教育和呵护,她应该跟我回来……为什么……每一次我们什么都改变不了?"

"呃,"玻明打断,"事实上,我们也改变了一些东西的,藏经洞现在已经是废墟了,洞窟还在,但当初木村的一把火将它烧成了一个炭房。"

"那里面的经卷呢?"

"还记得琉火珠里的那幅画吗?"

"少女护着经卷在火中……阿橘!原来我改变了历史后反而害了她……"

老张将头埋进手臂,连日的奔波让他瘦了,此时透过病服可以看到他的微微突起的肩胛。

"无论多少次,我都要把她带回来!!"

轮回

再次跨越紫光隧道时,老张没有带玻明,一来是为了验证是否琉火珠每次只能带一人回来;二来连番回到过去,万全的准备让老张对千年前敦煌的风土人情渐渐熟悉,即使独自一人也不再是乱打乱撞了。

只是,落地的时间和身份无法全然被老张把控。因此,老张开始了漫长的穿梭之旅,他一次次踏进时间的洪流中,每一次琉火珠都会将他精准引向阿橘,每一次他都像抓住悬崖边的稻草一样,在穿越之时抓紧阿橘的手。

他是她的病人,是她的邻居,是藏经洞外的一个搬运工,是路过戈壁的脚僧,他一次又一次地穿越,和阿橘相遇,与木村对抗,但无论如何,都无法将阿橘从那道紫色的隧道中带出来。

对于玻明来说,千年后的时间是一瞬,可是漫长的时间河流,却在老张身上留下了痕迹。

"第九次,你还要走?"玻明问道。

"对,还有一种可能没有试过。"

"哪种?"

"回到她刚刚走丢的时候,趁她还小,将她带回来,说不定琉火珠对孩子的影响机制和对成年人不一样!"

"你疯了!老张!琉火珠不是公交车,谁知道上面有没有儿童票!之前每一次穿越,降临时间都在1041年前后,这一次你彻底挪移了时间坐标,在没弄清楚琉火珠的生效机制前,这样做是风险很大的。"

"什么风险?"

"再也回不来的风险……永远留在一千年前的风险!!"

老张沉默了一会儿,他的嘴角和眼尾出现了深刻的皱纹,这与长时间以来在炽烈敦煌阳光下受到高强度紫外线照射有关。

他老了,但这种衰老并不完全体现在皮肤的松弛和肌肉的萎缩上。衰老是一种状态,它逐渐将人原本的特征磨灭,就像从背影看上去,老张已与任何一个早上去菜市场买菜、晚饭后去公园下棋的老李老赵老钱再无区别。

即使玻明不是侦探,他也能清晰观察到这一切。

老张默默走出房门,听到玻明在身后喊道:

"喂,真的不怕回不来了?"

"如果我真的留在千年前,那你就完了。"

"为什么?"

"那样的话,我一定是你的曾曾曾曾曾祖父,是你祖宗!"

六岁

当老张再次踏入那片时间的洪流,他成了个游医。老张当然不会医术,但他从现代带回了大量的医学资料,半真半假地演绎下来,没过太长时间,就成了那一带小有名气的神医。

阿橘就是在这时出现的。六岁的她生了重病,倒在医馆外,她的样子与老张记忆中一模一样,因为高热,细密的汗珠爬上了她的额头,老张将她背回医馆,路上阿橘紧紧伏在父亲的肩头,仿佛他们从未分开过。

"阿伯？要带我去哪儿？"阿橘从病中醒来，在老张肩头喃喃。

老张的步子迟疑了一秒。经过十年的光阴和数次重度人生，自己的样子已经与阿橘心里高大的父亲不一样了。

"回家。"

可是这一次，琉火珠却失效了。

任凭他怎么像过去一样，驱动自己带女儿回去的想法，那颗珠子始终维持着冰冷的暗红色，死气沉沉地躺在老张手里。

于是他只好先喂女儿服下药剂，医好了她的病，等待珠子恢复往日的能力。

这么看来，玻明当初的担心是真的，琉火珠只能够稳定地穿越回1041年前后，远早于这个时间的话，没办法随心所欲地操纵它再回来。

1041年，老张默念这个年份。

1041年，西夏入侵宋土，1041年，藏经洞成。

1041年，韩琦绘成那幅侍女壁画！

1041年，阿橘成为"画壁"中人。

是的，那幅后来变得与琉火珠内图像一样的壁画，莫非是在它画成后，时空穿越功能才能稳定开启？

如果是这样，现在的老张只能等。

万幸的是，与女儿在一起的日子因快乐而过得飞快，他教会了女儿读书写字、医术厨艺,甚至在医馆外的庭院里扎了一个女儿儿时最爱的秋千。

阿橘一天天长高,却从未怀疑过老张的身份,师父师父地叫着,声音是软糯香甜的。

老张万万没有想到,第一次见到少女小橘的时候,她口口声声提到的"师父",那个自己想象中,代替自己履行"父亲"义务的"师父",竟然就是自己!

老张从未想过时间穿梭会以这样一种因缘际会的方式影响自己的人生,更没想到过,自己以这样的方式被困在光阴里,竟然是幸福的:他以另一种方式参与了女儿的成长。老张不知道该如何开口,向一个儿童解释时空穿梭和这整个复杂的故事,便下定决心,等到时间拨到她十六岁,琉火珠恢复能力时,再向她揭示真相。

而在学医的时间之外,阿橘经常独自跑到附近的寺庙中,读经看画。

自唐起,西域诸国的使者、西行求法和东来弘道的僧侣不断途经敦煌,往来于中原与西域、印度、西亚之间,敦煌的民风也崇佛弘法,阿橘在此地长大,经书变成了她描摹汉字的媒介,诵经声成了她初识音律的底色。老张看在眼里,心中觉得自己的闺女与17窟内的侍女,长得越来越像,或许是只有被佛经与文书浸染过的心性,才能有那样从容不迫的眉目。

真相

十年的时间倏然而过。

在另一个自己将会带着玻明赶来之前,老张提前离开了医馆。他躲在暗处悄悄观察,期望揭开谜底——究竟为何自己的女儿每次都无法随自己回到现代。

但观察的结果却让他大惊失色。

第一次,老张是隔壁搬来的邻居,偷偷用布蒙上阿橘的双目,两人成功消失在紫光之后。

但过了大约一炷香的时间,出现了第二道紫光,阿橘又凭空出现了,仿佛什么也没发生一般,继续在千年前的时间线上过本来的生活。

第二次,老张化为脚僧借宿在医馆内,与阿橘探讨佛经与药理,说起阿橘的掌纹特殊,握着她的手细看,然后将她拖入紫色的光晕。

可是不过少顷,阿橘再次回到视野中。

第三次,她依旧与老张一起消失了,但不久后她又回来了。

第四次,第五次……

直到第八次,在与木村打斗后,老张、玻明、阿橘再一次成功地集体消失,然而过了不一会儿,阿橘又回来了,被木村捆绑在洒满油料的藏经洞内。

老张终于明白了。原来阿橘一点也不特殊,每一次她都被老张带回了千年后,只是因为某种原因,在成功跨越时空后，趁着老张还在昏睡那段时间，提前醒来的她都会从老张手里夺过琉火珠，再次启用。

这么做的结果是——少女只身一人回到一切故事的原点——敦煌。而那之后阿橘再像个常人一样生活，直到下一次父亲到来。

而老张和玻明对这一切，一无所知，始终不明白其中的原因，还以为是琉火珠无法带回阿橘，只能重复地穿越，尝试改变结局。周而复始地，他们于千年之前一次又一次地相遇，但又被少女用一颗珠子再次分隔于时间河流的两端。

"原来我的闺女，才是心眼最多的那个人。"他自言自语道，又大又重的眼泪从眼眶中滴落下，来不及擦拭，便融入脚下的黄土，毫无痕迹。

老张突然想起了琉火珠中的那幅画——天神般的少女在火舌舔舐中慷慨赴死。

热血涌上了他的颅腔，此时父亲的本能战胜了理智，老张不顾一切冲入洞中，但木村带来的夏人实在太多，几番交手后，老张被制伏按在地上。

"爸，爸爸？"

"阿橘，你不要怕，我马上来救你。"他冲着被绑在观音像上的女儿说。

"爸爸，我什么都记得，对不起，每一次都是没跟你打招呼，直接溜回来的。你找我找得很辛苦吧？"

"你每一次都记得？"

"每一次。爸爸每一次出现的年龄都不一样，有时候老一些，有时候年轻些，头发的长度也不一样。每次分别后我都在想，下一次见面的您，是什么样的？头发有多长？"

"但……为什么不跟我说清楚？我一直以为是我不配做父亲，才无法用琉火珠将你带回来！"老张的侧脸被狠狠按入黄土地上的凹陷，依旧像教育顽劣孩童一样，对着女儿大声吼道。

"爸爸，自从你第一次启用琉火珠，将木村带回千年之前，一切就注定走向这个结局。木村将夏人带进戈壁，进入这个藏经洞，然后一把火烧毁这一洞的经书，这一切从第一次启动琉火珠时就已经是无法避免的运行轨迹。想到那些记录了佛经和经变的羊皮卷在火中翻飞的样子，我就不得不再次回来，我想救下它们。"

"只能用这种方式么？直接告诉我不行么？"

"我们都困在同一条时间线里，无论你我如何努力，这都是唯一的结局，在无数的梦里，我都看到，这是唯一的结局。对于你、我、经卷来说，最好的命运线就是……当初你不要回来，从未启动过琉火珠，这一切灾祸就不会开始。"

"如果我不曾回来找你，那么就意味着……千年永隔，我们再也见不到了？"

"是今生，只是今生再也见不到了。"阿橘缓缓道。

"什么今生来世的！为什么！为什么要舍弃我啊，阿橘？！"老张哭了起来。

"因为，这里有我不得不守护的东西，爸爸。"她环顾四周堆积到藻井的经卷，刚刚老张与夏人的打斗碰倒了其中一摞卷轴，露出后面的壁画。

所绘之景再无火海，侍女图又恢复了低眉垂目的样子。

女儿看到画中人与自己相似的脸，低眉颔首，缓缓说道："我在这里守候了千年，在无数个梦里，似有神佛之声响起，告诉我，这些经卷的意义，并不止于这个时代。它们的存在，比人类之间小情小爱的情感纠缠要重要得多。而我今生存在的意义，就是守护它们。"

"那我呢？我是小情小爱的父亲，你是大情大义的菩萨？阿橘……你就是我人生的全部意义啊！！"

老张嘶哑的喊声久久回荡。

第一次，也是最后一次，阿橘落下泪来。一滴如琉火珠般浑圆的泪水，从她细长的眼角滑下，坠入黑暗之中。

老张不想明白，却又不得不明白：眼前的女孩，是自己的女儿，却拥有极其独特的灵魂。关于女儿的坚持，关于她从小显现出的对敦煌壁画与经卷的痴迷，不仅仅因为那五万平方米的壁画和四万卷经书辉煌盛大，而是因为女儿的血液中流淌着一种他无法理解的东西，那种东西是浪漫的，是有着宿命感的，这种东西，让她成为了敦煌本身。

"父女间的体己话说完了,现在是不是要把琉火珠交出来了?"木村恶狠狠地说。

老张没有理会木村,在他的眼里,女儿的身影跟她身后被一同缚住的观音像渐渐重合。观音向他露出了一个微笑,算不上喜悦,但安心与温暖顺着心房流进他的血液。

老张知道,这就是女儿给他的告别。

泪水已经模糊了眼前的一切。

爱,究竟是占有,还是成全?

老张没有试图再去拉女儿的手,而是独自启动了琉火珠。

火光亮起,老张消失在了紫光深处。

古寺

檀香冉冉。

玻明和老张与无明法师坐在禅室之中,静对无言。

一周前,老张穿越回来,和玻明见面,玻明吓了一大跳。虽只过去十几日,老张却像是老了十岁。问清前因后果后,玻明惊得久久无言。最终,他长长叹了一口气。

好在,老张的精神状态还不错,有一种历尽喜悲的沉静感。

佛家所谓"放下",就是如此吧。

在老张的请求下,玻明带他来了古寺,见到了法师无明。老张坦言,一周前,他"第一次"使用琉火珠功能之前,自己从自己手里把珠子抢过来,然后砸碎了,请求无明法师原谅。

听完事情的始末后,无明久久不语,只是望着老张。

"琉火珠自有琉火珠的定数,施主不必介怀。倒是你,一生渡尽九世的劫难,也就积累了九世的功德,殊为不易。张施主,你可还好?"

老张露出一点苦涩的笑意,点了点头。

"我还好。师父,您可否看到,阿橘后来,过得还好吗?"

无明闭目沉吟了一会,道:"她与韩琦结为夫妻,育有一子一女;时逢战乱,虽有颠簸,姻缘还算美满。因她坚守,经卷留存,人行佛事,功德无量。所以,她这一世可算很好了。"

"阿橘,到底是什么?"玻明实在忍不住,问出了这怪怪的一句话。

"她生来,就是敦煌的女儿,灵魂自画壁中来,终要回到画壁中去。"无明微笑。

老张还想问什么,无明却微微摇头。

"我能说的,只有这么多了。"

暮色渐沉,古寺里的一百零八声暮鼓响起来了。

老张知道,告别的时候到了。

老张与玻明站起身来,无明送他们到禅房门口。

老张的白发随着细细的风翻飞起来,背影微微佝偻。

无明似有不忍,终于还是多说了一句。

"阿橘的那个儿子，长得与张施主很像。"

禅房的门在身后关上了，夜露开始在石阶上凝结。

长风漫卷，旷野无垠，古寺小得如同无尽时光洪流中的一个小小的沙盘。

老张隐约的抽泣和玻明低声的安慰，都渐渐被晚风吹散了。

天边，如琉火珠一般的晚霞出现了，久久照耀着敦煌、古寺和万里山河；万丈光焰，似乎于无尽的时光中，未曾改变。

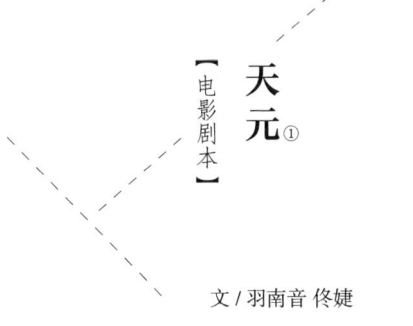

天元①

【电影剧本】

文 / 羽南音 佟婕

【人物小传】

1. 紫夫

紫衣长发,外貌是三十岁左右的男子,来自银河中心的天元星,风流妩媚,玩世不恭,追求物质享受,和地球人的智慧不在一个数量级上。擅长刺绣,手中的银针既是武器,又是飞船,能控制温度、力场、制造幻象。

天元星文明高度发达,生活极度富足,居民养尊处优,战争意识薄弱,以致天元星被外星人入侵毁灭。

家园被毁以后,紫夫深受打击,孤独流落在群星之间。与春阳和竺月渐渐熟悉后,他认为弱小者应该有反抗意识和刺客精神,于是从一开始的旁观者态度,转变为帮助春

---

① 围棋术语,指棋盘正中央的星位。剧本中,也指接近银河系中心位置的天元星。

阳和竺月完成刺杀孤竹国君的任务。紫夫最终离开了地球，继续追逐故乡的星光。

2. 竺月

女，十六岁，欢香馆的厨娘，活泼俊秀，坚强热情，厨艺高超，聪慧灵秀，有点"大女人"气质。平日行事较有分寸，但喜欢喝酒，醉酒后会露出狂热不羁的一面，所谓"静如瘫痪，动若癫痫"。

亲生父亲是刺客夏无名，在多年前的刺杀中，夏无名和妻子双双身亡，竺月被竺大收养，从小经历饥荒病痛，对人生有别样的理解，对众生存有温柔的悲悯心。

与春阳日久生情。竺大死后，竺月为了苍生大义，决心行刺孤竹国君，并在春阳与紫夫的帮助下，刺杀成功。后与春阳在山中隐居。

3. 春阳

本是刺客夏无名手中一把没有生命的"春阳剑"，后被紫夫变成人形，外貌是十五六岁的少年。一身绿衣，丰神俊朗。对紫夫和竺月，都愿意用性命去保护。极其痛恨暴君暴政。

有侠义精神，剑术高超，并可以驱动剑气（力场）。但作为一把剑，人情世故上十分懵懂，情商很低，引发一些搞笑事件。后来与竺月相爱。刺杀孤竹国君成功后，与竺月在山中隐居。

4. 孤竹国君

本名墨胎溪，男，二十五岁，瘦小羸弱，残酷暴虐，自幼因性能力不强而自卑。

在庞贝的扶持下登上皇位，以高压暴政治国。暴躁多疑，一生所爱所信，唯痴傻雀妃一人。为求子嗣，不惜倾举国之力建造祭坛，致使孤竹国生灵涂炭，后被春阳竺月杀死。

5. 庞贝

大司马，男，四十岁，残酷暴虐，心机深沉，酷爱读书下棋，大佞臣，一生最大心愿就是谋朝篡位。

曾策划政变，扶持年幼的三皇子继位，意图将其作为傀儡控制，以暴政治国，百姓苦不堪言。孤竹国君长大后难以控制，他欲弑君篡位，拉拢紫夫不成，妄图以竺月为诱饵挑起双方争斗，坐收渔翁之利。后计谋落空，被紫夫杀死。

6. 竺大

五十岁，欢香馆老板，竺月父亲，小民出身，老实本分，忠厚善良，对官兵言听计从，但对竺月教育有自己的原则，宠爱而不溺爱。

年轻时妻女双亡，捡到竺月后全力抚养。曾被国君捉去服苦役,最终被庞贝害死。

7. 尾生
男,三十岁,刺客,侠肝义胆,有勇有谋。

从小跟随夏无名,第一次刺杀老孤竹国君失败后,不惜吞炭涂漆,自毁容貌,第二、三次刺杀孤竹国君,再次失败,被残忍杀害。

8. 尾羽
男,二十六岁,尾生的弟弟,阴郁寡言,表面坚强,实则懦弱。与哥哥尾生同为夏无名的徒弟,一起参与了三次惨烈的刺杀。第二次刺杀失败后,尾羽的刺客信念动摇,打破了对哥哥的诺言,并出卖了对自己有救命之恩的竺月。拿到酬金后,企图逃往别国未果,被乱石砸死在闹市。

9. 雀妃
贵族小姐出身,先天不足,善良痴傻,一心想要孩子。是孤竹国君最宠爱的妃子,也是他唯一信任的人。后生下孤竹国君遗腹子,成为一代明君。

10. 小枝
男,二十五岁,庞贝侍从。既怯懦又残忍,对庞贝言听计从。

【剧本】

字幕：十六年前

1. 夜 江边 外

十三个黑衣刺客顺着小路奔逃，刺客夏无名为首。他身负重伤，血流不止。

2. 夜 竹林 外

尾生、尾羽拿着火把，护送夏无名妻子奔逃。她身负重伤，腰中佩戴着吴粤剑[①]，手抱一个红色襁褓包住的婴儿，逃到竹林附近。身后追兵声和火光传来。她面露绝望，掏出匕首想刺向婴儿，最终还是不舍。婴儿右手臂上有"夏"字文身。

夏无名妻子：我引开追兵，你们也逃吧。

尾生、尾羽（跪下行礼）：师娘！

夏无名妻子将大哭的婴儿放在林中，用枯叶盖好。

尾生、尾羽、夏无名妻子向三个方向跑去。

3. 夜 江边 外

刺客们逃到江边，被江水阻断了去路。远处，追兵

[①] 《周礼·冬官》：郑之刀，宋之斤，吴粤之剑。

声音渐近,刺客们缓缓摘下蒙面巾,纷纷用匕首将自己的脸割得难以辨认,然后刺腹投水。月色下,尸体顺着江水漂走。

夏无名身负重伤,用随身携带的春阳剑割伤脸颊后,已无力投水。夜空中裂开一道黑色的口子,一身紫衣的紫夫收起手中的绣针,从空间裂缝中走出。

夏无名无力地坐在树下,盯了紫夫一会,将地上的春阳剑推给紫夫。

夏无名:我刺杀不成……请阁下将我投入江水,以保全家人……在下……愿以春阳宝剑为酬。

夏无名说完便咽了气。紫夫取走了染血的春阳剑,剑柄上有一个"夏"字。紫夫转动绣针,夏无名尸体悬空,落到江水中漂走。紫夫拿起春阳剑,露出很感兴趣的神情。

4. 夜 竹林附近 外

夏无名妻子力竭,倒在地上。一队追兵追上她,发现她已经用匕首自尽。追兵割下她的头。另外两个方向,追兵没有追上尾生、尾羽。

5. 夜 竹林 外

竺大在林中挖笋,双手伤痕累累。一阵微弱的哭声传来。远处的一堆枯叶下,露出红色布片。他向枯叶堆走去。

6. 夜 江边 外

紫夫的绣针绽放出光芒,将春阳剑笼罩。剑的形状慢慢变化。

字幕:八年后

7. 日 王宫侧殿 内

三位王子的裤子被脱下,祭巫上前检查。检查到三王子的时候,面色沉重。

8. 日 王宫正殿 内

殿外大雪纷飞,殿内燃着无数火盆。祭天仪式正在举行,一个巨大的竹根摆在大殿正中。

大王子、二王子和三王子(墨胎溪)被带上大殿。

祭巫:启禀主上,方才经过验查,大王子、二王子皆王根伟岸,实乃竹神赐福,必能佑得孤竹国[①]千秋万代,福泽绵长。

年迈的孤竹国君盯着三王子,面若霜雪,挥了挥手。侍从将瑟瑟发抖的三王子带下,只剩大王子和二王子继续叩拜祭天。

三王子向殿外走去,眼中有仇恨的光。

---

① 商封墨氏为孤竹君,封地在今河北卢龙滦河一带。

9．日 王宫正殿门口 外

祭典结束，众人退朝出门。总管太监匆匆上前欲找国君，被庞贝的侍从小枝拦住。两人耳语几句，小枝找到庞贝耳语。

小枝：大人，此事是否需要禀报国君……

庞贝冷漠倨傲地看了他一眼，向远处走去。

小枝面露惧意，紧跟在他身后。

10．日 城墙内 外

大雪纷飞，大街上冻死了许多人，还有几个半死的在风雪中苦苦挣扎。商铺一片萧索，只有一个摊位被百姓围住，买主们付了钱，纷纷拿着一个个叶子包住的东西出来，表情怪异。

八岁的竺月衣着破烂但干净。她望着摊子，犹豫一会，终于捏着仅有的钱币，咬牙挤上前。

11．日 城墙下 外

庞贝穿着厚厚的裘皮，抱着暖手炉，一路走上城墙。路上，庞贝看了两个全副武装的哨兵一眼。

城门官（一脸谄媚）：司马大人驾临，下官惶恐之至……

庞贝：除去哨兵护甲。

城门官：这……

小枝：大胆！

城门官（跪下）：卑职不敢，不敢……

庞贝：备全则意怠。武装周全，就无性命之忧，哨兵岂不懈怠。

城门官恍然大悟。

12．日 城墙上 外

到城墙顶，庞贝站定，小枝和城门官毕恭毕敬站在他身后。

庞贝：已死了多少人？

城门官：大雪一月不止，城内百姓死伤已有两成。

庞贝转头，盯住城墙脚下那个拥挤的货摊。

城门官（赶忙解释）：那里是卖"菜人"，现在连"菜人"都不够，要抢着……

远处，一波灾民正慢慢接近城门。

小枝：司马大人，您看，须句国灾民到了。

庞贝看向城外，脸上露出一抹不易察觉的冷笑。

庞贝：开城门。

城门缓缓打开。远处灾民看到，如绝处逢生，纷纷欣喜地加快步伐。

13．日 欢香馆竺大卧室 内

竺月端着一碗肉羹进门，竺大枯瘦卧床，奄奄一息。

竺月扶起竺大，想喂他肉羹。竺大睁开眼，本能想吃，闻了闻味道,皱眉。

竺大:月儿,这是什么肉?

竺月(镇定地):兔肉,今天有猎户路过……

竺大又闻了闻味道,突然大怒,打翻了肉羹。

竺大:跪下!

竺月一言不发跪下。

竺大:为什么不听话!

竺月只低着头。

竺大(强撑身体,流泪打了竺月几下):同类也吃,还有脸活?

竺月的眼泪如滚珠落下。

门外传来一声轻响,竺月起身,开门去看。

14. 日 欢香馆后院 外

门口放着一个竹篓,里面装满了珍贵的银鱼。春阳正从墙上轻巧越出去,竺月只看到绿色的背影,精美花纹的白色衣带一闪而过。

15. 日 城门上 外

灾民已很靠近城门。

庞贝:关城门。

城门官愣住。小枝上前一脚将他踹倒。

小枝:还要司马大人说第二遍吗?

城门官(面色苍白哆哆嗦嗦大喊):关城门!

城门缓缓关闭,风雪越来越大,灾民绝望地扑打城门。

庞贝(玩着手炉):"菜人"不够,这就有了——三日后开门。

城门官慢慢站起来,望着城下灾民,面无人色。城墙上的士兵,也纷纷扭头,不忍再看。

16. 夜 城门外 外

灾民死伤大半,被风雪渐渐埋住,尸横遍野,如同人间地狱。

字幕:八年后

17. 傍晚 江边祭坛 外

高大的祭坛上,祭巫身披羽氅,带领一众祭仆载歌载舞。

祭巫(歌唱):竹神司方,其色苍苍,聚合于天,日月有常。

18. 傍晚 祭坛周围 外

几十个苦力布置现场。四个巨大的竹根各自缠着黑赤黄红蓝五色彩线,被安置在祭坛的东南西北。青年苦力小武偷懒坐在地上。

小武:头儿,今天怎么个祭祀法?

竺大：对着月亮，把竹根烧了，竹根裂开的时候，月亮要是变红，国君的愿望就成了。

小武（嘻嘻一笑）：国君想要小娃儿是不是？都二十几了还没个娃……

竺大（伸手打了他一下，呵斥）：你不要命啦！

小武缩了缩脖子，嗤笑不止。

小枝（走过来清点人数，对竺大）：司马大人有命，一个时辰内，布置完毕，尔等到西侧竹林待命。除了你这个老头子，这里有青壮年男丁一百人，少一人，唯你是问！

竺大（不安）：小人遵命。

19．夜 渤海之滨 外

海水冲刷着海边死去工人的牌位，天空异常地聚集着许多海鸟。

紫夫一身紫衣，春阳一身绿衣。两人共乘一叶竹筏，从海上漂来。

20．夜 祭祀大典现场 外

月亮升起，海面云蒸霞蔚。圆形祭坛修在海上，由一条道路连接到岸边，都由人工填成。

祭典开始。孤竹国王盛装走上海中之路，身后众侍卫抬着一段巨大的缠着红色丝线的竹根走上前来。

21. 夜 江边 外

竹筏靠岸。紫夫看着大典现场的方向。

春阳：好热闹。

紫夫：看看去。

春阳：不是要来看红月吗？

紫夫：不妨碍，时候到了总会有。

22. 夜 苦力屋棚门口 外

竺月架起陶罐，点火烧水，热水已经烧好，她忧心地看了天上红月一眼，提着陶罐向祭典现场走去。

23. 夜 祭祀大典现场 外

祭坛上，文武百官伏地跪拜。国君高举双手，向苍天请愿。

国君：帝禹师墨如之裔，胎初第⺀八代傒[①]，今祈天泽降月华，以祐墨嗣之国道，有礼兴邦之根本。

24. 夜 祭祀大典现场竹林 外

小枝带数百名侍卫拿着戈矛出现，围住竺大等苦力，将他们双手捆住，强行带往祭典现场。苦力惶恐不已。

[①] 墨氏，也称墨台氏、墨胎氏，后简化为墨氏；《潜夫论》等古籍载，墨氏始祖为大禹帝师墨如，大禹之子启建立夏朝，封墨如之子胎初为孤竹国国君，胎初就以父名为姓，称墨胎初，此处孤竹国君名墨胎傒，傒，《说文》：待也。又有冷落、讥笑、奚落之意。

小武试图从队伍中偷偷溜走,被侍卫发现拖回并打伤。竺大扶住小武走着,他看了一眼天上的月亮,面有忧色。

25.夜 祭祀大典现场 外

巨大的竹根正在篝火中焚烧。祭巫打开一个小瓶,将绿色液体"青竹烈焰"淋到竹根上,巨大的绿色火焰腾起。

竹根终于烧裂开,月亮却没有变红。孤竹国君大怒,将手中的酒杯砸向祭巫。周围侍从立刻黑压压跪了一地。

庞贝给祭巫一个眼色。

祭巫(跪倒在地):主上,月亮没有变红,定是竹神认为我们诚意不够,我已备下祭品,请主上准许开始祭祀。

孤竹国君(目光阴毒):让你试最后一次。

祭巫(双手对天):竹神在上,孤竹国君墨胎溪,谨以百男男根为礼,祈愿孤竹国,后继有人,国运绵长。

苦力们被带上祭坛,侍卫扒下他们的裤子,眼见就要动手,苦力纷纷反抗,一些人被打伤。人群中,竺月大惊,刚想冲上前,眼珠一转,咬牙忍住。

侍卫要对小武动手,小武拼命挣扎,竺大跪下乞求。

竺大:大人,求求大人,他还是个孩子……

侍卫(踹开竺大):老东西,不割你的算便宜了你。

竺大倒地吐血。人群中的竺月放下陶罐,趁乱冲上前,将竺大半拖至僻静处。小武拼死挣扎,被侍卫割断了喉咙。

眼见苦力们就要被净身,一阵奇冷无比的风突然吹来,所有人都停住动作,看向狂风吹来的方向。

26. 夜 海中道路 外

紫夫在前,春阳在后,二人沿着海中道路走来,风姿飘逸,宛若神仙。一路上紫夫所到之处,春阳暗动手指,用温热的剑气,让松明燃着的火把渐次熄灭。

27. 夜 祭坛上 外

庞贝不动声色看着紫夫。

春阳退到群臣之间,紫夫上前。

孤竹国君:来者何人?而母婢的①,怎么气派比我还大。

紫夫:我叫紫夫,从越国来。

孤竹国君:越国?上个月不是被楚国灭了吗?

紫夫:越国城门被楚国的攻城槌攻陷那一夜,越王还在求我为他刺绣一件招魂的礼服……可我夜观天象,知有红月将出,而赏月最佳之地,正是这东方燕山渤海间——我就来了。

孤竹国君(向前倾倾身子):刺绣?

紫夫:我是个绣工——天下第一。

---

① 《战国策·赵策》中《秦围赵之邯郸》,齐威王勃然怒曰:"叱嗟,而母婢也!"大意为"而你妈是下等人"。

孤竹国君（一愣，笑得直咳嗽）：哈哈，而母婢的，天下第一……

紫夫：污秽男根，一无所用。今日只有我绣出红月，国君愿望方能达成。

庞贝（冷笑）：一派胡言。拖下去五马分尸。

孤竹国君（笑得咳嗽）：等，等会。天下第一，好好，你就绣出个红月亮给我看看……

庞贝：主上，祭祀重地……

孤竹国君（脸色陡然阴沉）：莫非司马有什么更好的提议？

庞贝沉默。

紫夫：那么，先请国君放受伤男子去医治，月神不喜欢血腥味，我也是。

孤竹国君（又大笑起来）：好，好，好久没有人敢和我谈条件了，有意思。紫夫，你若绣红明月，那么，冠金腰玉，良田美人，不在话下。若绣不红……哼，看你白嫩，煮汤正好。放人，传疡医[①]！

28．夜 祭坛周围 外

侍卫将苦力们拖下祭坛，疡医过来诊治。

---

① 据《周礼·天官冢宰》，疡医为治疗肿疡、金创、折伤等病的外科和伤科医生。

29. 夜 祭坛上 外

紫夫拿出绣针，绣针在空中映射出"月食倒计时"投影，倒计时即将清零。

绣针银光大亮，照过祭坛上每个人的眼睛。

紫夫对着明月张开右手，握在掌心的是一团半透明的白色轻纱，顺着风在半空中展开。绣针带着紫夫一跃而起，在半空中，他用一根连着无尽红线的银色绣针开始刺绣，在白纱上，绣出一排排古怪的红色文字，发出刺眼红光。

绣完，紫夫将纱抛向天际。红色轻纱从月亮的一角，渐渐开始将月亮包起来，出现月食的过程。在场之人无不震惊。

孤竹国君跟跟跄跄走到祭坛正中，背对炎炎火光，正了正衣冠，泪流满面，倒身跪拜下去。

紫夫（从半空轻轻落地）：月神，还有一个要求。

孤竹国君（忙回应）：天师请讲。

紫夫：月神说，广寒宫冷，近日颇感寂寥，想请祭巫大人上去说说话。

孤竹国君：好好，怎么送上去？

紫夫（看了一眼火堆）：火祭。

孤竹国君（很干脆）：来人，把祭巫烧了。

侍卫绑住祭巫。

祭巫（连声哀嚎）：司马大人，救我……

庞贝：祭祀重地，岂容喧哗，割了他舌头！

侍卫割下祭巫舌头，将他推入火中。

30. 日 祭坛上 外

在祭巫的哀嚎声中，孤竹国君对着红月五体投地，激动不已。

祭巫烧成了一段焦炭。

31. 日 祭坛周围 外

疡医们在给受伤的苦力裹伤喂药，竺月女扮男装，穿着粗布衣裳，极其镇定地在给竺大喂水。她波澜不惊的样子引起了紫夫的注意。紫夫走下祭坛。

紫夫：能给我喝一口吗？

竺月（面无表情，继续喂水）：你身上寒气太重，麻烦离我爹远一点。

紫夫（突然笑了）：你住哪里呀？我跟你回家玩好不好？我会刺绣，不白吃你的。

竺月皱了皱眉，看了远处的国君一眼，没说话。

人群（一阵喧哗）：月亮全红了！全红了！

32. 日 祭坛上 外

紫夫抬头，月亮已经全红。他一伸手，一道红纱从红月上引下，将孤竹国君托到半空。密密麻麻的红色符文发出的红光，笼罩了孤竹国君全身，孤竹国君面孔通红，头上冒出热气来。

孤竹国君（惊恐不已）：而母婢的，怎么回事？来人，来人！！放我，放我下去！！

众臣慌作一团。

一个大臣（大喊）：救驾，救驾！妖人作祟，还不速速斩杀！

侍卫们犹豫想要上前，庞贝脸色诡异，伸手制止。

紫夫突然收回手，孤竹国君从半空重重跌到地上，摔得大叫。

孤竹国君：哎哟，摔死老子了，大胆紫夫！这什么、什么狗屁的祭祀！

紫夫：可有什么感觉？

孤竹国君（愣住）：下身好像热得很……

紫夫：三日内，可见效果。

孤竹国君：好好，来，来人，回宫！那个什么，天师，也随朕一道……

紫夫（一指竺月）：不，我要跟她走。

孤竹国君（疼得顾不上看竺月）：哎哟，随便吧，小枝，看天师住哪儿，送些金玉过去，哎哟，疼死了，起驾回宫！

春阳走过来，站在紫夫身后。竺月一脸嫌弃看着紫夫，又盯着春阳的绿衣白腰带，脸上突然露出似曾相识的表情。

33. 夜 司马府 内

庞贝合上手中的天文书，面色沉重。

小枝：司马大人，这紫夫……

庞贝：能控日月星辰，绝非一般术士……只怕非妖即魔。

小枝：近日国君越发不服大人管束了……大人苦心筹划多年，大事将近，此人出现，是何居心？

庞贝：非我族类，其心必异。

小枝（做杀人手势）：要么？

庞贝：就凭你？

小枝噤声，庞贝面色阴沉。

34. 日 雀妃卧房 内

孤竹国君与雀妃行床事，雀妃言听计从，床事完毕，国君满头大汗，面露喜色。雀妃温柔为他拭汗。

孤竹国君：……紫夫果然厉害……

雀妃（痴痴傻傻）：墨哥哥，累不累？墨哥哥，其他姐姐都不带雀儿玩，每天都没人陪雀儿说话……

孤竹国君抱紧她，陷入回忆。

（闪回）

35. 日 皇宫道路 外

三顶轿子从远处过来，轿子上均有贵族标志。

36．日 后宫侧殿 内

三位王子端坐准备选妃。三位华服的贵族姑娘进门来，但第三位姑娘（雀妃）进门时候绊了一下，露出天真痴傻的神情。大王子二王子牵了前两位姑娘出门，墨胎溪大怒，追出去就要动手，反被两位哥哥痛打一顿，没人劝架，宫女纷纷嗤笑。

大王子（看着地上的墨胎溪）：以三弟的资质，也就配找个白痴。

两位王子拂袖而去。墨胎溪起身，抽出腰间缠着的软剑，上前，将两个嬉笑的宫女刺死，狂奔而去。

37．日 御花园 内

墨胎溪躲在山石后，呸出口中的血沫。雀妃一只手拿着小刻刀，一只手拿着竹刻的小雀，傻傻过来。

孤竹国君（举剑）：谁！

雀妃吓了一大跳，却没有跑，依旧傻傻凑过来，将手中快刻好的小雀给孤竹国君。

雀妃：哥哥，你在生气吗？这个给你玩好不好。

雀妃凑过来，对着他头上的伤口吹气，模仿小雀飞到半空的样子。

雀妃：不痛不痛，痛会飞飞。

墨胎溪动容，默默接过雀妃手中的竹雀。

38．日 王宫大殿 内

老孤竹国君死去，大殿一片雪白，大王子二王子跪在殿中，正在吊唁。庞贝指挥全副武装的精兵冲入殿中，将两位王子绑住。在庞贝的示意下，孤竹国君用剑杀死两位哥哥。

39．日 王宫大殿 内

大殿一片金红，新君继位大典。年幼的孤竹国君颤抖着登基，庞贝在国君旁边设座，替他处理政事。

（闪回完毕）

40．日 雀妃卧房 内

雀妃（痴痴傻傻）：墨哥哥，宫里好闷，什么时候才能有小雀儿呢……

孤竹国君不说话，再次将她压在身下动作起来。

41．日 欢香馆紫夫房间 内

春阳（推门而入）：竺月让我们去糊墙。

紫夫：困，不去。

春阳：竺月说，不去就不给饭吃。

紫夫：你替我糊。

春阳：竺月说，要咱俩都……

紫夫突然干哭起来，在床上滚动耍赖。

紫夫：想当年，为了把你从剑变成人，用了我飞船上多少纯能，炸一个星球都绰绰有余了，今天你就这样对我呜呜……

春阳无语出门。

紫夫瞬间变脸，起身趴在窗口偷看春阳和竺月。

42．日 欢香馆后院 外

竺月背对春阳用泥巴糊墙，身上满是泥点。

竺月：他不起，是不是？

春阳：呃。

竺月：那你来。

春阳：我不会。

竺月把刷子猛地摔在泥浆里，泥水飞溅。

竺月：莫名其妙！非要跟来！白吃白喝！厚脸皮！

43．日 欢香馆紫夫房间 内

紫夫在窗口偷看，"噗嗤"笑出声。

44．日 欢香馆后院 外

竺月转身用刷子指着春阳，泥水飞溅，春阳跳开。

竺月：跳得倒是高！你们俩！到底什么来历！什么神仙鬼怪，我才没国君那么好糊弄！紫夫就是个江湖术士，大骗了！

春阳：紫夫不是骗子，他是从别的星星上来的。

竺月（冷笑）：哼，神仙是吧？这世间要是真有神仙，也不会有那么多百姓可怜惨死。

春阳：紫夫也很可怜，他家人都死了。

竺月：就他？整天笑嘻嘻的！

春阳（正色）：我从不骗人。

竺月（有点愧疚，但还是嘴硬）：哼，要不是看在他无意救了我爹的分上……

45．日 欢香馆后院 外

竺月、紫夫、春阳、竺大在饭桌上吃饭，一只大黄狗在桌子下面转来转去。

紫夫：哎呦，这肉好难吃……

竺月（将紫夫碗里的肉扔给大黄）：不想吃别吃。

紫夫（对春阳）：好难吃哦，吃不下嘛，我要吃银鱼！银鱼！！

春阳（起身）：我去捉。

竺月（一甩筷子）：坐下！

春阳坐下。

紫夫（嘻嘻笑）：你到底听谁的？

竺月从厨房取来银鱼干，重重摆在桌上。

紫夫：咦？小厨娘今天转性了？哦对了，因为我是孤儿。

竺月（大惊，脸红）：孤、孤儿有什么了不起的！孤儿我见多了！

紫夫（嬉皮笑脸）：嘿嘿，我可不是一般的孤儿，我特别"孤"。

竺大（打竺月一下）：你这丫头，怎么说话呢！

竺月面带不服。

春阳不敢说话，只拼命吃饭。

竺大：天师……

紫夫：叫紫夫就好。

竺大：不不，那日若不是天师出手相救……

竺大起身，就要行大礼。

紫夫（急忙制止）：不敢当。

竺大：敢问天师，到底从何而来？我……也不知您住在这里，我们可否有所怠慢……

紫夫（大笑）：大叔，你莫怕，我没有什么恶意——住哪里都差不多。我既非神仙鬼怪，亦非江湖术士。我和春阳……是从很远的地方来的，远在天外的天外。

竺大（仍面有惧色）：那，那不就是神仙？都能绣红月亮……

紫夫掏出绣针，空中出现跳动的时间倒计时。

紫夫：不是我绣红的，只是月亮变红的时间到了。

绣针作用下，院内碎石轻轻浮起。

紫夫：这是力场改变。

绣针的光芒笼罩竺大的双眼,他眼中,碎石慢慢变成红色。

紫夫:大叔,石头可有变红?

竺大:红了,红了!

竺月(困惑):没有变红啊?

紫夫:这是幻术——让你眼中出现幻象。

绣针上发射一股寒气,熄灭了厨房的灶火。

紫夫:这是温度改变。

竺大和竺月看呆。

春阳:大叔,这些手段,紫夫都运用自如,他不会害你们的。

46. 黄昏 冷泉湖 外

春阳站在结冰的湖面,动动手指,冰面出现一个极其精巧的圆形切口。一股温热剑气从春阳指尖入水。一些银鱼浮上来,浮到半空,落入鱼篓。紫夫出现,用带着银线的绣针在一条银鱼身体上穿过,将银鱼拉向自己一边;春阳用剑气抢夺,两人交手。

紫夫打碎一整块湖冰,白冰裂开成精美的棋子形状,紫夫将绣针指向岸边一棵黑色枯树,树的颜色从根部褪去,仿佛颜料水一般的黑烟腾起,一半碎冰棋子被染黑。紫夫抛起银色绣线,绣线在空中组成棋盘的形状。

紫夫(笑):来下一盘?

春阳（用剑气控制黑色棋子）：不玩！玩不过你！打！

两人控制黑白棋子在空中撞击，棋子纷纷碎裂落地。黑色冰棋子全部碎裂落地后，白色棋子还有一小半。

春阳气哼哼将鱼抛给紫夫，紫夫转手扔进了鱼篓。

白色冰棋子纷纷落地，如碎冰雨。紫夫神色落寞，望向天空中天元星的方向。

春阳：还有多久？

紫夫：刚好百日。

竺月（走过来，看看一地碎冰）：什么百日？

春阳：还有百日，紫夫就要……

紫夫（斜眼）：闭嘴。

春阳（闭嘴，一脸无辜）：鱼捉好了。

竺月（看着鱼篓）：这银鱼最滋补也是最难捉的！爹爹吃了一定会好起来！

47. 夜 冷泉湖 外

一阵嘈杂声传来。一队士兵在湖畔追逐浑身血迹的尾生、尾羽兄弟二人。

紫夫（观察）：像是刺客。

春阳面露激越不平之色，和竺月立刻奔向岸边。

春阳和士兵们交手，士兵纷纷伤亡。

打斗中，尾羽看到竺月手臂上文的"夏"字，震惊。一个士兵将火把掷向紫夫，紫夫怕火，差点被火把所伤，春阳及时相救,尾羽也看在眼里。

打退士兵后,三人将尾生、尾羽救回欢香馆。

48. 日 欢香馆后院 外

天刚亮,狗在院子里奔跑,竺大在修锄犁,竺月在煮泔水。

竺月(朝春阳):来干活!

春阳捧起木盆呆住。

竺月:你不会?

春阳一脸茫然。

竺月(只得带他过去):把这个倒进槽里面。

春阳照做。

竺月(走进地窖,探出头):过来。

春阳过去,竺月从地窖里顶出一筐粟米,春阳接过。

竺月(爬出来拍身上土):舂米你会吗?

春阳一脸茫然,竺月带他到舂米的木寨边手把手教。

竺月:这些粟是做酒用的……

春阳抱着脱好壳的粟米回厨房,竺月坐在一堆茅草边搓绳,身边还有编织一半的席子。两人对视,春阳放下粟米走过来。

竺月:这是做酱、酿酒的时候用来捆土缸的……

春阳认真学。

49．傍晚 欢香馆后院 外

竺月在院子里抱狗玩。

竺月：大黄乖乖，多亏有你，黄鼠狼偷不到咱家的鸡啦。

春阳（走近）：我觉得大黄不是狗，更像是狼。

竺月：我知道啊，大黄是我去山里玩捡到的，我看着它长大的，没事，它可会看家了。

春阳：你胆子也太大了。

竺月：你也是我收留在这儿的，怎么？我抱它不抱你，你吃醋了？

春阳：吃醋？灶台上的醋？我不能吃醋，会锈掉……啊，不是，那啥，我，我不能吃醋……

竺月（大笑）：你比大黄可爱啊。

竺月放下大黄作势去抱春阳，春阳大惊，开始跑，竺月追，两人围着石磨转圈。

竺大（要去阻止）：唉，一个女孩子家，成何体统！

紫夫（拦住）：由他们去。

竺大只好憨笑。紫夫看着他们一家，眼神中有几分落寞。

50．夜 司马府书房 内

庞贝一个人轮流执黑子和白子，自己与自己下棋。小枝进门。

小枝：启禀司马，紫夫等人昨日所救刺客，乃尾生、尾羽两兄弟,已经将尾羽抓来逼供。

小枝对庞贝耳语。

庞贝(露出诡异的笑):夏无名之女?

侍卫押着尾羽进房,尾羽双脚红肿,瘫倒在地。

侍卫:启禀司马大人,此人贱骨头,刚下几针,就招供了。

庞贝(仍在慢慢下棋):身上没留伤口吧。

侍卫:没有,用银针沾了蚀骨散,都扎在脚心。

侍卫(踢了尾羽一脚):还不快说!

尾羽不语。

庞贝:尾羽,这蚀骨散,你觉得尾生,可会喜欢?

尾羽(打了个哆嗦):紫夫……怕火。

庞贝(微笑):勇士固好,也比不上识时务者为俊杰。回去留意紫夫。

庞贝使了个眼色,尾羽被士兵押出门。

庞贝:祭巫留下的"青竹烈焰",还有多少?

小枝:还有两坛。

庞贝(微笑):小枝,过年的时候,玩过爆竹吗?

小枝不解。

庞贝冷笑,继续下棋,将一颗白子落在"天元"位置。

51. 夜 欢香馆后院 外

月光下,竺月和春阳在院中席地而坐,不远处放着一个窄口壶,二人轮流往壶中丢掷黄豆,输的人饮酒。春阳面色如常,竺月满脸通红。

竺月(打嗝):这粟酒……酿得还成,嗝,明天,可以开始,卖了……

春阳不说话,继续往壶口投一颗豆,进去了。又噼噼啪啪投了一把,都进壶。竺月屡投不中。

竺月(蹬腿耍赖):不玩了不玩了!你有武功!你作弊!

春阳愣愣看着她手臂上露出的"夏"字,眼神满是疼惜。

竺月:你看什么?

春阳(收回目光):没有。

竺月:我好看?

春阳(想了想,点头):呃……嗯。

竺月(挨近一点):哪好看?

春阳下意识后退。

竺月:别动。

春阳听话定住,竺月越凑越近。

竺月:猪都按我说的,喂好了?

春阳:喂好了。

竺月:粟也按我说的,舂好了?

春阳:舂好了。

竺月:你明天再给我捕一网麻雀,我要熬一斛酱。

春阳:好……大叔吃了银鱼,伤好点了么?

竺月：哟，春阳少爷啥时候会替人着想了？

春阳（一愣）：你的事，我经常想啊。

竺月（倒酒，笑着哼起歌谣）：登彼南山，获其稻，春此美酒，郎君来……

歌声悠扬，春阳沉醉。

竺月：好听？

春阳：好听。

竺月把半盏残酒递到春阳唇边，春阳犹豫推开。

竺月（突然端坐，抓住春阳衣带）：八年前，你给我送过银鱼——我记得你的腰带，这种花纹。你到底是谁？

春阳：我……我不能说，只是，你算是，对我有恩。

竺月：当真不说？

春阳：不说。

竺月（抓起酒盏自己喝了一口，又喂到春阳嘴边）：不说，就喝！

春阳只好喝了一口。竺月故意凑着春阳喝过的地方，也喝了一大口，扔了酒盏，勾住春阳脖子吻上去。春阳大惊，随即沉醉在吻里。

院门开了一道缝，尾羽一瘸一拐进门，回房。紫夫透过窗口，将各人的动静都看在眼里。

52．夜 王宫紫电阁 外

晴空中一道青色闪电划过，春阳落在紫电阁顶，跳下，打晕了两个守卫。

53. 夜 王宫紫电阁 内

春阳进入紫电阁。这里收藏着孤竹国君从各地掠夺来的名剑和许多人头。每一把剑都插在一个干枯的人头上,有些已经变成了骷髅。吴粤剑插的人头,正是夏无名的妻子。

吴粤剑:谁?

春阳把手放在兽炭炭火上,手却没有烧伤,只是红得半透明。

吴粤剑:气息好怪,你是人,还是剑?

春阳(几乎流泪):我是春阳。

吴粤剑:春阳!你是春阳?!

剑阁的剑(纷纷交谈起来,嗡嗡一片):春阳宝剑!名满天下的壮士夏无名的剑!!

春阳(跪地):哥哥!一别八年……

吴粤剑(哽咽):八年前,夏夫人带着我……其他剑,都跟着他们投水了,只剩你我……

春阳哽咽难言。

鱼肠(突然出声):不,还有我们!我是鱼肠!

众剑(纷纷出声):还有我们!我是轻吕!我是龙渊!我是画影!我是夏葛! ①

---

① 轻吕剑、龙渊剑、画影剑、夏葛剑,都是先秦名剑。

众剑（齐声嗡鸣致意）：共一百零七把!

吴粤剑：孤竹国君历代残暴,曾刺杀的义士,都在这里。

春阳把每一把宝剑与人头都仔细看过,表情奇特而炽烈,似乎见到久别的亲人。

吴粤剑（柔声）：春阳,夏夫人须发还整齐吗?今天风太大了……

春阳上前,对着夏无名妻子的头颅再次叩拜。他小心整理干枯头颅的须发。

吴粤剑：你何以成人?

春阳：有恩人助我。

鱼肠剑：莫伤心。天道如此——人剑各有其道。

春阳（慢慢坐下,迷惘）：哥哥,夏无名,我们,究竟为何刺杀?百姓?持剑者?侠客道义?

吴粤剑：剑开初都是纯青透明的,正如一条冰。但剑器的灵魂,是可以自己选择的。可以为主人、为知己,也可以为侠义、为天道。

龙渊剑：你真正成为一把剑,不是在出炉的时候,而是被义士挥舞的瞬间。从你跟随这个人开始,他的意志就应该成为你的意志。

轻吕剑：士为知己者死。

吴粤剑：夏无名,可算你的知己?

春阳：算。

吴粤剑：助你成人者,可算你的知己?

春阳：算。

众剑（齐鸣）：那我们，可算你的知己？

春阳：算！

众剑嬉笑，嗡嗡鸣响，紫电阁内，剑气如霜。

54．日 欢香馆厨房 内

天蒙蒙亮，春阳背着一大篓鱼推开门，又把木柴码好。竺月烧水，用各种豆米蔬菜鱼煮粥。春阳将巨大的粥桶搬到欢香馆门口。

55．日 欢香馆门口 外

饥饿的百姓拿着各种碗排队，春阳施粥。一个抱着大木碗的年轻人蠢蠢欲动地往前挤。春阳停住动作，凌厉看了他一眼，旁边一个老人赶紧将他拉回去。

春阳脸上蹭了炉灰，竺月为他擦去。

司马府车队出现，庞贝下车，小枝跟在他身后。百姓脸上露出惊畏的神色，慌乱散开。

竺月面带厌恶，但极力掩饰。她上前行礼，将三人迎进门，走向紫夫的住所。

56．日 紫夫房间 内

庞贝等人进门，小枝指挥侍从，放下一箱金银。

紫夫正歪在床上，见到庞贝，也不起身，一手抱着一个雕工繁复的紫铜暖手炉,一手从白玉盘里慢慢拣了蜜饯来吃。

小枝:放肆,你……

庞贝(伸手制止,看着紫铜暖手炉和白玉盘,微微行礼):天师,国君赐的器物,可还顺手?

紫夫(这才起身):不怎么顺手。你嘱托的锦袍已经绣好。

庞贝:酬金,天师是要来施粥用的?

紫夫不语。

庞贝:放着国君的赏赐不要,为黎民苍生,亲力亲为,佩服。

竺月背过身去,面露厌恶。她从柜中取出一件极尽奢华的锦袍。锦袍光泽如水,背后绣着金丝纵横交错的棋盘,黑白玉片为棋子。棋盘并不是规整的形状,每一枚棋子落处,金丝棋格都有微微的变形,像是一张往下凹陷的网[1]。锦袍晃动的时候,有细碎的金玉之声。

紫夫:听闻司马,喜爱下棋。

小枝被锦袍的精致惊呆。庞贝却只是漫不经心看了一眼。

庞贝:确非凡品,多谢天师。不如我们手谈一局,如何?

紫夫:我,懒得让你。

---

[1] 庞贝锦袍上,棋子所在之处,棋盘线条微微下陷,是模拟引力场对时空的弯曲,详见广义相对论。

小枝：你简直……

庞贝（呵斥）：放肆！

小枝自己掌嘴。

紫夫冷冷看着二人演戏。

庞贝：我有要事，可否请竺月姑娘回避。

紫夫示意，竺月和小枝等人出门。

庞贝：今日我来……

紫夫举手打断庞贝。

紫夫：日月之行，遵循何物？

庞贝：天道。

紫夫：天道，可会在意草芥？

庞贝阴沉不语。

紫夫（淡然）：天道有常，不为尧存，不为桀亡。你与墨胎徯，不过草芥之人，无论谁咬谁，都不配我出手。

57．日 欢香馆门口 外

竺月和春阳继续分粥，庞贝一脸冰霜走出来，带着侍从，上车离开。

紫夫抱着紫铜暖手炉出来，倚在门边吃蜜饯。

春阳（看着庞贝远去）：他说了什么？

竺月：反正没好事。

紫夫（微微一笑）：真冷啊……我们家乡，从来不知"冷"为何物。人无贫贱，事无高低，日日游乐，一团和气。

无奖励，无欺诈，因而无惩戒，无律法。

竺月：你们那边特别富有，不缺衣食？

紫夫：呸，这蜜饯真难吃。孤竹国也只有银鱼还吃得——勉强比得上我家的。

竺月：德性。

紫夫：天元星——无欺诈，便无心计；只享乐，怎懂反抗。世外桃源，养得出鸡鸭鱼鹅，养不出猛虎饿狼。

竺月：后来呢？

紫夫（看着队伍）：小厨娘，刀俎之下，鱼肉如何？

竺月思考。

紫夫：呵，今天的粥，又不够了吧。

队伍尾端，一个男孩的哭嚎响起，竺月匆匆过去。一个老妇倒在地上，一个男孩在抚尸痛哭。

紫夫（看了几眼）：死了许久了。

竺月哽咽，从队伍中走回。一路，饥寒交迫的灾民看着她。

紫夫突然旋开暖手炉，在粥桶上方抖了抖，通红的炭火落入粥里。紫夫又搅了几下，一桶粥立刻都沾上了黑色的细灰。

竺月（大怒，推了他一把）：你疯了！！

紫夫慢慢走上长街。他的神情像换了个人似的，褪去了温婉风流，只剩下说不出的冰冷。队伍中有十几个衣着破旧但面色稍好的人，看到粥脏了，偷偷离开了队伍。

紫夫（背对众人，长发散落在风中）：真正需要活命的人，不会在乎粥里有没有沙土；真正需要活命的人，当举起刀斧，哪怕玉石俱焚。

58．日 王宫 内

孤竹国君吃饭。最后一碗汤，国君刚拿起来要喝，一个小太监在一旁紧张地看着。雀妃拿着新雕刻好的竹雀欢快跑进来，满头是汗。

雀妃：墨哥哥看，新的小雀儿。

孤竹国君宠爱地接过来看着。

雀妃抓过汤一口灌下去，因为太烫吐了出来，随即抽搐起来，身体蜷缩成一团。

孤竹国君（大惊）：雀儿，雀儿！快，快传食医！

食医诊治后，雀妃好转。

食医：启禀国君，雀妃是中了"牵机之毒"，中毒后身体蜷缩，很是危险。所幸喝进去的毒汤吐了大半，现在已无大碍。

孤竹国君（大怒，抽出腰间软剑指向宫殿众奴才）：谁，谁要害朕？！统统处斩！！处斩！！！

众宫女奴才跪了一地，有人尿了裤子，那个小太监脸色雪白。

雀妃（渐渐转醒）：墨哥哥，墨哥哥……

孤竹国君（急忙上前）：墨哥哥在。

雀妃（呢喃）：不要杀，雀儿怕血……

孤竹国君：好好，不杀，不杀……

雀妃睡去，孤竹国君面色阴郁，打量着殿内的奴才。

59．日 大司马府 外

小枝（跪地）：司马大人，牵机之毒被雀妃误食，国君还，还……

庞贝：说！

小枝：还替换了殿内贴身的侍卫和奴婢，我们的人……

庞贝大怒，将棋盘上棋子扫落地上。小枝瑟瑟发抖。

60．夜 欢香馆后院 内

尾羽将银钱藏进草垛，再走向房间。

61．夜 欢香馆尾生尾羽房间 内

尾生：去哪儿了？

尾羽：出去喘口气。

尾生：时候差不多了……该走了。

尾羽（眼中涌出泪水）：哥！

尾生神色坚决。

62．夜 欢香馆门口 外

一行军队举着火把无声出现，一个马车上堆着许多巨大的爆竹，封口处残留着青绿色的"青竹烈焰"火油。小枝指挥，士兵将爆竹点燃，扔进院中。庞贝坐在不远处的马车中掀开帘子观察。

爆竹炸开，碧绿的火焰烧起，远比一般火油威力强大，无比灼热，欢香馆几间房子瞬间笼罩在一片绿色烈焰之中。

63．夜 欢香馆后院 外

紫夫、春阳、竺月、竺大、尾生、尾羽受惊，从各自房间出来。春阳腾空而起，以剑气熄灭一部分烈火；紫夫掏出绣针，寒气也压制了部分火焰，火势渐渐转小。

一辆装满了爆竹的巨大马车突然破门而入，春阳见状急忙冲上前抵住马车，但为时已晚，爆竹全部爆炸，绿色火焰吞没了春阳，但春阳毫发不伤，只是身体变得红色半透明，如同剑在火中灼烧。

尾羽拉着尾生纵身跳入院内储水的大水缸。火焰向紫夫袭来，紫夫措手不及，竺月奋不顾身推倒紫夫，两人一起跌入水缸中。

春阳双手抓住燃烧的马车腾空而起,将马车抛出院外，又转回院中，以剑气熄灭了余火。庞贝在院外看到春阳的力量，脸色由震惊转为阴郁。他放下帘子，马车远走。

竺月、紫夫、尾羽、尾生从水中出来，春阳上前扶住竺月，因为衣服被几乎烧尽，竺月发现春阳脊背上贝壳形状的"夏"字。她四处寻找竺大，发现竺大烧得重伤倒地。

竺月（痛哭）：爹爹！

竺大抽搐几下，死在竺月怀中。

竺月哀嚎痛哭，紫夫面露不忍之色。

64. 夜 欢香馆门口 外

欢香馆外，带兵头领正准备指挥士兵冲入院中，小枝上前。

小枝：司马有令，撤退。

士兵悄悄撤退。紫夫看到是庞贝的队伍，眼中怒火燃烧。

65. 夜 海边 外

浪涛滚滚。紫夫、竺月站在海边，旁边是一个竹筏，上面是竺大的尸体。竺大穿着精致的锦袍，胸口绣着一枚小小的青竹。海水涨上来，竺月将竹筏推入水中。竹筏顺着海水渐行渐远。

紫夫动动手指，沙滩上出现了一块平滑的石头。他牵着竺月坐下。

竺月（看着天海尽头）：爹爹去了哪里？

紫夫：天涯。

竺月：何为天涯？

紫夫：一别故地，皆是天涯。

竺月：天元星也在天涯吗？

两人一起仰望夜空。

紫夫动动手指，空间微微颤动。虚空中，出现了一只金色的棋盘，棋盘正中心的那一点，渐渐亮起金光。

紫夫：横十九线，竖十九线，织成三百六十一点。中心一点，名为"天元"。这是你们这里，围棋的说法。

空中，一个微型银河亮起，如漩涡似的银盘。越靠近中心，银盘越亮，边缘则较暗。"银盘"正中心有一片圆形的纯黑。银盘银光较弱的边缘处，亮起一点蓝光；银盘中心银光最亮、接近黑暗边缘的地方，亮起一点金光。

紫夫：孤竹国之外，还有很大的陆地和海洋。所有的这一切加起来，构成了你所在的这个世界。这个世界，其实也是一颗星星。你头顶的每一颗星星，都是另一个世界，千千万万，不能尽数。

竺月：那蓝光是什么？

紫夫：是你们孤竹国所在的这个世界，在群星之间的位置。而我的世界，是金光亮起的地方。其实，我故乡有自己的文字和名字，但因为靠近银盘的正中心，我们就叫那里"天元"吧。

竺月：你们那里的星星，很多吗？

紫夫抬起双手，手中出现一枚银针，带着闪光的绣线。一块圆盔形的透明力场从虚空浮现，将两人罩在中间。竺月看到头顶的星空微微闪动变形。紫夫用光线在透明的力场盖子上，用优雅的姿态，绣出无数巨大闪烁的星星，非常密集，光芒四射，仿佛无数小太阳。

紫夫："天元"的星空，就是这样。

竺月：你为什么来这里？

紫夫不答。

竺月（流泪）：要不是为了救你，爹爹可能就不会死。

紫夫温柔将她揽在怀里。

紫夫：天元星的文明等级很高，很难向你描述。我们不会老，也不会死。

竺月：你是孤儿，那……

紫夫：异族入侵，天元星，毁灭了。那一刻，我在天元星外的空间维修道路……有点像是在宇宙中刺绣吧。

竺月：那你的家人呢？

紫夫：千百年来，我在无数星星间游荡，再也没见过天元星人……也许都死了。

竺月忍不住哭泣。

紫夫（拍拍她）：因为距离太远，从我们这里看，天元星还没有毁灭——它的光芒还没来到这里——这个你理解不了，听听就好。等那最后的光芒来了，我又要到另一个地方去，追着星光——到仍能看到故乡的地方。

竺月：你真的要走？

紫夫摸摸竺月的头。

竺月：一定要走吗？春阳也走吗？

紫夫（望着天际）：还有几天，天元星炸毁那刻的星光,就要到地球了……那星光……真是明亮。

66．日 欢香馆厨房 内
竺月忙碌,将笋丝、火腿、银鱼精心烹调。

67．日 紫夫房间 内
紫夫醒来,发现桌上摆着一碗羹汤。他吃了一下,露出惊喜神色。

68．日 欢香馆后院 外
紫夫吃完天元羹,走到院子里,和竺月相视一笑。

紫夫：天元羹很好。

春阳（上前）：刚才有小孩子来传口信,尾生、尾羽走了。

69．日 荒山 外
尾羽找来腐蚀性漆树①的汁液,尾生将汁液涂到脸上身上,长满了红色的疱疹。旁边的盆里装着半红的炭火。

尾羽：哥,含在喉咙附近一会就好,要是吞下去,烧了肠子,就活不成了。

尾生（嗓音粗哑）：嗯。

---

① 漆树：部分人对野漆树过敏,触碰后会红肿,出湿疹状斑疮。

尾羽在一旁心疼哭泣。

漫天的乌鸦从城里飞回山中，一只落在尾羽身旁，口中衔着一根死人的手指。

70．日 官道 外

国君的车马队缓缓驶过来。尾生扮作乞丐躺在木排上，尾羽慢慢拖着木排。

尾羽（动作停止，眼含乞求）：哥……

尾生狠狠握住尾羽的手，嗓音沙哑呜咽着，目光灼如炭火。

尾羽含泪继续拖动木排，刚好到路中间的时候，国君车马队到来，开路先锋对尾羽甩着马鞭，尾羽装作吓得跑开，到暗处观察。

国君：怎么了？而母婢的，走啊！

小枝：禀主上，是个快死的叫花子躺路中间挡着道，已经让人去挪开了。

尾生和木排被拖到路旁，王辇继续前行。

国君所在的马车路过尾生身旁，尾生突然暴跳跃起，从身下拿出一把短剑，一剑斩杀卫兵，狂猛将门砍出一条缝，就要刺向国君。

国君抽出软剑招架，哀嚎求救，拼命抵挡了片刻，尾生后背已经被赶来的侍卫的戈矛刺穿。

尾生跌落车下，随即被接踵而来的兵器扎成了马蜂窝。

71．夜 欢香馆后院 内

尾羽逃到僻静处,眼泪流下来。他掏出一把短匕首,在脖子上划着,只刺破一点皮肉,就皱眉缩手,只得作罢,流泪不止。

72．日 大司马府 内

小枝:司马大人,果然不出您所料,昨日刺杀国君的,正是尾生、尾羽两兄弟。

庞贝:尾羽找到了?

小枝:是。

庞贝(讥笑):夏无名也会教出这样的软骨头。给他点钱,让他去告诉那小厨娘身世。

小枝:紫夫那边?

庞贝(阴沉):竺月受难,且看鹬蚌相争。

73．日 街道 外

角落里,小枝把一包钱塞进衣衫褴褛的尾羽手里,两人耳语。

74．日 欢香馆 内

尾羽进院子。

竺月(赶紧过来低声):你们……

尾羽(目光木然,摇头):你还是逃吧。

竺月：为何？

尾羽（拉开竺月的袖子）：你知道这字是何意？

竺月摇头。

尾羽（拉自己的衣服，露出腰部"夏"字刺青）：我与尾生，乃当年"十六杀"夏无名之徒，你，乃夏无名之女。

竺月大惊。

尾羽拉住竺月细说。

75. 日 宫中 内

孤竹国君大怒，将食案推倒。

孤竹国君：什么狗不食的，难吃死了，把做这菜的膳夫[①]给我砍了！

内侍慌忙上来收拾。

庞贝走进，扫一眼脚下泼洒的饭菜。

孤竹国君：大司马来得正是时候！听说周天子的餐案上有五齐[②]、八珍[③]，朕让他们做，他们就哭，说那饭只有

[①] 膳夫：官名。《周礼·天官冢宰》：膳夫，下士二人，中士四人，下士八人等。为官之长。
[②] 五齐：亦作五齑。《周礼·天官·酒正》中，按照酒水的清浊程度分出五等；《周礼·天官·醢人》中，五齐则为五种细切腌渍的冷食凉拌肉菜。此处取凉菜意思。
[③] 《周礼·天官》：有"珍用八物"、"八珍之齐"。东汉郑玄注释，这八物分别为淳熬、淳母、炮豚、炮羊、捣珍、渍、熬和肝膋。《礼记》所列：淳熬（肉酱油浇饭）、淳母（肉酱油浇黄米饭）、炮豚（煨烤炸炖乳猪）、炮羊（煨烤炸炖羔羊）、捣珍（烧牛、羊、鹿里脊）、渍珍（酒糟牛羊肉）、熬珍（类似五香牛肉干）和肝膋（网油烤狗肝）八种食品（或者认为是八种烹调方法）。

周天子才吃得，朕吃就是僭越？而母婢的……

庞贝：一国之君，要吃什么，便吃什么，谁要多嘴，割了舌头便是。大王，祭祀可有成效？

孤竹国君（大笑）：哈哈，有，有得很！我和你说……

庞贝（眼睛一转）：主上，既然如此，何不在祭祀大典上大办宴席，酬谢天师？臣听闻，神仙紫夫的身边就有一厨娘，名唤竺月，厨艺高超，最近每日皆在市井间施粥，薄有名声。既是一介民间女子，就算做出"八珍"传扬出去，也不会给别国留下什么话柄。

孤竹国君：就这么定了！

76. 日 欢香馆后院 外

小枝（宣读圣旨）：孤竹国君有旨，宣民女竺月进宫为庖人，为三日后竣工大典宴席备菜。钦此。

竺月惊讶莫名，被不由分说带走。

紫夫面无表情，春阳怒，上前欲拦，紫夫阻止。

紫夫：让她去，没事的。

77. 日 王宫厨房 内

御厨将菜谱交于竺月，竺月细读。

竺月将菖蒲根、牛百叶、蛤肉、小猪肩胛肉、桑耳放入石臼中捣碎，加盐入坛腌渍。坛子上写着"五齐"。

78．夜 王宫厨房 内

竺月打开一坛盐梅试味,侍卫在屋外檐下瞌睡,光现,春阳从屋顶跳下。春阳握住竺月的手。

春阳：跟我走。

竺月：熬过这几日,省得国君再找麻烦。

春阳：我不放心。

竺月（放开他的手）：专门跑来,还有什么想说的？

春阳急得硬扯她袖子,竺月固执不走,只好又在他脸上亲了一下。

春阳脸红,拉她衣袖,露出"夏"字。

竺月（抚摸春阳脊背有"夏"字文身的地方）：你认识我父亲,是不是？

春阳：有我在,你放心。

竺月笑笑。

79．日 司马府庭院 外

士兵列阵,武器精良,庞贝阅兵部署,士兵杀声震天。

80．日 宫门口 外

整只的乳猪、肥羊、黑狗、麋鹿等被送入宫中。

81．日 王宫厨房 内

竺月将干枣填塞进乳猪腹内,用芦苇绳子把猪身裹起,涂上带草的黄泥放到火里烧烤。剥去泥巴,用米糊涂满猪身,投入混杂各种动物油脂的小炉鼎,再将炉鼎浸入盛水的大锅,隔水小火烧熬。

竺月取出黑狗的肝脏,用狗的油脂包裹,放在火上炙烤。小牛肉切成薄片,放进美酒坛中浸泡,配上酸醋梅酱。将鹿肉撒上姜、茴以及捣细的海盐末,烘干成肉脯。羊里脊捣成泥,蘸生酱。

82. 日 剑阁 内

春阳(进门,跪地):众位兄长,春阳有一事相求。

吴粤剑(担心):何事?

鱼肠剑:管它何事,既为知己,万死不辞!

众剑(发出嗡鸣附和):既为知己,万死不辞!!

83. 日 王宫库房 内

库房有两人。竺月挑选架子上的冻梨,旁边一个宫女突然痛哭。

竺月:怎么回事?

宫女:我爹爹……死了……

竺月(安慰):慢慢说。

宫女:西北边山戎攻破令支国[①],又跑到我们边境的村

[①] 令支国:与孤竹国相邻,在今迁安、迁西、滦县一带,曾一度被山戎统治。

子抢过冬粮食，我家的村子也被烧了……我爹是村长，带村民到街上拦住国君车队请愿出战……手被砍掉了……都死了……

竺月悲愤不已。

84．日 王宫厨房门口 外

竺月准备将调好的酸梅酱拿进厨房，迎面撞见到处溜达的雀妃。雀妃伸手去抓酱，竺月制止，给她一个调羹。雀妃吃酱，露出小孩子表情。

雀妃：酸酸，好吃的酸酸……

雀妃（凑近闻着竺月身上的味道）：你身上好香香哦。

竺月（笑）：调料油的味道吧。你是谁呀？

雀妃（胆怯）：我是雀儿……我是雀妃。

竺月（拉她的手仔细打量）：国君会打你吗？

雀妃（笑）：墨哥哥最好，从来不打雀儿，墨哥哥从来不和雀儿大声说话的。

竺月表情复杂，叹气。

一旁的宫人端着血淋淋的肉块走进厨房，雀妃吓得躲在竺月身后，竺月捂住她的眼睛。

雀妃：血，雀儿怕怕……

竺月（叹气，拍拍她）：没事没事，不怕不怕。

雀妃：你不怕血吗？

竺月（苦笑）：怕，从小到现在都在怕——但，怕是没用的。

雀妃懵懂。竺月突然抱住她,小声抽泣起来。

雀妃(学着竺月的样子拍拍竺月):没事没事,不怕不怕。

字幕:三日后

85. 日 王宫厨房 内

天色微明。竺月取出在大锅中煮了三日的乳猪,皮骨酥烂。再将前几日做的狗肝、牛肉、鹿脯等一一放入器皿中。器皿上分别标明"八珍":淳熬、淳母、炮豚、炮羊、捣珍、渍、熬、肝膋。

竺月将"五齐"从坛中取出,也放入标明"五齐"的器皿中。

竺月坐下喘息,眼前闪过许多画面:风雪中的菜人、欢香馆门口等待分粥的饥民、祭祀典礼上的死人、哭泣的宫女、竺大的尸体。

最后,竺月仇恨的眼光落在角落一个青铜碗上。

86. 傍晚 王宫正殿 内

孤竹国君身着爵弁服[①]进殿。大殿之上,六佾乐舞伴着铜钟笙乐的节奏展开。春阳躲藏在房梁隐秘处,观察一切。

---

① 爵弁服为古代礼冠,比冕冠次一等,一般为祭时所服,此处形容正装。

孤竹国君落座，宴席开始，"八珍""五齐"上菜，孤竹国君一一尝过，赞不绝口。

孤竹国君：竺月呢，宣来领赏！

竺月穿一身素白的苎麻长衣，双手捧一个青铜碗，一步一步上殿。

侍从接过青铜碗，放在孤竹国君面前，掀开盖子，露出羹汤。

竺月：此为"天元羹"——做法乃天师紫夫所授，祈愿大王，龙体安泰；祈愿孤竹国，国祚永昌。

孤竹国君拿起调羹刚要喝，眼珠一转，想将调羹递给旁边试菜的侍从；突然又收回手，递给竺月。

孤竹国君：你先喝。

竺月犹豫，接过调羹，就要喝下去，春阳如雷电般从梁上跃下，将调羹打飞。羹汤落地，泛起毒沫。孤竹国君抽出腰间软剑砍向竺月，被春阳徒手接住软剑，扭成麻花。

竺月从怀里掏出剔骨小刀，转手向孤竹国君刺去，孤竹国君连滚带爬。

孤竹国君：救我，快救我！！抓刺客啊！！

殿上士兵无一人出手，有大臣起身，反被士兵狠狠压回座位。庞贝在座位上不动声色喝酒。

殿外有人传话：天师紫夫到！

紫夫悠然上殿。

孤竹国君（躲在柱后）：天师救我！！不，不……你们，你们是一伙的！我待你不薄，为何害我！！！

紫夫：墨胎溪，你可知此刻殿外，庞贝大人，布了一千铁甲。

庞贝仍然不动声色喝酒。

紫夫：庞贝原为宗室旁支，扶持最弱的三王子自幼继位，意欲灭之，自立为王。孤竹国历代暴君，只要沾了墨胎氏血脉，无不阴毒。忝列为人，禽兽不如。

庞贝摔碎手中酒杯，武装士兵冲进大殿，将众人团团围住。铜戈挥舞的风声"嗖嗖"连成一片。

庞贝（嚎叫）：点火！！

士兵将大殿上装饰的巨大油灯推翻，点火，青竹烈焰的火焰燃烧起来，紫夫被火力逼到一边。他掏出绣针，指向春阳，春阳全身漾起青电般刺目的光芒，士兵的铜戈一时之间被春阳剑气所挡，竟不能进。但火焰越烧越猛。

春阳怀抱竺月，跃到半空，青绿色剑气刺破屋顶，直取紫电阁。紫电阁一百零七把宝剑仿佛有了生命，皆向大殿飞来，刺破屋顶，团团围绕在春阳周围。一百零八把宝剑剑气如霜，大殿内青绿色火焰被剑气熄灭。

紫夫走上大殿中间，用绣针指向小枝，小枝腾空跃起，重重摔在地上，死去。

紫夫：留者，死。

士兵纷纷丢下兵器，和大臣们逃出大殿。

紫夫耳后的发鬟中捻出一段银色毫芒，抽离发间的刹那，绽放出比太阳还要刺目的光辉，无数丝线如蛛丝般冉冉飞起，将庞贝裹在其中。

紫夫（轻唱）：薤上露，何易晞。露晞明朝更复落，人死一去何时归。

庞贝身上无数丝线都动了起来，泛起红光。庞贝并不惊慌，只冷冷看了紫夫一眼，又扭过头去，一直看着皇位。丝线钻进庞贝体内，又纷纷钻出，庞贝碎成一摊肉泥，飞溅在殿上。

春阳抱着竺月，带领众剑落地。众剑飞旋，围住孤竹国君，愤怒鸣响。

孤竹国君（跪在地上，鼻涕眼泪糊成一片）：不要杀我，不要杀我，你们是哪国派来的？齐国？令支国？燕国？孤竹国给你们，我，我退位……

竺月（肃然上前）：我乃夏竺月，夏无名之女。十六年前，我父母死在你父亲手中。

孤竹国君：那是他的事！我，我不知……

竺月：不错。你是你，他是他。今日杀你，并非"父债子偿"，只是，你不死，孤竹国百姓，便无出头之日。

紫夫看看春阳，春阳点头。紫夫的绣针绽放光芒，春阳变回青绿色的春阳宝剑，剑柄上"夏"字闪光。

竺月手持春阳剑，刺入孤竹国君心口。

众剑停止飞动，齐齐插入地面，形成剑林。

雀妃突然欢喜进来，看到到处血迹和孤竹国君尸体，不顾一切冲过来,摇动孤竹国君尸体。

雀妃(一手捂住小腹):墨哥哥,墨哥哥,我有小雀儿了,疡医刚刚说,我有小雀儿了……

雀妃受惊,全身是血,人更加痴傻,笑个不停。吴粤剑腾空而起,要向她刺去,被紫夫挡开。春阳变回人形,竺月扶起雀妃。

紫夫:雀妃之子,将为一代明君。

紫夫望着被众剑刺破的屋顶,群星闪烁。绣针在空中映出倒计时。倒计时终于清零,天空中似乎有一颗星的微光闪烁了一下。

紫夫手中绣针银光大亮,笼罩了春阳。

紫夫(笑):你成人啦。以后,也得小心火焰了。

绣针渐渐变大,成了飞船的样子。紫夫望着春阳和竺月,似乎要说什么,却没有说,只是突然深深作了一揖。

紫夫(嬉笑):祝二位百年好合,琴瑟……哦不,人剑和鸣。

春阳想笑,却流下了泪,竺月失声痛哭。

紫夫身形变得半透明,走进飞船,没有再回头。

银光大亮,飞船腾空而起,顺着屋顶的空洞飞出,转眼,就消失在无尽星空。

87. 夜 街道 外

尾羽怀里揣着一包银钱,被庞贝府上一个士兵押着走。

士兵脸色阴沉。

路上有人认出尾羽,团团围住他。

路人甲:是你呀,看到月厨娘没?听说她被抓进宫里了……

路人乙:开春才播种,又没月厨娘施饭,大家都快饿死了。

路人丙:唉,大王会不会杀了她……

士兵面有愤愤之色,又看了看尾羽怀里的那包银钱,突然伸手去抢。

士兵(向众人大喊):就是这个人!是他挑唆国君,国君才把月厨娘掳到王宫去的!就是为了这钱!

尾羽傻了,街上的众人也呆怔在那儿。

人群黑压压围上来。尾羽张开嘴,似乎想说什么,眼前突然出现了尾生的面孔,他眼中突然流露出悔恨绝望的光,终于低下了头。

众人暴怒,手持各种石块、竹棍等,开始痛打。士兵趁机拿着银钱逃了。

人群散开的时候,地上只剩一摊沾了血迹的衣物。

字幕:八年后

88. 夜 深山林中 外

一个茅屋前,春阳、竺月席地而坐,旁边摆着三碗酒。

竺月和春阳将酒洒在地上。

竺月：爹、娘、爹，喝酒。

竺月（摸着春阳眼角的纹路）：紫夫真好，让你和我一起老。

春阳笑了。两人望着天际。

竺月：天元的星光，不知到哪儿了。紫夫，还在追着吧。

春阳搂住竺月的肩膀。

星海尘世之间，两人久久无言。

后记

月海浮沉

很小的时候,我读到一首诗《江雪》。"千山鸟飞绝,万径人踪灭。孤舟蓑笠翁,独钓寒江雪。"那时的我,连字都认不全,读完却瞬间冷得发抖。真不明白,这么短的句子,为何寒冷至此。

长大了才知道,写这首诗时,诗人柳宗元永贞革新失败,被贬至严寒之地,母亲不能适应,抱病身亡。

人要长大,才会明白,江雪不是江上之雪,而是诗人心里的一场雪。

人要长大,才会明白,人有悲欢离合,月有阴晴圆缺,此事古难全。

恍然间,人生早已过了而立之年。写了一些小说和剧本,也辗转了苏州、上海和北京。一路艰难探索文学与人生,个中滋味,甘苦自知。

于我而言，文学好似人生。人生浮沉，如月行云海，捉摸不定。

继《双生》《不眠之夜》后的这本《龙骨星船》，是我的第三本个人小说选集。

在这里，你能看到一颗橘子中的小仙人指路，一座寺庙里的高僧因于色相和心魔；一座西北荒漠古城里的爱情揭开了中华五千年星空造字的秘密，一只外星百灵将宇宙中无法触碰的孤独凝结为金色的丝绒。

这本书里，还有李商隐在宇宙高维神明降临的血光中惊醒；有宋高宗在濒死时刻吐露自己和外星女神诡异的交易；有《三言二拍》里童心未泯的雷神闹闹脾气；有《西游记》里的沙僧在量子态的忘川河边看穿了世事轮回。

它们似乎都是科幻，又似乎包含了很多很复杂的东西。

它们是我在许多的人生夜晚，于黑暗、寒冷的探索中，于恳切、激愤的思绪里，诞生的三千世界。

人类的五味情感，在宇宙无尽的时空洪流里，显得那么渺小；但当它们进入文学之中，却能真真切切地折射出人生的宏光。

这些故事里，有外星侠客愿为知己横刀赴死的忠义，也有黑客总裁愿为亲人冲冠一怒与天下为敌的气概；有铁马将军哽咽如孩提的悲凉，也有轮回少女历经千年求而不得的遗憾。

诗人是多么诚恳又多么天真的生物。明知人生难以永恒，月光转瞬即逝，只有爱恨情仇的波浪如同清冷的月海，流淌不息，无可逃避，直至人生那无人知晓的彼岸。

诗人却还是说，但愿人长久，千里共婵娟。

人行月海，科幻为舟。

今日，恰逢中秋。我的对月之愿，就是希望你们喜欢这本书里的故事。希望这一叶叶并不完美的小舟，能在辛苦的生活里，为你们带来一丝心灵的微光抑或甜意。

此刻，于微冷的风中，我轻轻抬起手，对着北京无尽深蓝的夜空。

那指尖明黄黄的月亮，好似人间的一颗糖。

羽南音

2021/9/21

图书在版编目（CIP）数据

龙骨星船/羽南音著.-上海：上海文艺出版社.2021
ISBN 978-7-5321-8120-9
Ⅰ.①龙… Ⅱ.①羽… Ⅲ.①幻想小说－小说集－中国－当代 Ⅳ.①I247.7
中国版本图书馆CIP数据核字(2021)第192080号

发 行 人：毕　胜
责任编辑：于　晨
装帧设计：钱　祯
插　　画：良亮人

书　　名：龙骨星船
作　　者：羽南音
出　　版：上海世纪出版集团　上海文艺出版社
地　　址：上海市闵行区号景路159弄A座2楼 201101
发　　行：上海文艺出版社发行中心
　　　　　上海市闵行区号景路159弄A座2楼206室 201101 www.ewen.co
印　　刷：崇明裕安印刷厂
开　　本：1240×890　1/32
印　　张：10.5
插　　页：2
字　　数：202,000
印　　次：2021年11月第1版 2021年11月第1次印刷
Ｉ Ｓ Ｂ Ｎ：978-7-5321-8120-9/I·6430
定　　价：49.00元
告读者：如发现本书有质量问题请与印刷厂质量科联系　T:021-59404766